伊沙談詩

中國
現代詩論

伊沙 著

自　序

我已經出版了十八本詩集，詩論集此為第一本。

這一方面說明：在中國詩壇上，我首先被當作是一位詩人，其次才被當做詩評家（後者的身份甚至比我「作家」的身份還要居後）；另一方面說明：與詩相比，甚至與小說、隨筆等文體相比，我的詩論寫得太少了。

這是用前後十餘年方才結成的一部書。

與詩歌寫作的主動性和計劃性相比，我的詩論寫作似乎更依賴某種契機的降臨：比如報刊約稿，這使得構成本書的所有文章都在報刊上發表過，並在發表當時當地就產生過一定影響（有些篇什甚至還產生過較大的影響），有效地參與了近二十年中國現代詩的發展進程。

這是一位身在中國現代詩前沿陣地的詩人，對於詩的發言。

儘管我的職業是在大學教書，但卻從來不為職稱等目的去寫那種「天下文章一大抄」的乾巴巴的「學術八股文」，以滿足那些可惡的學報的刊登需要（想刊登還要上交版面費），所以至今仍是「副教授」——但是，這點犧牲是值得的，我確保了我的詩評還是文章，不至於面目可憎、味同嚼蠟，如同木乃伊一般。

多年以前，作家張承志說過的一句話頗獲我心：「我關心的是美文。」——如果將詩評寫成純粹的美文也不現實，但我確實很講求它的美文含量和指數，即是說：它首先必須是可讀的好文章。

　　另一方面，我也從未降低對其學術含金量的追求——即你必須在詩歌現場發現問題、在文章中提出問題、通過論證解決問題——你還必須有自己的創見，在滿眼都在抄「他說」的環境中，你必須敢於做到「我說」！

　　事實上，在中國大陸詩壇，有價值的理論創見和有成效的批評文章，幾乎全都出自詩人（極少數詩人）而非專業詩評家之手——後者只能在形成事實之後做一份不疼不癢的總結報告。這充分說明：如果遠離前沿脫離現場的話，詩歌評論只能無所作為。

　　我慶幸，在過去 20 多年中，我一直身在現場並衝殺在陣地前沿，親歷了戰火硝煙，也堪稱「風雲人物」，首先是詩人，其次才是詩評家——這確保了我每次發言的真實性、可靠性、生動性，確保了本書將成為中國現代詩發展前進的「見證之眼」。

　　本月中旬，我參加了大陸民間詩人志在「總結新世紀十年詩歌成就」而舉辦的「2010 衡山詩會」，我在會上的發言中談到：「目前正在走向百年的現代漢詩，從縱向上比較至少達到了初唐般的成就，我相信在我的有生之年會看到它將邁向盛唐的高度，從橫向上比較它目前已經達到一般國際水平或世界中上水平，我相信在我的有生之年會看到它會達到世界最高水平。」

　　我相信目標宏偉便會有人加倍努力！

　　謹以此書獻給款款走來的新詩百年！

伊沙

2010.8.26 於長安

目　次

第一編
重論篇

郭沫若論

如果不是這一次，我幾乎從未正眼注視過這個人。

作為一名詩歌的從業人員並有志於在業內有所建樹的我，竟然在自己十多年來的閱讀中從未給「中國新詩第一人」留下過一個位置，而且此種現象在我的同行尤其是同輩人中竟甚為普遍，這本身就夠怪誕的。人人都在急匆匆地往前趕，人人都想著在未來的路上能夠成為像他那樣的人物，成為一座新的、更新的里程碑，但就是沒有人回過頭來望他一眼。這已構成詩歌業內的「郭沫若現象」。

而這一切究竟是為什麼？

中學課本裏的郭沫若給我的印象是良好的：尤其是他那優美的散文，名字好像叫〈銀杏〉，然後是〈天上的市街〉；〈科學的春天〉——原本是在 1978 年全國科學大會上以中科院院長的身份所做的一篇發言，也仍然是優美的。華麗的詞藻，充沛的激情，很容易博得一位中學生的好感，跟魯迅相比尤其是如此。不是說那時的我已經知道拿他和魯迅相提並論，是在大人們的嘴裏他們挨得很近。父親在聽到我喜歡郭沫若而不是魯迅之後發出了兩聲乾笑，後來我再未查實他當時那笑的涵義，只是在回想中自己默默地做了如下總結：第一聲笑是為我而笑，他的兒子開始知道喜歡誰了；第二聲笑是為郭老而笑，這個「才子加流氓」怎麼可以和魯迅比？在此也許我該說明：我的父親屬於我在二十年後痛恨不已的所謂「知識份子」（階層？）。

我在大學中文系的課堂上認識的郭沫若是形象模糊的，在相關的課上認識他的途徑很多。那是上世紀八十年代中後期，一般平庸

的教師會告訴你一個照本宣科的郭沫若，嗅覺靈敏得了風氣之先的激進者開始反思郭沫若的問題——做人問題，與他的文化成就無關。立志於詩歌創作的人（當時為數不少）正在膜拜北島、舒婷，飽讀朦朧詩，並由此朝著西方去了，來不及與郭老和整個五四時期的新詩正面遭遇。此後回頭也讀，但似乎從不專門衝著他們中的某位個人而去，即便是郭沫若。

再往後，只是不斷聽到有人對他進行反思再反思，這二十年來已經作古多時的郭老終於一步步成長為一個不折不扣的「問題老年」，淪為在知識文化界內部廝混的份子們的最低覺悟。尤其是甚囂塵上的所謂「自由主義知識份子」將陳寅恪、顧准塑造為這個時代的「活雷鋒」的時候，每每郭老總是被當作第一反證而提及。在這種形勢下，反思郭沫若進而批判郭沫若已經成為最好做的一篇文章，成了知識界的最大媚俗。

也正是在這種形勢下，我感到可以也有十分的必要面對他了，哪怕僅僅只面對他這一次。當道德批判漸漸深化為對其新詩創作的簡單攻擊，譬如「一點詩味兒沒有」、「純粹是大喊大叫」等等，我感到了這種必要性。我不是天生反感他的人，也不是對詩歌中的「大喊大叫」抱有歧見的人，更不是時髦的「自由主義知識份子」，我只想作為他的同行後進來面對他，面對他之所以成為他的那一部分。

我知道，我面對的是「中國新詩第一人」。

何以成為郭沫若

他之成為「第一」，因為早，當然也不僅僅是因為早。我和許多人早已接了這樣的一種說法，即郭沫若是發展了由胡適開創的白話詩。現在看來這實在是一個誤解，一個幾乎是產生於外行人（對創作而言）的經典性誤解，誤解的產生僅僅在於《嘗試集》的出版

早了《女神》一年多。郭沫若與胡適之間不存在繼承與發展的關係，他們分頭寫作，然後遇機出版了各自的詩集。郭沫若後來聲稱他的第一首白話詩比胡適的第一首要早，這也需要做進一步的考證，但也許沒有多大必要證實。我以中國詩歌後來發展的史實理解，這不是食指與北島、芒克之間的關係，而是王小龍、韓東、于堅之間的關係——這三人究竟誰是口語詩寫作的「第一」只能通過其代表作發表的早晚來判斷，這就很無意義，因為三人之間已不可能產生相互影響的關係。這也正是胡、郭創作之間的真正關係。

我很想（也想請讀者隨我一道）用一種最簡單最方便的形式瞭解一下郭沫若當時所處的生態環境，看看他的前後也看看他的左右，我選擇了如下的「抽樣」：沈尹默寫於 1917 年的〈月夜〉：「霜風呼呼的吹著，／月光明明的照著。／我和一株頂高的樹並排立著，／卻沒有靠著。」胡適寫於 1920 年的〈夢與詩〉：「都是平常經驗，／都是平常影像，／偶然湧到夢中來，／變幻出多少新奇花樣！／／都是平常情感，／都是平常言語，／偶然碰著個詩人，／變幻出多少新奇詩句！／／醉過才知酒濃，／愛過才知情重——／你不能做我的詩，／正如我不能做你的夢。」蓬子（即姚蓬子）的〈在你面上〉：「在你面上我嗅到霉葉的氣味，／倒塌的瓦棺的泥磚的氣味，／死蛇和腐爛的泥磚的氣味，／以及雨天的黃昏的氣味；／在你猩紅的唇兒的每個吻裏，／我嘗到威士忌酒的苦味，／多刺的玫瑰的香味，糖砒的甜味，／以及殘缺的愛情的滋味。／／但你面上的每一嗅和每個吻，／各消耗了我青春的一半。」康白清寫於 1920 年的〈和平的春裏〉：「遍江北底野色都綠了。／柳也綠了。／麥子也綠了。／細草也綠了。／水也綠了。／鴨尾巴也綠了。／茅屋蓋上也綠了。／窮人底餓眼兒也綠了。／和平的春裏遠燃著幾團野火。」徐志摩寫於 1925 年的〈殘詩〉：「怨誰？怨誰？這不是青天裏打雷？／關著；鎖著；趕明兒瓷花磚上堆灰！／別瞧這白石

臺階光潤，趕明兒，唉，／石縫裏長草，石板上青青的全是莓！／那廊下的青玉缸裏養著魚，真鳳尾，／可還有誰給換水，誰給撈草，誰給餵？／要不了三五天準翻著白肚鼓著眼，／不浮著死，也就讓冰分兒壓一個扁！／頂可憐是那幾個紅嘴綠毛的鸚哥，／讓娘娘教的頂乖，會跟著洞簫唱歌，／真嬌養慣，餵食一遲，就叫人名兒罵，／現在，您叫去！就剩下空院子給您答話！……」聞一多寫於1925年的〈死水〉：「這是一溝絕望的死水，／清風吹不起半點漪淪。／不如多扔些破銅爛鐵，／爽性潑你的賸菜殘羹。／／也許銅的要綠成翡翠，／鐵罐上鏽出幾瓣桃花；／再讓油膩織出一層羅綺，／黴菌給他蒸出些雲霞。／／讓死水酵成一溝綠酒，／飄滿了珍珠似的白沫，／小珠們笑聲便成大珠，／又被偷酒的花蚊咬破。／／那麼一溝絕望的死水，／也就誇得上幾分鮮明。／如果青蛙耐不住寂寞，／又算死水叫出了歌聲。／／這是一溝絕望的死水，／這裏斷不是美的所在，／不如讓給醜惡來開墾，／看他造出個什麼世界。」……

在如此前後左右地「夾擊」下，郭沫若又是什麼樣子呢？

〈女神之再生〉發表於1921年，〈鳳凰涅槃〉發表於1920年，〈天狗〉發表於1920年，〈爐中煤〉發表於1920年，〈晨安〉發表於1920年，〈立在地球邊上放號〉發表於1920年，〈三個泛神論者〉發表於1920年，〈地球，我的母親！〉發表於1920年，〈匪徒頌〉發表於1920年，〈天上的市街〉發表於1921年，〈瓶〉（抒情詩42首）寫作於1925年……

不是我說得霸氣，而是沫若兄做得霸氣——1920，他幾乎是在這一年之內做成了處於發軔期的中國新詩之王，而且沒有遭遇絲毫挑戰，實在是沒有人能構成他的對手，那時的他真可謂是「高處不勝寒」。他是在「留學生文藝」的水平所構成的環境中展現出一位大詩人所應具備的氣象與格局的，憑此一點他便不戰而勝。

　　在此我不想列舉他太著名的那些詩，即那些取得了公認的「代表作」，我想在看似隨意的選擇中讓大家見識一下他的能力。目的就是想讓你們弄明白一點：郭沫若之所以能夠成為郭沫若——是矇著的嗎？

晨安

晨安！常動不息的大海呀！
晨安！明迷恍惚的旭光呀！
晨安！詩一樣湧動的白雲呀！
晨安！平勻明直的絲雨呀！詩語呀！
晨安！情熱一樣燃著的海山呀！
晨安！梳人靈魂的晨風呀！
晨風啊！你請把我的聲音傳到四方去吧！

晨安！我年輕的祖國呀！
晨安！我新生的同胞呀！
晨安！我浩蕩蕩的南方的揚子江呀！
晨安！我凍結著的北方的黃河呀！
黃河呀！我望你胸中的冰塊早早融化呀！
晨安！萬里長城呀！
啊啊！雪的曠野呀！
啊啊！我所敬畏的俄羅斯呀！
晨安！我所敬畏的 Pioneer 呀！
晨安！雪的帕米爾呀！
晨安！雪的喜馬拉雅呀！
晨安！Bengal 的泰戈爾翁呀！

晨安！自然學園裏的學友們呀！

晨安！恆河呀！恆河裏面流瀉著的靈光呀！

晨安！印度洋呀！紅海呀！蘇彝士的運河呀！

晨安！尼羅河畔的金字塔呀！

啊啊！你早就幻想飛行的達・芬奇呀！

晨安！你坐在萬神祠前面的「沉思者」呀！

晨安！半工半讀團的學友們呀！

晨安！比利時呀！比利時的遺民呀！

晨安！愛爾蘭呀！愛爾蘭的詩人呀！

啊啊！大西洋呀！

晨安！大西洋呀！

晨安！大西洋畔的新大陸呀！

晨安！華盛頓的墓呀！林肯的墓呀！惠特曼的墓呀！

啊啊！惠特曼呀！惠特曼呀！太平洋一樣的惠特曼呀！

啊啊！太平洋呀！

晨安！太平洋呀！太平洋上的諸島呀！太平洋上的扶桑呀！

扶桑呀！扶桑呀！還在夢裏裹著的扶桑呀！

醒呀！Mesame 呀！

快來享受這千載一時的晨光呀

（注：Pioneer：先驅者；Bengal：孟加拉灣；Mesame：日文漢字「目覺」的讀音，意為醒。）

　　如此開放的詩體出現在中國新詩的源頭，本來應該是一種大幸運。但現在回頭來看，它又與新詩在二十年代的傳統沒有多少關係。時代需要一個吶喊者，並在新詩的領域選擇了郭沫若。但回到詩歌內部，選擇的標準又退回到舊有的傳統。中國新詩在二十年代

的真正傳統是由徐志摩、聞一多、戴望舒、馮至等人構成的。郭沫若淪為了一個空頭標誌，說得形象點兒，他是光桿司令一個。

從另一方面來說，這也反襯出他卓爾不群的才能。這位降生於四川省樂山縣觀峨鄉沙灣鎮的地主（兼營商業）崽子多少有一點兒天生的因素。這位天才是為發軔期的中國新詩而生的，但新詩在二十年代迅速形成的傳統又似乎容不下他，作為詩人從某種意義上說他是被文化傳統放逐到職業革命家的隊伍中去的。因為革命給了他名望與榮光而詩歌卻表現得全無意義。這一次當我真正地面對他的時候才有一種最興奮、最愉快的發現：「中國新詩第一人」既是舊傳統的「叛逆」又是新傳統的「異數」，這就太對了！「集大成者」？他不是。如〈晨安〉般這種完全開放的詩體要在中國的大地聽到回聲還得等到浙江那著名的火腿之鄉一個姓蔣的地主崽子出現以後，那已是三十年代的事了。〈晨安〉是「大喊大叫」的嗎？我怎麼讀到的是一腔少年的深沉，是少年中國睜開眼時的恬靜與欣然，是一個初具規模的大詩人開闊的胸襟與奔放的才情。口稱「大喊大叫」的人，是那些認定了詩就要〈再別康橋〉的人，我們的民族就註定不能出一個惠特曼嗎？哪怕他僅僅是徒有其形。

三個泛神論者

一

我愛我國的莊子，

因為我愛他的 Pantheism，

因為我愛他是靠打草鞋吃飯的人。

二

我愛荷蘭的 Spinoza

因為我愛他的 Pantheism，

因為我愛他是靠磨鏡片吃飯的人。

三

我愛印度的 Kabir，

因為我愛他的 Pantheism，

因為我愛他是靠編魚網吃飯的人。

（注：Pantheism：泛神論；Spinoza：斯賓諾莎，著名的荷蘭唯物論哲學家；Kabir：加皮爾，印度的禪學家和詩人。）

　　如果說〈晨安〉是以開闊、自由的詩體對中國古典詩歌小而美抒情傳統的顛覆與拓展，那麼〈三個泛神論者〉則顯示出詩人的個人表達能力。儘管是「我愛……」，但這並不是在抒情，他只是有一點感受、有一點個人的意思需要表達──而這在中國的詩歌傳統中又是最難的，至今仍是如此，意思越明白越簡單它就越難得到表現。漢語在詩歌中說話的能力非常之差，這和我們的傳統有關，也和長期以來詩人們缺乏這樣的覺悟、不做這樣的努力有關。我承認傳統意義上的大詩人都有很強的為時代代言的能力，如郭沫若，如艾青，如北島──這中國新詩的三大支柱在這方面能力都不可謂不強，但僅有這方面的能力是遠遠不夠的，我更加看重的是他的個人表達的能力，他在詩中說話的能力。一點簡單的意思，被郭沫若用最樸素的話語方式「說」成了一首詩，我看到的是他的能力。如果你說郭沫若是大詩人，我更願意往這方面去理解。

天上的市街

遠遠的街燈明了，

好像閃著無數的明星。

天上的明星現了，
好像點著無數的街燈。

我想那飄渺的空中，
定然有美麗的街市。
街市上陳列的一些物品，
定然是世上沒有的珍奇。

你看，那淺淺的天河，
定然是不甚寬廣，
那隔河的牛郎織女，
定能夠騎著牛兒來往。

我想他們此刻，
定然在天街閒遊。
不信，請看那朵流星，
那怕是他們提著燈籠在走。

　　郭沫若似乎已被公認為一名「才子」，這種籠統的讚譽抑或譏諷我實在懶得去理。因為在其詩歌寫作的內部，真正的「才子詩」只占其中的一路，在他的整體成就中也並不顯得突出。我所理解的「才子詩」便是這種如〈天上的市街〉般的準格律體，四行一節，隔行押韻，詩句長短基本整齊，大家都在這種固定的體例中玩，還有比試的意味在裏面，就像中國古代的才子們利用詩所做的那種文字小遊戲。於詩缺乏大想法和大才情的人都會這麼玩也希望大家這麼玩（不得犯規）。徐志摩、聞一多、戴望舒、馮至都是這方面的高手和專家，所以由他們構成了那個年代的傳統。今天仍然固守這

種體例的當代詩人是食指，因為他在 1974 年就瘋了，何其芳當年傳授的「窗含西嶺千秋雪」成了他永恆的信條。讓我真正覺得好笑的是北大博士臧棣在九十年代初的一篇文章中重提準格律，事實上這幫自謂的「知識份子」一直在寫的便是一種新（洋）的準格律。這種血脈相連的文人傳統就是從「新月」到「九葉」那兒來的，這種文人化泛學院化的詩歌一直是二三流詩人的庇護所。看到西川在罵徐志摩真感到這是人世間最滑稽的一種蔑視。郭沫若當年是以一流的才情在二流的形式中玩玩，一玩也是極品。請對比五年後左右才出現的〈再別康橋〉、〈我是一條小河〉來讀〈天上的市街〉，我不知徐志摩、馮至這樣的顯赫人物吃的是幾兩乾飯，他們對中國新詩文本上的貢獻到底在哪兒？據我所察，這路準格律（可稱為五四時期中國新詩的常規武器）就是在郭老〈天上的市街〉那兒得以成熟的。舊才子的那一套他也玩得極轉，這是他的能耐抑或悲劇。

郭沫若在 1950 年發表的一封信中談到：「新詩的形式在今天依然還在摸索的途中，好些新詩人多採取外來形式，甚至還有採取到外來的舊形式的，例如所謂『商籟體』（即十四行詩）之類。因為是外來，我們感覺它是『新』，其實有好些不僅內容舊，而形式也舊了。」他在寫於 1948 年的文章〈開拓新詩歌的路〉中也寫道：「但有好些人認為新詩沒有建立出一種形式來，便是最無成績的張本，我卻不便同意。我要說一句詭辯：新詩沒有建立出一種形式來，倒正是新詩的一大成就。新詩本來是詩的一大解放，它是從打破舊形式出發的。目的在打破既成的四言五言七言或以四言五言七言為基調的長短句的那些定型，而使詩的感興自由流露。因此，不定型正是詩歌的一種新型，我們如果真正站到詩歌解放的立場，是不能反因此而責備它的。因而有些從事詩歌活動的人，想把外國詩的形式借些來使詩歌定型化，也正是南轅而北轍的走法。不寫五律七律而寫外國商籟，是脫掉中國枷鎖而戴上外國枷鎖而已。新詩歌之所以

最無成績，認真說，這要求定性化的內外火迫，倒要負主要的責任。這樣的要求不是在盡力追求解放，而是在盡力追求枷鎖。豆腐乾化的運動曾經流行過很久，便是這一枷鎖追求的最具體的表現了。拚命學外國人，但沒有學到外國詩歌的解放，而是學到解放以前。這雖然只是形式問題，在實際是和內容的精神分不開的。大家依然是封建社會的或久或暫的囚徒，是囚徒，故在追求枷鎖。」我知道他是自覺的——他身上所攜帶的才子氣和作為傑出詩人的天才性並不能抹殺他的這一點。郭沫若絕不是蒙著的。我還在他發表於 1944 年的文章〈詩歌的創作〉中瞭解到他對詩的鑒賞力和感覺真是太好了，我敢放話：在今天的中國詩人中有著如此水平的也沒有幾人。他引法國人格洛舍所著〈藝術之起源〉中的例子，對三首土著人的原始詩歌大加稱讚，第一首是嘲笑一位跛腳人：「哦，那是什麼腳喲，／哦，那是什麼腳喲，／你這混蛋有的袋鼠腳喲！」第二首是讚美酋長的歌，只有一句：「酋長是不曉得害怕的喲！」第三首寫一位男子紋了身：「現在誰個還能夠殺我？／我紋了身呀，／我紋了身呀！」

　　郭老對詩的感覺這麼好，我真想和他聊聊。

剝開郭沫若這隻川橘

　　王朔把爭強鬥狠的意識帶入了批評，對此我深不以為然——這終歸不是躲在胡同的角落裏拍板磚的活計。當他上氣不接下氣地罵完了魯迅，小臉綻放出完成了某項重大科研項目的滿足感，令我深覺其醜陋，這很不痞子啊！是王朔喚醒了我對自己的警惕，尤其是當我面對郭沫若的時候。郭老真是太好罵了！他在做人方面真是一屁股的屎，而且還穿著一條開襠褲招搖過市了半世。還是那個王朔，在〈我看老舍〉一文的結尾處所說的那段話是對的：「我願意

13

將來有一天，我們談論很多偉大的作品，談到這些個作家，都說『真不是東西』，而不是相反。」他是作家，我讀他的作品，我管他做人幹麼？更可笑的是，這種對人的要求也是要看具體對象的，如果是西方大師，人品再操蛋也都成了佳話，中國的小文人們還會在茶餘飯後津津樂道不已。絕對屬於也樂於被歸入北京「知識份子」詩人的一份子王家新有一首獻給龐德的詩，他在詩中說龐德是為整個人類承擔了上帝的懲罰──真是胡說八道！照此推理他當能理解郭沫若（以人類文明的準則在操蛋的程度上郭絕不比龐德更過分），但如果你請王家新寫首詩獻給我們民族的大詩人郭沫若，那可真能要他的命！郭老已淪為當今知識份子眼中的反面典型和人格道德方面的最低標準了。誰會在對其表態的問題上輕易放棄那簡單的正確性呢？沒有人。連周揚都可以獲得原諒（王蒙就曾在操蛋的《讀書》上做過一篇文章），但他不可以。與此相反的是，巴（金）老、冰（心）老竟然能從德育課上取分貼補於他們的智育課，竊得中國文壇（而非文學）「聖父」、「聖母」的名份，這真是中國特色的滑稽事！但我就是懷疑天下有這樣的道理，那些在中國作協及各地方作協擔任著主席、副主席、全國委員的人們就有資格審判一個擔任過副總理、副委員長、中科院院長的人沒有獨立的人格和立場，好在我們的祖先早就為漢語貢獻了這麼一個生動無比的成語：「五十步笑百步。」我有一種判斷事物的常識，一個具體的人或一件具體的事如果能被余傑這種「新青年」做成富有意境的抒情散文，一方面他（她）或它是真倒楣，另一方面我們則大可不必認真對待了，因為「正確」變成了簡單，簡單扼殺了真實的複雜性。

　　周恩來說過：「有人說，學術家與革命行動家不能兼而為之，其實這在中國也是過去時代的話。郭先生就是兼而為之的人。」周恩來的這一評價當然是褒詞，但我們不妨從反面觀

之：它恰恰揭示出郭沫若的悲劇所在——將為人、為文、為學、為政攪成一團，終於導致了獨立精神和文化人格的失落。

作為郭氏的鄉梓，這樣評價他本非我所願，但我又不得不這麼做。當我走進郭氏在沙灣的故居時，心情非常憂鬱，這座大宅院出奇地陰暗和拘謹，即使在四方的天井裏也暗無天日，天井裏的青石板地面爬滿厚厚的墨綠色的苔蘚。也許郭氏一輩子也沒有走出這個陰森冷漠的院落，雖然50年代他在北京住進一座富麗堂皇的巨宅，但在兩座宅子裏他的心情想必是一樣的，一樣的壓抑、一樣的麻木。

……魯迅的全集不停地再版，現在賣到600元一套居然還供不應求，而郭沫若的全集卻只能淪落到舊書攤上賤賣。郭氏當年罵魯迅是「雙重反革命」，殊不知歷史卻狠狠地嘲弄了他這位「革命者」。

——余傑〈王府花園中的郭沫若〉

在我所引的第一段文字中，「獨立精神和文化人格的失落」是目前知識份子對郭氏社論性或悼詞式的結語，「正確」得無庸置疑。這種對於一個群體（知識份子？）而言的「正確」觀點正是余氏散文的「撒手鐧」。社論和悼詞永遠是「深刻」的，他屬於個人的獨特發現在哪兒？你永遠也別指望。然後便是「新青年」大圍巾式的意境與抒情，書生意氣，揮斥方遒——這正是余氏散文的暢銷因素，對真正的文學而言這也是真正的垃圾。「作為郭氏的鄉梓，這樣評價他本非我所願，但我又不得不這麼做。」別裝模做樣了，一個做過〈北大蜀人，星光燦爛〉（搞了一堆不清不楚的人物）的鄉下孩子，你和你的老師們和同學們一道就是共謀性地要把姓郭的捨出去。王朔想（不是真想）讓人捨他，那是自作多情。中國文壇對

王的真實態度是：老九不能走！而這個郭現在所面臨的是正在被捨出去的境地。如果說魯迅的意義和郭沫若的反意義可以用一個熱賣、一個滯銷來作證，那也算余傑的一小點發明吧，但我在其第三段文字中讀出了「我也熱賣」的潛臺詞，書生呵！誰說「年輕真好」來著？我抽他。據一位現場目擊的女記者描述，住在梅地亞為中央電視臺紀念五四的專題片撰詞兒的小余傑聽說某某某看了此片後表現出的興奮不已，真讓目擊者跌破眼鏡而後眼界大開。我不反對做俗人──我們真到了郭老的那步田地誰知道會不會比他做得更過分？但我反對哪壺不開提哪壺，我反對只許百姓放火不許州官點燈。

像剝一隻川橘一樣剝開郭沫若，也許我們才能夠真的發現點兒什麼。

歷史的常識告訴我郭並不是眼見勝利的紅旗快升到天安門廣場的旗桿頂端才跑到革命隊伍中來的那號人，他是用身體經過點事兒的，參加過北伐、南昌起義，五卅、三·一八人家也折騰過，經歷過四·一二，後來旅日十年也是「頂著一個三萬元的賞格的腦袋子到日本去亡命」（〈天地玄黃·拙劣的犯罪〉，《沫若文集》第 13 卷第 436 頁）的，如果不是突然患病，人家本來是要去蘇聯的。抗戰一爆發，人家也是立馬就回來了，投身抗日救亡。解放戰爭期間，也未見出現立場性錯誤，還和毛澤東、周恩來成了更進一步的哥們兒。所以我說，共產黨在中國大陸所取得的勝利也是作為職業革命家的郭沫若的勝利（有他一份），他所投身的政黨成為執政黨之後，他進入政府成為這個國家的領導人之一，也是天經地義無可厚非的。難道要讓在國統區的大學裏一直挺安全地待著的那些教授們掌權才是好的嗎？我認為並不合理。這是政治上的「種瓜得瓜，種豆得豆」。所以我以為，郭沫若的道路與老舍的道路根本上就是兩回事兒，哪兒不挨哪兒。你一定要說「獨立精神和文化人格的喪失」這樣的便宜話，就到「人格高尚」的老舍那兒去找證據吧，在老郭這兒你找不著。

　　政治革命於郭來說是職業，我想用今天的眼光能把它說得更清楚。進入這項革命之前他在挨餓，他的妻兒事實上是被餓回日本的。在此前後，朱湘也是被餓得跳了江；徐志摩在大學領著教授的高薪，間或充當一把小報花邊新聞的男主角；胡適、魯迅也在大學領高薪並掙著不低的稿費，從容地進行著他們的文化破壞和建設。新文化運動的主將們基本都過上了中產階級的生活。如果你要責備郭沫若的話就在這時責備吧，為什麼他不過上這樣的生活？那時除了詩人的那點名氣以外一無所有的郭只好選擇革命，換了我也是一樣的選擇。他在那一階段的詩中總是反覆說自己「無產」，過去我以為那是一種姿態和矯情，現在我理解了。職業就是解決吃飯問題，對那時的郭來說，革命的首要意義便是如此。當然，我並不排除其中的信仰因素，有郭早年的詩歌為證，但這不是首要的。還有一點我想說明：在那時革命理想於青年是時髦的東西，但革命活動並非是理想的職業，玩不好是要掉腦袋折大本的啊！所以我說郭也並不像可怕的傳說中的投了誰的機。藉政治革命來抬高他的文人地位的說法屬於現今文人的幼稚。

　　作為一名政治家他是否墮落了應該用政治家的標準去談，文人的墮落就在文化內部來談，請勿瞎攪。我之所以對郭後來的噁心事兒漠不關心的根本原因在於：在他投身革命以前，作為一名有價值的詩人他已終止了自己的生命。郭的一生寫過無數的詩篇，但真正有價值的只有三本：《女神》、《星空》和《瓶》。也許他靠一本《女神》就足以奠定他「第一人」的地位了，事實上《星空》和《瓶》都是《女神》的延續和補充。從《前矛》和《恢復》開始他進入政治革命的文藝時期，從四九後的《新華頌》和《百花齊放》開始，詩於他老要麼是工具要麼是休閒。作為一名有價值的詩人的生命結束以後，郭沫若體內沒有用完的那部分詩才轉移到他的歷史劇創作中去了，而且在這方面亦有不俗的表現，他的歷史劇從寬泛的概念

上說也是可以被當作詩劇對待的，四十年代，金山在陪都重慶的舞臺上高聲放誦《屈原》中的〈雷電頌〉的時候，實際上宣告了《女神》的再生。這也是郭老一生中的兩次輝煌瞬間和牛 B 時刻。這樣的瞬間和時刻人有一次就夠了。

臺灣有個瘂弦，大陸有個丁當，都是極富天才的詩人，都是屬於「一本詩集定江山」的主兒（嚴格地說，未出過詩集的丁當散落於報刊上的詩還不夠出一本詩集）。之後他們都幾乎不再寫詩，少而精的作品留給人們極乾淨的印象，也為自己留下了極佳的口碑。在臺灣詩壇，瘂弦受到的是大熊貓般的愛護，這一方面和他中庸的做人有關，和他《聯合報》副總編輯的位置有關，也和他詩歌的特殊魅力有關，另一方面則是他的早早不寫自然就免去了由於出手不利所帶來的人們印象中的減分因素，既得的分數被固定下來。丁當被大陸的內行人看好也有這方面的原因。說起他倆，說起另一種典型，我是想說郭沫若在這方面的吃虧大了。後來的他不斷地寫著臭詩也就不斷地在人們的印象中累積著減分的因素。但真正的批評應該和人們的大致印象不同，真正的批評應該只盯著詩人自身的金字塔，不管塔底是雜草叢生還是垃圾遍地。用郭沫若不再是詩人的詩來丟他作為優秀詩人的醜真是太容易做到了，我隨便引用一堆便是，但我不能這麼做，我視其為批評的不道德。所以在此我謹聲明：我引為批評依據的不出郭沫若的三大詩集──《女神》、《星空》和《瓶》。既然說到了丁當，我還想以此為據重提剛才的話──有關詩人的職業。丁當現任平安保險北京公司的總經理。我有一位過往甚密的老哥，十分稱羨丁當的命運，該寫詩時寫詩，該做總經理時做總經理，在人生的各個時期都能夠各得其所。我以為我這位實在的老哥也會稱羨郭沫若，既然在他眼裏丁當都算「當代英雄」，那郭老則可稱作什麼呢？但當我跟他提時我發現我錯了，我忘了他還是一位知識份子，而知識份子是有立場的人啊！老哥直斥郭沫若為「垃

圾」。但在我看來，理解了丁當的職業選擇就能理解郭沫若，至於他們的職業為什麼要以詩人終止有價值的寫作為代價？或者說詩人要想繼續有價值的寫作的話不適宜擇哪幾種業？則是另外的話題。

當我在圖書館的一角從落滿塵灰的書架上取下 38 卷《郭沫若全集》的時候，我感到他骨子裏還是一個文人，就算這些全是不過腦子的文字垃圾，那也是郭老一個字一個字寫出來的。而郭沫若之所以能夠成為我們大家知道的那個郭沫若，也主要是因為他早年的新詩。剝開郭沫若這隻川橘，我留下了其中的三瓣橘子。

通向郭沫若的三條道路

我曾不止一次地想像過郭沫若當年自夔門出川時的景象，我的腦海中浮現出的是我的川籍同學張意氣風發的面龐。同學張也正是我通向郭沫若的第一條道路。

郭沫若跟同學張長得並不相像，郭沒有我的同學張漂亮。郭在那個時期的樣子很像我認識的另外一個人——現居北京的西安籍搖滾歌手許巍，我看郭在 1918 年攝於日本九州大學醫學部的照片，就是坐在顯微鏡前摳耳朵的那張，感到真是像神了。儘管如此，我在想到郭的時候更多的還是會想到我的同學張。張有著川人特有的白皙皮膚，往往這皮膚多生在女川人的臉上和身上，沒事兒的時候他總愛坐在鏡前端詳自己的那張臉，將唇上偶爾冒出來的一兩根黑毛惡狠狠地拔掉，這時候他會感歎北京女孩的皮膚還沒有他的好，他是我那宿舍中帶頭要給自己臉上抹點什麼的男生。到了晚上，他會洗上不止一次的腳，他將兩隻大白腳泡在盆中的景象是我們宿舍晚間的標誌性風景，偶爾也會遭到其他同學的譏笑，他總是一臉無辜地說：「誰讓我是個有潔癖的人呢？」他真正可以稱作怪癖的東西是有睜著眼睛睡覺的「特異功能」，坐在床頭，遇上他不

感興趣的話題他就這麼幹——雙眼圓睜，鼾聲起兮。遇著他感興趣
的話題，譬如說女人，他會突然跳起來，眉飛色舞、飛沫四濺地變
成一位正在主講的性學專家，但據我所知那時候他還是一名正宗的
處男。待到破身之日，那是一個暑假臨近結束的時候，他興沖沖地
從四川回來，那是因為他初戀的情人在成為有夫之婦之後又上了他
的床，他在描述自己的臨床經驗時完全變成了一個抒情詩人，他用
「粉紅色」和「一朵花」來形容女人的某個器官的同時嘴也跟著一
起蠕動……

　　瘋狂、壓抑、苦悶、焦慮、自戀、自卑、自負、變態、乖戾……
我在同學張的身上想像青年時代的郭沫若——那個在生活中具體
存在過的人。有所不同的是，郭沫若找到了一種在當時來說相當不
錯的發洩渠道——那便是詩。郭的詩也正是這樣一種產物。換句話
說，郭的詩是一個人青春期的詩。一個人在青春期的所有表徵都體
現在他的詩中了。郭沫若的第一首新詩是寫於 1918 年的〈死的誘
惑〉，這年他二十六歲；〈瓶〉的寫作是在 1925 年，這年他三十三
歲。郭有價值的寫作至此完結，所以說郭的詩歌寫作只有一個青春
期：從二十六歲到三十三歲，前後持續了七年。徒有青春期的寫作
必然攜帶青春期的種種問題。如果說誇張是每一個浪漫主義詩人必
備的素質，但誇張到矯情的地步則未必是公有的。

　　　　一個鋤地的老人
　　　　脫去了上身的棉衣
　　　　掛在一旁嫩桑的枝上。
　　　　他息著鋤頭，
　　　　舉起頭來看我。
　　　　哦，他那慈和的目光，
　　　　他那健康的黃臉，

他那斑白的鬍髯，
他那筋脈隆起的金手。
我想去跪在他的面前，
叫他一聲：「我的爹！」
把他腳上的黃泥舔個乾淨。

　　　　　　——《雷鋒塔下‧其一》

她說是詩人最真，
她說我才算是一個詩人。
她說是我年紀大些，
但還是一個孩子

她說是她望我做她哥哥，
她真的要做我的妹妹；
啊，姑娘呀，你就做我的媽媽，
你也些兒無愧。

　　　　　　——《瓶‧第二十六首》

　　一會兒認人做爹，一會兒認人做媽，至於嗎？郭老呀，您這是幹麼呢？不就是一陌生老頭在您心中成了工農大眾的化身，不就是一妞您老想泡嘛！將內心的情感誇張到矯情的地步正是青春期的病。而且這竟然發生在郭老新詩創作的鼎盛時期，《瓶》堪稱其作為一名優秀抒情詩人的百科全書，他在認妞做媽的同時也寫下了相當多的成熟佳句：「啊，我怎麼總把她記不分明！／桔梗花色的絲襪後鼓出的腳脛，／那是怎樣地豐滿、柔韌、動人！／她說過，她能走八十里的路程。」「你是雕像嗎？／你又怎能行步？／／你不是雕像嗎？／你怎麼又凝默無語？」「北冰洋，北冰洋，／有多少冒險的靈魂／死在了你的心上！」「她的手，我的手，／已經接觸

久，／她的口，我的口，／幾時才能夠！」「這個字不待倉頡的造就，／也不用在字書裏去尋求，／這個字要如樹上的梅花，／自由的開出她的心頭。／／這個字是甦生我的靈符，／也會是射死我的弓弩，／我假如尋出了這個字時，／我會成為第二的耶穌。」泥沙俱下，水平不穩，這種沒準兒的狀態亦是青春期寫作的顯著特徵。這幾乎是一種不具有詩人在詩歌內部實施操作性的寫作。這種寫作能在中國新詩的草創期發揮那麼巨大的作用，一方面說明詩人的才情，另一方面也說明當時的起點之低。

> 太陽的光威
>
> 要把這全宇宙來融化了！
>
> 弟兄們！快快！
>
> 快也來戲弄波濤！
>
> 趁這我們的血浪還在潮，
>
> 趁著我們的心火還在燒，
>
> 快把那陳腐了的舊皮囊
>
> 全盤洗掉！
>
> 新社會的改造
>
> 全賴吾曹！
>
> ——〈浴海〉

> 「同胞！同胞！同胞！」
>
> 列寧先生卻只在一旁喊叫，
>
> 「為階級消滅而戰喲！
>
> 為民族解放而戰喲！
>
> 為社會改造而戰喲！
>
> 至高的理想只在農勞！
>
> 最終的勝利總在吾曹！

同胞！同胞！同胞！」
他這霹靂的幾聲，
我從夢中驚醒了。
　　　　　——〈巨炮之教訓〉

工人！我的恩人！
我在這海岸上跑來跑去，
我真暢快！
工人！我的恩人！
我感謝你得深深，
同那海心一樣！
　　　　　——〈輟了課的第一點鐘裏〉

　　即使是靠郭老吃飯的「郭學」家們也認為那時的郭還不是一個真正的馬克思主義者，他的新詩寫作也還未進入「政治革命的文藝」時期，他在其詩中生搬硬套的這些只不過是那個時期激進青年所追逐的時髦而已——這也正是青春期寫作的另一重表現。我同意大詩人往往都是廣義的左派這樣的話（前面提到的瘂弦先生就曾說過類似的話），但我想那應該是指一個人情感的底蘊和最基本的立場，而不是對政治概念的生搬硬套。後一種只會白白地傷及他的詩。此種現象在郭沫若鼎盛時期的創作中也並不鮮見。躁動的青春使他什麼都敢搪，充滿激情；但躁動的青春也往往使其在很多方面失去了必要的冷靜和準頭。讓人讀來可惜。這是一個明顯的青春激情遠遠大於冷靜操作的詩人，但又不是匱乏操作技巧的才能，在〈新月〉一詩中我讀到了這樣的句子：「夕陽的返照，／還淡淡地暈著微紅，／原來是黃金的月鐮，／業已現在西空。」「黃金的月鐮」不是現代主義的技巧嗎？浪漫主義的老郭這是提前抵達？不，這只是他對語言的敏感。讓人感到可惜的是，這樣的語言敏感在老郭的詩中真是太

23

少了。激情加上一點想像力，甚至可以成全他在語言方面直露單調得略顯滑稽的一首詩，那就是〈天狗〉。「我飛奔，／我狂叫，／我燃燒。／我如烈火一樣地燃燒！／我如大海一樣地狂叫！／我如電氣一樣地飛跑！」「天狗」確乎是詩人郭沫若吉祥物般的卡通形象。

幾十年後在當年名叫北平的城市聚居著一夥自稱是「知識份子」的詩人，我注意到在他們用於自我包裝的亂七八糟的「理論」中還有另一重自謂（慰）叫「中年寫作」，為此他們還給自己樹立了一個對立面，叫「青春寫作」，其邪惡的目的是要在理論（其實是輿論）上造成對早夭詩人海子的取代之勢。我熟知這幫人低劣的語言命名能力，他們說出「青春寫作」的詞不達意和捉襟見肘。他們差一口氣沒有說出來的是我在這裏所談的「青春期寫作」——這才與生理上的「青春期」相關。如果你硬要把它擱在「中年寫作」的對立面上來談，那這樣的「中年寫作」就該叫「更年期寫作」。「更年期寫作」於郭沫若來說表現為政治工具的寫作——一種完全非詩的寫作。真正的「青春寫作」於詩而言是高境界，在偉大的詩人那裏會貫穿一生。如果「知識份子」天生地恐懼「青春」一詞，我就發明一個「壯年寫作」來安慰他們，可他們不是啊！壯年也是飽含青春的。可憐的人，他們為什麼沒有青春？他們的青春是在詩歌的私塾裏度過的，用北平話說：丫在學詩。用古人的話說：熟讀唐詩三百首，不會做詩也會吟。我不敢高看徒有「青春期寫作」的詩人，譬如說郭沫若；我從不相信沒有「青春期寫作」的詩人，譬如說「知識份子」，因為他們的一切都是非生理性的，沒有身體，不是詩人。

自上世紀八十年代以來活躍於中國詩壇的四川詩人群是我通向郭沫若的第二條道路。我見過他們中的大都數，在他們中也有為數不少的朋友，更重要的是我熟悉他們的作品。作為一名客居他鄉的川人，我似乎也有資格談論他們，因為在談論他們的時候也並未繞（饒）過自己。有一種並未誇大的說法：成都是八十年代中後期

中國詩歌的首都，四川是當時中國詩歌版圖上的第一大省。不光是詩歌人口眾多，知名詩人的數量大，僅就它所包含的內容的豐富性來說，從「非非」到「莽漢」，從「整體」到「君子」，當時中國詩歌的幾大流向都能在這個省內找到相應的代表。在此我不想從該省的文化傳統及詩歌傳統中去找尋依據而只想就事論事地說。與他們喝酒時的生動感覺所留給我的良好印象是他們中男人多、好玩的人多、長了身體的人多。但讀他們作品的總體感受卻讓我覺得四川詩歌是陰性的——潮濕感、自戀狂、母性、女氣、無端詭異、鑽山洞的智慧、文化滲水現象、算命先生的眼鏡、茶館裏的午寐、地主莊園的老傢俱、蛇、狐狸、大佛、懸棺、川江號子、中藥房、婦女病……就讓我詞不達意一回吧，像個「知識份子」。

　　李亞偉和楊黎是我最為欣賞的兩位川籍詩人，亦是我的兩個朋友，就讓我從他倆「開刀」吧。亞偉雖為「莽漢首領」，他的心卻早已被酒泡軟，骨子裏是無限的頹靡和感傷，放縱是最外在的行為，濫情且傷情才是亞偉的內心，這是亞偉陰氣過重的表現，「文章比師妹漂亮」才是亞偉最真的詩。楊黎的陰氣表現為我所說的那種「鑽山洞的智慧」，他是一位把自己逼到角落中的詩人，他在很小一點上的原創性就成全了他自己，硬能把羊腸小徑走成一條康莊大道，愣是還有一夥人跟著他走。我看到楊黎的形式甚至無法令自己的寫作自足（他在其獨創的形式之外顯得束手無策），卻能夠取得那麼高的成就和聲譽，這個現象本身就夠「無端詭異」的了。除此二人，柏樺是一種氣質上的「陰」，歐陽江河是一種修辭策略上的「陰」，周倫佑是一種理論綱領上的「陰」，鍾鳴是一種文化隱喻上的「陰」，身為女人，翟永明所表現出的「陽」，也是陰氣過重的結果；石光華、二宋（渠、煒）的「陰」表現為：楊煉以抄《易經》為詩，他們愣是能將詩弄成了卦書；廖亦武的〈大盆地〉使用的絕對是盆地語言，他走到哪兒都要提著一桿簫的做派也絕對不是真男人所為……

　　我在他們的前輩老鄉郭沫若那裏也感受到了這股子陰氣，只不過表現的形態不盡相同。

　　　無數的白雲正在空中怒湧，

　　　啊啊！好幅壯麗的北冰洋的情景喲！

　　　無限的太平洋提起他全身的力量來要把地球推倒。

　　　啊啊！我眼前來了的滾滾的洪濤喲！

　　　啊啊！不斷的毀壞，不斷的創造，不斷的努力喲！

　　　啊啊！力喲！力喲！

　　　力的繪畫，力的舞蹈，力的音樂，力的詩歌，力的律呂喲！

　　　　　　　　　　　　　──〈立在地球邊上放號〉

　　　哦哦，山嶽的波濤，瓦屋的波濤，

　　　湧著在，湧著在，湧著在，湧著在呀！

　　　萬籟共鳴的 symphony，

　　　自然與人生的婚禮呀！

　　　彎彎的海岸好像 Cupid 的弓弩呀！

　　　人的生命便是箭，正在海上放箭呀！

　　　黑沉沉的海灣，停泊著的輪船，進行著的輪船，數不盡的輪船，

　　　一枝枝的煙筒都開著了朵黑色的牡丹呀！

　　　哦哦，二十世紀的名花！

　　　近代文明的嚴母呀！

　　　（注：symphony：交響樂；Cupid：邱比特，羅馬神話中的

　　　愛神。）

　　　　　　　　　　　　　──〈筆立山頭展望〉

　　一口一個「喲」一口一個「呀」，這是郭氏最基本的抒情語式。如果不是在事先就懷揣著對五四時期──那草創期的現代漢語的

一種包容性理解，我會說那叫酸，真酸！說得仔細點兒，是有點娘娘腔，有點女裏女氣。當然，郭氏的陰氣過重還不光停留在感歎詞的使用上，他在其酷愛的排比句的使用上表現得毫無節制，讓我想起幾十年後類似於瓊瑤這類港臺言情女作家的煽情招數，與其說這是學生腔，不如說這是另一種娘娘腔。「我們年青時候的新鮮哪兒去了？／我們年青時候的甘美哪兒去了？／我們年青時候的光華哪兒去了／／我們年青時候的歡愛哪兒去了？」（〈鳳凰涅槃〉）「芬芳便是你，芬芳便是我。／芬芳便是他，芬芳便是火。」（〈鳳凰涅槃〉）「是你在歡唱？是我在歡唱？／是他在歡唱？是火在歡唱？／歡唱在歡唱！／歡唱在歡唱！／只有歡唱！／只有歡唱！／歡唱！／歡唱！／歡唱！」（〈鳳凰涅槃〉）「反抗古典三昧的藝風，醜態百出的羅丹呀！／反抗王道堂皇的詩風，饕餮粗笨的惠特曼呀！／反抗貴族神聖的文風，不得善終的托爾斯泰呀！／西北南東去來今，／一切文藝革命的匪徒們呀！／萬歲！萬歲！萬歲！」（〈匪徒頌〉）「梅花，放鶴亭畔的梅花呀！／我雖然不是專有你的林和靖，／但我怎能禁制得不愛你呢？／／梅花，放鶴亭畔的梅花呀！／我雖然不能移植你在庭園中，／但我怎能禁制得不愛你呢？／／梅花，放鶴亭畔的梅花呀！／我雖然明知你是不能愛我的，／但我怎能禁制得不愛你呢？」（《瓶‧第三首》）抒情語言的女性化肯定是來自抒情主人公性別的模糊感，在傳統的浪漫主義的詩歌中，抒情主人公幾乎是無性別的，一切都為了抒情效果的需要──郭沫若的詩中到處都留下了這種用力抒情的印記。儘管這好像是詩歌風格的特徵，但我還是嗅到了其中的泡菜罈子味兒──把一切好或不好的東西都做得更誇大一點確乎是川人的做派。

好大喜功是又一重陰氣過重的表現，我這麼說有人不要不高興，這種毛病在女人的身上體現得更為明顯一些，而川人又會一如既往地把它搞得很誇張。〈女神之再生〉是詩劇結構的長詩，《湘

累》、《棠棣之花》是詩劇,〈鳳凰涅槃〉是組詩結構的長詩,郭沫若在其早期創作的格局和規模上顯得那麼野心勃勃,其實那時的他更需要的是寫好一行詩的意識與努力。結構上貪大,但如何解決抒情語言的貧乏和不成熟,郭在這時又顯示出川人式的鬼聰明,他利用了戲劇的結構,也引進了戲劇──甚至是戲曲的道白語言──而在這方面可供他利用的古代資源又不是一點兒。他雖有貪大之心,但又有巧施之計,他在 1936 年發表的〈詩作談〉中的兩段話顯示了他頭腦的清楚:「長短是大可成為問題的。一般的說來,好的詩是短的詩。好的長詩大率是短詩的彙集,或則只有其中的某某章節為好。詩人做詩不應該去貪長,要短乎其所不能不短,長乎其所不能不長,便可以恰到好處。」「短篇篇章湊成長詩,並非可以厚非,歌德的《浮士德》裏頭就有相同的例。而且近代小說上,也有不少短篇篇章接成的東西。問題只在其處理出的成品如何。」與郭相比,那個在幾十年後才出現的年輕的海子,他指望通篇以抒情詩的方式來結構長詩的努力顯得既愚蠢而又缺乏常識。鬼聰明、鬼才在我看來也是一種陰性的東西。

莫非是一語成讖:他真是中國新詩的一位「女神」?

我通向郭沫若的第三條道路是當代詩人于堅。從直觀上看他們二人都患有耳疾,均屬於後天的聾子。據我所知,此事對于堅來說是非同小可,是他身體上的一件大事,他在詩中說:「你從來也不嘲笑我的耳朵。」(〈作品第 39 號〉)他在文章中還有更具體、更感人的一段敘述:「當我誕生之際,我的父母正處於青春、光明的生命時光,他們狂熱地投入到革命之中。對於那個充滿激情、轟轟烈烈的時代,一個嬰兒的誕生實在是微不足道,我的生命為革命所忽視。我的父母由於投身革命而無暇顧及我的發育成長,因而當我兩歲時,感染了急性肺炎,未能及時送入醫院治療,直到奄奄一息,才被送往醫院,過量的鏈黴素注射將我從死亡中拯救出來,卻使我的聽力受到影

響，從此我再也聽不到錶、蚊子、雨滴和落葉的聲音，革命賦予我一雙只能對喧囂發生反應的耳朵，我習慣於用眼睛來把握周圍的世界，而在幻覺與虛構中創造它的語言和音響。多年以後，我有了一個助聽器，我第一件事就是跑到郊外的一個樹林子裏，當我聽到往昔我以為無聲無息的樹林裏有那麼多生命在歌唱時，我一個人獨自淚流滿面。」（〈關於我自己的一些事情〉）去年夏天在成都，在二毛開的川東老家餐館，我注意到同桌的于堅在勸臨座的馬松買一個助聽器戴上，馬松只是稍有耳背而已。于堅說：「有什麼好自卑的！這跟近視眼就該戴上眼鏡是一樣的道理！」情緒相當激動。談起自己的耳疾，郭沫若也表現得十分激動：「從日本的醫科大學雖然畢了業，但醫道卻沒有學成。主要的原因是耳朵有毛病。我在十七歲的時候，在四川的家鄉害過一場腸傷寒，因而兩耳重聽，一直沒有復原。就是耳朵的毛病限制了我，使我不能掌握聽診器，辨別微妙的心音和肺音的各種差別，醫道便只好學而未成了。醫道不能學成便轉入文學。但也由於耳朵有毛病的關係，於聽取客觀的聲音不大方便，便愛馳騁空想而局限在自己的生活裏面。因而在文學的活動中，也使我生出了偏向——愛寫歷史的東西和愛寫自己。真正是可恨的腸傷寒！不僅害了我的耳朵，並且害了整個的我。」（《郭沫若選集·自序》）

　　一個「聽不到錶、蚊子、雨滴和落葉的聲音」，一個「不能掌握聽診器，辨別微妙的心音和肺音的各種差別」，造成前者「習慣於用眼睛來把握周圍的世界，而在幻覺與虛構中創造它的語言和音響」，造成後者「愛馳騁空想而局限在自己的生活裏面」、「愛寫歷史的東西和愛寫自己」。在我的印象中，于堅曾經是一位以聲音見長的詩人，「語感」一詞在漢語中的發明者之一，大概是從〈避雨之樹〉和〈事件〉系列開始，他的語言開始轉入越來越強的可視性，語言的詞語化增強，詞語的文化光澤加重，把語言當作顏料如畫家

29

般地使用——這與他八十年代以來的努力是呈反向的，在我看來是
一種意識上的倒退，這種倒退在我看來是不可理解的，因為他原本
是先知先覺啊！先知先覺者的倒退讓人不好理解，但現在我理解
了。老于堅那是不自信啊，這種不自信來自於他的身體對聲音的懷
疑，他甚至乾脆地丟棄了自己的語感才能，真是殊為可惜。從于堅
看郭沫若，我的發現竟有著驚人的相似性，愛空想和愛寫歷史，那
都是內容上的，在詩的最本質的聲音中我也聽到了一些什麼——我
聽到了郭老的雜亂無章，一個聾子在詩歌的聲音深處反而表現為一
種乒乒乓乓叮叮噹噹的喧鬧，非常的鬧，一種雜音叢生的鬧。一個
聾子的身體中其實是充塞著太多的聲音！從戲劇道白的資源中提取
來的東西可以使他免去這份雜亂：「可是，我們今天的音調，／為什
麼總是不能和諧？／怕在這宇宙之中，／有什麼浩劫要再！——／
聽呀！那喧囂著的聲音，／愈見高，愈見逼近！／那是海中的濤聲？
空中的風聲？／可還是——罪惡底交鳴？」（〈女神之再生〉）「我心
血都已熬乾，／麥田中又見有人宣戰。／黃河之水幾時清？／人的
生命幾時完？」（〈女神之再生〉）準格律體的詩亦可使他免去這份雜
亂：「啊，我年青的女郎！／我不辜負你的殷勤，／你也不要辜負了
我的思量。／我為我心愛的人兒／燃到了這般模樣！？」（〈爐中煤〉）
「地球，我的母親！／我想那縹緲的天球，是你化妝的明鏡，／那
畫夜的太陽，夜間的太陰，／只不過是那明鏡中的你自己的虛影。」
（〈地球，我的母親！〉）而一到由其開一代先河的現代漢語自由體
（他最為重要的貢獻），他聲音的方寸就要大亂：「我剝我的皮，／
我食我的肉，／我吸我的血，／我齧我的心肝，／我在我神經上飛
跑，／我在我脊髓上飛跑，／我在我腦筋上飛跑。」（〈天狗〉）「我
們熱誠，我們摯愛。／我們歡樂，我們和諧。／一切的一，和諧。
／一的一切，和諧。／和諧便是你，和諧便是我。／和諧便是他，
和諧便是火。／火便是你。／火便是我。／火便是他。／火便是火。

／翱翔！翱翔！／歡唱！歡唱！」（〈鳳凰涅槃〉）這樣開放的自由體到了三十年代的艾青那裏才變得稍稍成熟了一些。

我至今仍然相信中國古代的文化傳統到了上個世紀的五四終於迎來了一次遲到的斷裂這種說法。文學必須在「我手寫我口」的意義上重新開始。為了這個開始，天將降下一些人物，譬如，降胡適為文學理論，降魯迅為小說，降郭沫若為詩歌，這是上天的旨意或者叫歷史的安排。你可以責怪上天為詩歌降下的這個人物沒有為小說所降的那個成熟和更富於天才性，但你已無法拒絕這樣的安排。在上個世紀行將結束之時，從媒體上可以看到各行各業各式各樣的「世紀盤點」，但有兩項最為關鍵的「盤點」似乎無人在做或者無人敢做，中國現代小說在二十世紀下半葉的成就竟然不及上半葉，最關鍵性的標誌就是無人企及魯迅的高度，甚至連一個可以推出去的人物都沒有，王蒙？王朔？馬原？王小波？張承志？余華？韓少功？劉恆？莫言？阿城？——把誰推出去推到魯老爺子面前也都是透著一個「虛」字。而詩歌則不然，艾青超越了郭沫若的高度，北島、昌耀又超越了艾青，北島以降的詩人群體所展現的實力和豐富性更是五四至四十年代的詩歌無法相比的，以瘂弦、洛夫為代表的五六十年代的臺灣詩也早一步地超越了那一時期。所以，當世紀鐘聲敲響的時刻，身處冷寂中的當代詩人應該比熱鬧包圍中的當代小說家們更感到踏實。所以，不要有任何的抱怨，因為我們畢竟已走到了今天。這個事實無法更改：這一切始於郭沫若。也許有人會說沒有他也會有別人之類的便宜話，但這類話從來都不會有任何意義。我倒寧願聽到有人乾澀地說：郭沫若在新詩方面的歷史地位不可動搖。

因為，這是事實。

但這僅僅只是事物的一個方面。

郭沫若臨死之前，周揚來看望他，稱讚他是歌德，社會主義的歌德（此人的話我只記大概）。郭老滿足地笑了。人之將死，也許這是比悼詞更重要的事。他在年輕時候曾和田漢一起分別以歌德、席勒為偶像。據其女兒說，曹禺死前曾為他沒有成為托爾斯泰而焦慮。我真是不理解這些老人，眼頭還真是不低，對自個兒的要求還真是不低，但早幹麼去了？郭老無疑會失望的，不是說他成不了中國的歌德——中國也不一定真要有個歌德，我們不是已經有個更牛B的李白嗎？而是說他所指望的難道就是白紙黑字寫明的那些，人們在其生前話說在當面的那些？寫了一輩子，也是真詩人出身的，恐怕不該如此吧？他會深深失望的是我們現在就已經看到的事實：史的不朽他占了，詩的不朽呢？在《女神》誕生還不到一百年後的今天，我知道已經不再有人為它真正地感動和激動，不再有人會從中享受到真正的閱讀快感。當詩被人當作史的一部分來瞭解的時候，這詩已經被宣告了死亡。圖書館或者是文學館這種東西只能封存歷史，郭沫若的詩在喚起新的生命回聲的功能方面已經失效，所謂詩的不朽正在於它在下一代、下下一代讀者的生命深處所獲得的重生。史的不朽總有人在，詩的不朽並非代代有人。在這方面，郭老已經沒什麼可指望了。而對新一代的詩人來說，他也絕非是必讀的東西。殘酷嗎？不殘酷。

或遠或近的將來，也許有一天，會有一個孩子跑來問我：郭沫若是誰？我會告訴他說你到圖書館去查吧，關於他的資料很多。沒準兒他還會查到現在我正寫的這一篇。孩子問：為什麼他寫的詩都那麼難看？我會回答他說：那時候的人寫詩都那麼難看，不好玩。

（2000）

王家新論

……恰在 1991 年初，我與詩人王家新在湖北武當山相遇，他拿出他剛寫就不久的詩〈瓦雷金諾敘事曲〉、〈帕斯捷爾納克〉、〈反向〉等給我看。我震驚於他這些詩作的沉痛，感覺不僅僅是他，也包括在我們這代人心靈深處所生的驚人的變動。我預感到：八十年代結束了。抑或說，原來的知識、真理、經驗，不再成為一種規定、指導、統馭詩人寫作的『型構』，起碼不再是一個準則。

王家新對中國詩歌界產生實質性影響，是在他自英倫三島返國之後。在我看來，〈帕斯捷爾納克〉、〈臨海孤獨的房子〉、〈卡夫卡〉、〈醒來〉等詩的主要詩學意義，是它們揭破了八九十年代之交的王家新、也包括許多中國人驚心動魄的命運，而這並不是所有的詩人都能夠做到的。這是我與某些批評家的主要分歧。米沃什、葉芝、帕斯捷爾納克和布羅茨基流亡或準流亡的詩歌命運是王家新寫作的主要源泉之一，同他不少有趣的文化隨筆和詩學文章一樣，前者與他的思考形成一種典型的互文性關係。正像本雅明有「用引文寫一部不朽之作」的偉大遺願，他雖然試圖通過與眾多亡靈的對話，編寫一部罕見的詩歌寫作史。王家新運思深邃，筆意沉痛，作品每每打動人心。他拙於複雜的技巧，但長於令人警醒的獨白，有的詩作，甚至可以說是通過一連串的獨白完成的。這在男性詩人中堪屬特例……

以上兩段引文出自中國人民大學教授程光煒之手，見諸由他編選的詩歌選本《歲月的遺照》（社會科學文獻出版社 1998 年 2 月版）之中。前一段引文赫然印在該書的封底上。有趣的是，在同一本書中，北京大學洪子誠教授也留下了如下兩段文字：

> 前些日子，讀到程光煒為《九十年代文學書系》的詩歌卷撰寫的導言。其中說到，一九九一年在湖北武當山，他和詩人王家新相遇；在讀著王家新的新作〈瓦雷金諾敘事曲〉和〈帕斯捷爾納克〉時，他震驚於這些詩的「沉痛」，覺得不僅僅是他，也包括他們「這代人心靈深處所發生的『驚人』的變動」。程光煒說，當時「我預感到：八十年代結束了」。

> 這種感覺，相信許多人都曾有過：有的是悄悄到來的，有的可能帶有突然的、震撼的性質。我還清楚地記得，一九九〇年初的春節前後，我正寫那本名為《作家的姿態與自我意識》的談《新時期文學》的小書。在我的印象裏，那年春節似乎有些冷寂。大年三十晚上，我照例鋪開稿子，重抄塗改得紊亂的部分，並翻讀《朱自清文集》，校正引述的資料。大約在九點半的光景，一直打開著的收音機裏，預告將要播放一段交響曲，說是有關戰爭的，由布里頓寫於四十年代初。對布里頓，我當時沒有多少瞭解，只知道他是英國現代作曲家，在此之前，我只聽過他的〈青少年管弦樂隊指南〉。我納悶的是，為什麼在這樣的時候播放這樣的曲子。但是，當樂聲響起之後，我不得不放下筆，覺得被充滿在狹窄空間的聲響所包圍，所壓迫。在我的印象裏，這支曲子頻繁地使用大管、長號等管樂器，使表現的陰冷、悲憫、不甘為「命運」擺佈的掙扎，以及那種類乎末日審判的恐懼，顯得更為沉重。我也產生了類乎程光煒的那種感覺，這一切似乎在提醒

我，我們的生活、情緒，將要（其實應該說是「已經」）發生改變。不過，在很長的一段時間裏，我並沒有對這種感覺進行清理。只是到了最近，在西川詩集《大意如此》的〈自序〉中讀到『當歷史強行進入我的視野』這行字，才稍稍明白我當時所感到的，大概就是這種「強行進入」的沉重。

兩個教授這麼想，就會有第三個，第十個。據說，復旦大學教授陳思和在《重寫文學史》中，王家新是列專章論述的，北島也沒有得到如此的「榮幸」。大概是因為北島沒有因為他的詩而讓「四人幫」提前粉碎，十年動亂提前結束，王家新卻可以因為他的詩而讓九十年代推後到來。那麼，胡適也沒有因為他的詩而讓二十世紀推後到來，艾青也沒有因為他的詩而使抗日戰爭提前結束……這種想法所賴以產生的邏輯不是非常「我操」嗎？

現在只剩下一個問題：王家新是誰？已經認識的人是否認識這一個「王家新」？徹底不認識的可以在此認識認識（前提是你有興趣）。

觸摸王家新

王家新牛 B 至此：可以讓時間推遲發生。但也是靠詩做到的。那麼我們通過詩來認識詩人的王家新則完全是正當的，如前所述，關於王氏的說法多多，我們暫且可以避開這些，避開這些就是避開衣服，去直接觸摸他詩的身體。我想復原初讀王家新時的瞬間感覺，作為讀者也作為詩的從業人員，或者說我正在試圖展開的是一次重新開始的初讀——這與教授們的讀解方式完全不同，教授們左手拿著王家新的詩論（《夜鶯在牠自己的時代》？），右手拿著王家新的詩集（《游動懸崖》？），腦子裏裝滿王家新的人物形象與流亡故事，所以他們必然讀出的是一個他們期待中的「王家新」。我的

方式完全不同，我將觸摸它，感知它的血肉，掌握它的質地，瞭解它的斤兩。囿於篇幅所限，對其詩我只能採取抽樣（代表作）摘句的方式，此法對教授式閱讀可能存在著一些不妥和不方便之處，但對我的觸摸式則完全靈驗。比方說：我通過一句詩——〈酒〉：「那是座寂寞的小墳。」——就觸摸了整個兒芒克：他的血肉、他的質地、他的斤兩。我就知道這是一個我想認識的詩人。那麼，王家新又如何呢？

> 終於能夠按照自己的內心寫作了
> 卻不能按一個人的內心生活
> ——〈帕斯捷爾納克〉

　　王家新名篇中的名句，屬於體育明星的「商標動作」、小知識份子的自憐自艾、汪國真式的淺格言——「沒有比腳更長的路／沒有比人更高的山」——汪國真甚至比王家新更知道使用形象（顧城名句「黑夜給了我黑色的眼睛／我卻用它去尋找光明」是格言的，但首先是形象的，詩的）。據說是寫作「深度意象」詩的王家新竟寫出了這樣的大白話——自稱「知識份子寫作」的那路詩人經常陷入的便是這種尷尬——他們的名句也就是他們偶爾寫明白的那幾句，沒有其他選擇，寫得再臭也就是這幾句了。這樣的句子很深刻嗎？那是一種深刻狀的淺薄，是知識份子託詞性的撒嬌。王家新寫道：「讓筆下的刻痕加深。」如果深刻是這路詩歌命中註定的方向，我想把這兩句顛倒了說也許會離深刻更近一些：「終於能按照自己的內心生活了／卻不能按一個人的內心寫作」——對於中國的這些鳥知識份子來說，這其實才是至深的的悲劇：你脈管中傳統的屎永遠比你周遭的現實更嚴峻。具備這樣的思想覺悟並不是很難，所以我說王家新是一個淺薄的煽情者——他懂得如何向廣大的愚昧無

知的知識份子煽情，與其說他是一個「知識份子詩人」，不如說他是一個「知識份子」的「詩人」（過去有「人民」的「詩人」之說）。

　　從雪到雪，我在北京的轟響泥濘的
　　公共汽車上讀你的詩　我在心中

　　呼喊那些高貴的名字
　　　　　　——〈帕斯捷爾納克〉

　　數年前初讀時我對「轟響泥濘」有好感，我曾有四年的北京生活，對那裏的冬天充滿記憶，我以為此句（「轟響泥濘」）是富於質感的。後來，詩人徐江發現說：此句是抄荀紅軍譯的帕斯捷爾納克〈二月〉一詩，那段如下：

　　二月，墨水足夠用來哭泣
　　大放悲聲，書寫二月
　　直到轟響的泥濘
　　燃起黑色的春天

　　經徐江提醒，我將兩詩對比來讀便釋然了。唉！用帕斯捷爾納克的句子獻給帕斯捷爾納克，這是二十世紀九十年代一個中國詩人幹的，我想用關中老農的話說：丟人哩！羞先（注：讓先人蒙羞）哩！我在電話中對徐江說：「老五，咱們落伍了，這不叫『抄』，也不叫『用典』，這叫『互文』。」這是中國詩人王家新隔著時空與帕斯捷爾納克玩了一把「互文」，王家新的同志唐曉渡不是說了嗎：原創性不重要……就寫詩而言，就算存心要抄你也得抄對地方啊！「轟響泥濘」別擱在「公共汽車上」而應該放在車的尾部，王家新應該站在當年王進喜的位置上（路邊）看，才能看到這句詩的效果。

也許，你是幸福的——
命運奪去一切，卻把一張
松木桌子留了下來，
這就夠了。
作為這個時代的詩人已別無他求。
　　　　　——〈瓦雷金諾敘事曲〉

　　仍然是出自王家新的名篇，仍然是獻給帕斯捷爾納克的詩。讀罷我不免暗自心驚：王家新真是大膽，他竟敢用如此簡陋的方式大聲說出一首詩的意義，而且是如此淺薄不堪的意義！偌大的華北已容不下一張書桌（原諒我！大意如此），是華北淪陷時青年學生中流行的一句非詩的話，而王家新竟敢這麼寫（有一張松木桌子就夠了），還奢談（他是在誘導與暗示）什麼「時代的詩人」。「說出意義」是寫詩的大忌。連我這口語寫作者都懂，「深度意象」的王家新真是膽大妄為！所以我說「知識份子寫作」從來就沒有建立起一套成熟自足的文本系統，如果說我自己是用「非詩」（對傳統審美經驗而言）的語言呈現事物人心，那麼「知識份子」則是用「詩」（同樣是對傳統的審美經驗而言）的語言說出詩的意義。後者是印象（說「幻想」都過了）的詩，前者是本質的詩——我幾乎是第一次願意從正面把這個問題說清楚，我已經不忍心讓大家被這種拙劣的煽情口號所愚弄……

這就是生活，在霧中出現
在我心中再次誕生
船舶駛進港灣，吊橋放下
紅、白和比雨霧更藍的車流
閃閃駛過
——而我向它致敬

並把自己獻給更遠處的天空

　　　　　——〈醒來〉

　　羅伯特・勃萊寫過一次〈醒來〉，所以王家新也要寫一次。這兩者之間的必然聯繫在於所謂的「知識份子寫作」從本質上說是一種讀後感式的寫作：從對書本（大師）的閱讀開始的寫作，詩人從讀者（而不是創造者）的位置上展開的寫作。「這就是生活……」這種自以為是的句式真是太討厭了！怎麼還有人寫（朦朧詩時代的經典句式）？或許是出於一種習慣，他真正想寫的是更加自戀的這一句：「在我心中再次誕生。」「船舶駛進港灣，吊橋放下／紅、白和比雨霧更藍的車流／閃閃駛過」。如果我告訴你這首詩是寫於他「流亡」途中的比利時根特，你是否能原諒他用詞的矯情？但不光是詞，那種矯作的情緒又是無所不在的：「——而我向它致敬／並把自己獻給更遠處的天空」。「知識份子」頂頂嚴肅所完成的（抒情抑或陳述），在我眼裏往往完成的是一種荒誕或自嘲：當我一覺醒來，難道一定要向我所看到的風景致敬，神經兮兮的？我怎麼把自己獻給更遠處的天空？跳樓？讓導彈部隊幫忙？其實也挺有意思的：我總是把「知識份子」誤讀成了一群諷刺作家，當然我知道他們是不自覺的。

　　　理解來得太遲了

　　　在奔赴天路的途中，埃茲拉・龐德

　　　你站出來，為整個人類

　　　承擔了上帝的懲罰

　　　……

　　　埃茲拉・龐德，條條道路仍通向你

　　　還有什麼更孤獨

　　　還有什麼比這更偉大

　　　　　　　——〈埃茲拉・龐德〉

在「盤峰論爭」的過程中我發現，「知識份子」非常懼怕「常
識」一詞，在他們看來，詩人就是事事處處挑戰「常識」的人嗎？
不論王家新怎樣對其「知識份子寫作」及「中年寫作」的同志蕭開
愚說（以一種沉痛的語氣）：「理解來得太遲了」，我所掌握的常識
告訴我：我個人同樣欽佩的「詩歌巨匠」龐德「你站出來」並非是
「為整個人類／承擔了上帝的懲罰」，一定要說明的話，事實應該
是：龐德為他詩歌之外的選擇而承擔了他應該承擔的來自國家（他
的祖國）的懲罰。如果說王家新太反動（對文明而言），我覺得那
是高抬了他，其詩其思都沒有那種力量，他最多也就是不開化，代
表著這個國家首都地區一部分人（知識份子？）的文明水平。所以，
他可以一面用抗拒強權的帕斯捷爾納克的口吻說話，一面又同與魔
頭媾和的龐德進行靈魂溝通。其實是誰並不重要，王家新主要是想
拿大師說事兒，不讓大師們參加進來他就說不好自己的事兒。也許
奚密教授的命名是對的：「詩歌崇拜」，它確實存在於某些不開化地
區的不開化的人士中。至於「還有什麼更孤獨／還有什麼比這更偉
大」這種黔驢技窮的句子，我已不想說他了，王家新就是這種水平。

在長久的冬日之後
我又看到長安街上美妙的黃昏
孩子們湧向廣場
一瞬間滿城飛花
　　　　　　　——〈詩〉

我手邊這本王家新詩集《游動懸崖》（湖南文藝出版社 1997
年 8 月版）是從一位半年前剛剛畢業的大學生處借來的，他在讀書
時購得此書並在書中留下了當年閱讀時的眉批。在這首〈詩〉的這
一段旁邊，他的批字是：「只有這幾句神來之筆。」他在另一段「多
麼偉大的神的意志／我惟有順從／只需要一陣光，雪就化了／只需

要再趕一程，遠方的遠方就會裸露」旁邊的批字是：「開始裝腔作勢了。」在此我們還是來看看王家新的「神來之筆」：「孩子們湧向廣場／一瞬間滿城飛花。」在此我想告訴那位前大學生的是：這並非「神來之筆」，而是最基本的通感使用，而且有偷海子名句「面朝大海，春暖花開」之嫌。儘管多多說過「詩歌不是競技」的話，但從他當年拿詩和芒克「決鬥」看，還是可以一比。我們就拿芒克與多多在通感一項上的表現來對比一下王家新。芒克〈莊稼〉：「秋天悄悄地來到我的臉上／我成熟了。」芒克〈土地〉：「我全部的情感／都被太陽曬過。」多多〈歌聲〉：「歌聲是歌聲伐光了白樺林／寂靜就像大雪急下」。多多〈北方閒置的田野有一張犁讓我疼痛〉：「風暴的鐵頭髮刷著／在一頂帽子底下／有一片空白──死後懂得時間／已經摘下他的臉」。你們再回頭看看王家新，還用得著比嗎？有句老話叫「不比不知道，一比嚇一跳」。我也曾說過：「才華是一種明晃晃的東西啊！」考慮到中國現代詩的發展現實，我還有一點需要補充：芒克、多多引詩的寫作時間比王家新這一首早了近二十年。

> 離開倫敦兩年了，霧漸漸消散
> 桅桿升起：大本鐘搖曳著
> 在一個隔世的港口呈現……
> 猶如歸來的奧德修斯在山上回望
> 你是否看清楚了風暴中的航程？
> ……
> 無可阻止的懷鄉病，
> 在那裏你經歷一頭動物的死亡。
> 在那裏一頭畜生，
> 牠或許就是《離騷》中的那匹馬

……

唐人街一拐通向索何紅燈區
在那裏淹死了多少異鄉人。
第一次從那裏經過時你目不斜視，
像一個把自己綁在桅桿上
抵抗著塞壬誘惑的奧德修斯
現在你後悔了：為什麼不深入進去
如同猶如神助的但丁？
……

英格蘭惡劣的冬天：霧在窗口
在你的衣領和書頁間到處呼吸，
猶如來自地獄的潮氣；
它造就了狄更斯陰鬱的筆觸
造就了上一個世紀的肺炎，
它造就了西爾維婭‧普拉斯的死
……

帶上一本卡夫卡的小說
在移民局裏排長隊，直到叫起你的號
……

而這是否就是你：一個穿過暴風雨的李爾王
從最深的恐懼中產生了愛
──人類理應存在下去，
紅色雙層巴士理應從海嘯中開來
莎士比亞理應在貧困中寫詩。
……

狄更斯陰鬱的倫敦。
在那裏雪從你的詩中開始

……

直到你從中絆倒於

那曾絆倒了老杜甫的石頭……

……

透過玫瑰花園和查特萊夫人的白色寓所

猜測資產階級隱蔽的魅力

而在地下廚房的砍剁聲中，卻又想起

久已忘懷的《資本論》；

……

直到建築紛紛倒塌，而你聽到

從《大教堂謀殺案》中

傳來的歌聲……

……

臨別前你不必向誰告別，

但一定要到那濃霧中的美術館

在凡高的向日葵前再坐一會兒；

……

————〈倫敦隨筆〉

如此引用王家新的詩，考驗的是我的耐心，如此閱讀王家新的詩，考驗的又是誰的耐心？這是作為一座城市的倫敦嗎？什麼亂七八糟的！這是被煮在一個中國文人的文化燴菜中的城市模型！王家新真的去過倫敦嗎？這大概不該受到懷疑，但是在我看來，他去了也是白去！這個文化的鄉巴佬站在倫敦的街頭，告訴自己說：這是狄更斯的倫敦，這是普拉斯的倫敦，這是莎士比亞的倫敦，這是查特萊夫人的倫敦，這是《資本論》的倫敦，這是《大教堂謀殺案》的倫敦……難道他就不關心一下：什麼是王家新的倫敦？在他筆下

你永遠看不到他的倫敦生活：生活在任何地方都是具體而瑣碎的，
我在人們的傳說中聽到他在倫敦的事就真實而有趣，但這又是王家
新這路詩人不屑或無力表現的。但同樣地，在他筆下你也永遠看不
到他的倫敦思想，因為他從來就沒有過獨立思想的能力，他只有對
一座城市的文化反應，而更為庸俗的是：他的反應總是「正確」的，
就像看見海就一定要暈船一樣「正確」。王家新對有知識份子閱讀
趣味的讀者最大的欺騙性就在這裏，王家新的倫敦是他們的文化想
像中「正確」的倫敦，王家新的倫敦思緒也是他們的文化想像中「對
頭」的倫敦思緒，於是王家新作為一名「學習尖子」就在教授那裏
得到了一百分。王家新感受倫敦和其他事物的方式不是用身體而是
用頭腦，而他的頭腦又是那樣可疑，那樣不可靠。他站在通向索何
紅燈區的路上，我真希望他「深入進去」，不去管奧德修斯和但丁
什麼的，自己用身體感受一下倫敦，但可惜的是他太知道他的知識
份子讀者不允許他這樣，絕不允許！結果他又「正確」了。我有一
首〈趣味或知識份子寫作〉的詩，非常適用於概括這一寫作的代表
人物王家新的詩，照錄如下：

> 這是一幫
> 戴上保險套
> 方能勃起的人
> 趣味
> 他們的趣味
> 不在操
> 而在保險套

回視王家新

在一冊內部編印的詩集（《告別》，王家新著，《長安詩家》編委會 1985 年 3 月版）上，我看到了王家新青年時代的樣子：眉清目秀間不乏幾絲英氣，屬於那個時代的帥哥。那時他屬於「朦朧詩群」的一員，名列在這個詩群的尾巴上。「朦朧詩」本來就是一個因為誤讀的印象而產生的概念，「朦朧詩群」也是如此，它來自對官方詩報刊的閱讀印象。這個「詩群」得以存在的實體是《今天》或者說是北京地下詩人群，這個實體的人員構成包括：食指、北島、芒克、多多、嚴力、江河、顧城、楊煉、舒婷、林莽、方含、田曉青等，除了舒婷都是北京人，舒婷因為與《今天》的關係也應名列其中。另外一些人首先產生於對官方詩報刊的閱讀印象（與《今天》詩歌有相似之處）進而被某些選本（《新詩潮詩集》、《朦朧詩選》、《朦朧詩精選》）及某些評論（《崛起的詩群》）「圈」進來的，主要的人員包括；梁小斌、王小妮、徐敬亞、王家新、駱耕野、孫武軍、傅天琳等，我做出這樣的劃分不是為了貶低誰，「內在的詩歌真相」（謝有順語）即是如此。事實上，在這個「詩群」中，梁小斌的重要性在當時就非常明顯；王小妮是越寫越好，到今天她已成為中國當代詩人中的「女 1 號」；徐敬亞以評論立身，以推動詩運弄潮，為詩歌的發展做出了實質性的貢獻，在他身後就再沒有這樣的人物了，他的經歷、魅力、機遇和運氣都很難在另一個人身上集中重複一次；傅天琳整體上弱些，但她的作品在當時有著一種特殊的感染力，這很像舒婷；在後一個名單中，駱耕野和孫武軍是最差的，現在看來他們能夠名列其中純屬歷史的誤會；與駱、孫相比，王家新不是最差，在這個「詩群」當中，他總體的風貌就是兩個字：平庸。

　　我不但找到了那冊超薄的《告別》，還找到了王家新早年出版的另一冊詩集《紀念》（長江文藝出版社 1985 年 8 月版）。翻遍他早年的作品（帶有明顯的「習作」性質），我說「平庸」是有根據的，讀王家新我能讀出他的「源頭」，而「源頭」不遠：北島寫了兩首獻給遇羅克的詩，他就一口氣寫上四首，方式還那麼北島──北島寫：「從星星的彈孔中／將流出血紅的黎明」，他就寫：「看清了嗎，那支瞄準我們的槍口？／陰森森、就像毒蛇那喝血的眼睛」，北島寫：「在沒有英雄的年代裏／我只想做一個人」，他就寫：「在英雄倒下的地方／掠起一隊橫飛的雁陣」；江河寫了首〈紀念碑〉，他就寫了首〈紀念碑〉，江河寫：「真理就把詛咒沒有完成的留給了槍／革命把用血浸透的旗幟／留給風，留給自由的空氣」，他就寫：「長江啊，把你洶湧的思念給我／把你站起來眺望的石頭給我／──讓我們築起一座紀念碑吧」；舒婷寫〈神女峰〉，他就寫〈神女峰下的沉思〉，這一回沒有發現他偷了舒婷什麼，所以表現就更差，舒婷是：「與其在懸崖上展覽千年／不如在愛人肩頭痛哭一晚」，而他是：「驕傲吧，神女！也許只有你／才在這曲曲折折的峽谷裏／喚起了一個民族最深邃的夢想……」；芒克寫了〈陽光中的向日葵〉，他就寫了〈北方的向日葵〉，好像也沒有發現他偷了芒克什麼，表現之差就到了這副樣子，芒克是：「你看到那棵向日葵了嗎／你應該走近它去看看／你走近它你便會發現／它的生命是和土地聯繫在一起的／你走近它你頓時就會覺得／它腳下的那片泥土／你每抓起一把／都一定會攥出血來」，而他是：「──北方的向日葵啊／你以迸放的種籽／敲響太陽／敲響那永恆的鐘吧／而我／就這樣順著你的指引／從北方／踏向了通向太陽之路……」；還有〈潮汐〉中「這是沉默／又是默許」的舒婷氣息和〈獻給太陽〉中「真的，天空會死去嗎／──如果老人倒下去，那我將站起來／站起來，在祖國的大地上歌唱太陽」的江河氣概……說起來這還是一個

用功的學生在詩中想走正路的部分，當年的王家新還有另一部分的東西吶！「你恍如突然現出——／使我認出了／一個民族、一個人／格格做響的骨頭」（〈石頭〉）「那麼，祝福吧！當秋天的火焰嘩嘩地流向冰、流向一代人終於獲得的微笑／讓我們走向群山，從火中收穫太陽吧……」（〈秋葉紅了〉）「生活啊，我是愛你的，我愛！／走向你，我怎不敞開我的懷抱」（〈走向生活〉）「呵，馬在飛騰，馬在奔馳／一個民族正伏在馬背上衝刺！……呵，如果你能復活，我願馱起你飛呵／我年輕的心，就是那奮起獻身的燕子！」（〈歷史博物館的青銅奔馬〉）「哦，脊樑在晃動，太陽在晃動／我的心隨著眼前的脊樑在晃動……哦，脊樑——這中國的脊樑啊／從此，將時時在我的眼前晃動……」（〈建築工地印象〉）「呵，電車在奔馳！這乳白的梭子呀／在街道縱橫的城裏，織著生活的詩句」（〈織〉）「不是別的，正是我的血／我的民族的血／認出了你一閃而過的英雄的長江呵……」（〈門〉）「真的，那些遺失的樂譜呢／——走向先人的土地吧／在那裏／讓我們流血的手指／去挖掘一個民族的聲音！」（〈編鐘〉）「哦，舉起我們驕傲的船票吧／檢票員同志，我們的船票是／——信念！在苦難中／用雙手緊緊抓住的信念……／／呵，希望號正在靠岸！」（〈「希望號」漸漸靠岸〉）「就是在這樣的樹下，在歷史的廢墟上，站起了我們咬緊牙關、充滿熱望的民族！」（〈致唐山的樹〉）……這哪裏還是詩啊？！這簡直就是分行排列的楊朔散文！甚至不如！它讓我想起了一些恍若隔世的名字：許德民、程寶林……王家新的名字應該進入的是這樣一份名單，我稱之為「青春派主旋律」。他的名字忝列在北島們的「朦朧詩群」中也屬於歷史的誤會。體制趣味的早期作品，體制系統的成名途徑，體制眼中的希望青年——這便是昨日的王家新。1985 年 6 月，自武漢大學畢業後一直在湖北鄖陽師專任教的王家新被借調到北京詩

刊社工作，這絕不是偶然的，這不是對一名普通大學生的選擇而是對一位青年詩人的選擇，體制選擇了王家新。

回視王家新，我明白了一點：為什麼以他為代表的「知識份子詩人」要用對「中年寫作」的強調來迴避自己的「青春寫作」，用對九十年代的強調來迴避自己的八十年代，因為他們的「青春寫作」和八十年代是這樣的慘不忍睹。北島會這樣嗎？嚴力會這樣嗎？多多會這樣嗎？于堅會這樣嗎？韓東會這樣嗎？海子如果活著，會這樣嗎？我想答案是否定的，因為他們的所謂「青春寫作」和八十年代都是和一些堅實的至今沒有褪色的作品聯繫在一起的。作為「朦朧詩群」的一條小尾巴，王家新當然不會滿足（後來發生的一切證明：這是一個野心嚴重大於才能的詩人），但他應該暗自慶幸了：在這一個名單而不是在另一個已經完全作廢的名單裏，而更重要的是這個名單給了他一個必要的心理暗示，確保了他一個最基本的立場而不至於在那個位置上自然地墮落——這很可能，他的早期作品有這樣的潛質，而且我從來不認為這名「知識份子」是有信仰和有原則的人。

在〈告別〉和〈紀念〉中，王家新只在組詩〈中國畫〉及碎片式的〈從石頭開始〉中流露出了另一種可能性——那就是在詩歌內部寫下去的可能。1985-1989 年，他的習詩生涯進入了第二個階段。這一階段他在外表上是謙恭而沉靜的，在很多場合出現時不是以詩人而是以詩歌工作者的身份，作品不多但進步明顯，變得審慎、冷靜甚至略帶遲疑，給人留下印象的有〈觸摸〉、〈預感〉、〈加里·斯奈德〉、〈蠍子〉等，他突然變得拘謹起來，對比他的早期，我認為這是必要的拘謹，至少作品漸漸成型，敗筆不再明顯發生。這一階段，他給人留下更深、更好印象的還是他的工作，他與唐曉渡合編的《中國當代實驗詩選》（春風文藝出版社 1987 年 6 月版），在山海關參與組織的詩刊社 1987 年青春詩會，對第三代一批重要詩人

的推助都起到關鍵性的作用，他與沈睿合編的《當代歐美詩選》也在詩人圈及詩愛者中廣受歡迎，還有他在詩刊社的日常編輯工作，據我所知所感，那一時期很多的年輕的前衛詩歌的寫作者都把王家新當成了躍上這本全世界發行量最大的詩歌刊物《詩刊》的一個缺口。很多人直到現在還懷念著他們與王家新交往的那段時光，還懷念著那個時期給他們留下美好印象的王家新，那一時期王家新對很多青年詩人的關心幫助已經超出了一個普通編輯的工作範疇，給他們寄書、寄資料等等。「盤峰論爭」波及到媒體上以後，很多人打電話給我，一方面對王家新在論爭中的失態表示不解和惋惜，一方面希望我對王家新嘴下留情，這些人正是當年曾受惠和蒙恩於王家新者。這一時期，王家新在暗中使力，拚命悟詩。1989 年 9 月出版的《人與世界的相遇》（文化藝術出版社）記錄下了這個過程。與其說這是一本詩論集，不如說這是一本讀書筆記和學詩札記，我以為它的價值在於談到了詩歌寫作的諸多細節問題，估計對與其處於同一寫作時期及同類型的寫作者有啟示意義，記得詩評家 L 曾私下說過：「在這套駝隊詩叢裏，那個專搞詩評的（指唐曉渡）還寫不過王家新。」

在寫作本文的過程中，詩人秦巴子打電話給我，他說要看到王家新的進步，他說這個進步已堪稱「奇蹟」，可以獲得二十年「最快進步獎」。給人以公正，一直是我的信條，恰恰也是我與「知識份子」鬥爭激情所產生的初衷，我公正的原則就是要還其本來面目，「讓他們回到他們應有的位置上去！」（謝有順語），儘管他們從來沒有給過我本人哪怕是一丁點公正。我還有一個信條：不能在與壞人的鬥爭中把自己變成了壞人。在成都，在許多持「惟天才論」的第三代詩人眼裏，王家新是個「偽詩人」，他們其實是在說早年印象中的王家新的能力，我覺得這有欠公允，就替王辯護了幾句，儘管這讓我本人在當時的環境中顯得不合時宜也十分滑稽。我看到

了他的進步，堪稱孟浪所說的那種「光榮的進步」——任何人在個人寫作中所實現的那種超越自身的「進步」都是「光榮的」，考慮到他那麼薄的底子、那麼低的起點，秦巴子稱其為「奇蹟」也不為過。對王家新而言，「光榮的進步」發生在「歷史強行進入」之後，這又是極其耐人尋味的。程光煒在論及西川時曾說：「他確乎出生在一個與王家新、張曙光們稍有不同的時代，是不是只需機智或想像力就可以達到認識事物的頂峰了呢？我承認自己是糊塗的……」——在此程光煒不是真的承認自己糊塗，他是在談五十年代出生者與六十年代出生者的區別，他對前者的自得和對後者的微詞在別的地方也流露過。假設這番見解在理論上成立，那麼五十年代出生者又是怎樣的一種人呢？王家新也許是程光煒認為的最佳例證：當「歷史強行進入」，冷空氣突然南下，那個在其詩中最先感冒且從此鼻涕眼淚流淌不止的人。靠時代的整體情緒寫作並取得自身的「光榮的進步」，他在八十年代找不著北，一方面是才華與詩藝的欠缺，另一方面時代整體情緒逐漸模糊、趨於多元。但在八九十年代之交，在九十年代的最初兩年，在相當一部分知識份子中間，一種整體性的情緒再度形成了。它對詩人的刺激是，似乎又有了做「北島第二」的可能。周倫佑寫出〈刀鋒二十首〉並用長篇論文〈紅色寫作〉宣告另一詩歌時代的開始，孟浪暗中加密了詩中的意象（向北島靠攏？）並把詩句的節奏處理得像抻刺刀一樣；歐陽江河的詩中出現了更富時代氣息的某種無法言傳的挑逗性的修辭隱喻；王家新突然變得沉痛了、憂鬱了、一副時刻準備哭泣的表情……我在此列舉並認為這絕對無可厚非，相反倒是那些在那時宣揚「上午德法戰爭爆發，下午游泳」的人讓我不大瞧得起。因為「強行進入」的「歷史」在那時已不是歷史，而成了我的日常——這正是我在詩中的態度和方式，把「歷史」做個人日常化的處理，我的詩歌也適時地做好了這樣的形式準備。因為那段「歷史」，王家新被詩刊社弄

走了，這就叫「歷史」的個人日常化，它如此進入我們的生活，但王家新的詩歌表現不了這麼微妙、這麼複雜、這麼具體的內容，又不具備北島早年那種出眾的現實透視力、歷史涵蓋力和藝術表現力。他只有在他最基本的與大都數人共通的情緒上大做文章，這部分公共情緒似乎特別適於他的發揮，激發了他的創作也成全了他個人的「光榮的進步」。也許這段「歷史」並不需要「一把刀子」（崔健歌詞），這會嚇著知識份子的，它需要的僅僅只是一塊手帕，大夥一塊哭吧！——當我洞見了這一切，真是悲從中來！而王家新正是時代需要的那塊手帕，手帕的作用在此處並不是為了擦拭眼淚而是為了提醒哭泣，面對時代，哭泣成了知識份子最「正確」的情緒反應。記得還比較推崇王家新的島子曾對我說：「王家新大概是個受虐狂，受虐反而使他寫得好。」在「歷史強行進入」之後，比王家新境遇更慘的詩人有一大批（他們都承擔了自己在歷史關頭做出的選擇），也許是他更敏感，更也許是他表達了一種「正確」的情緒，總之，是歷史選擇了王家新，歷史讓一個詩藝平庸的詩人變得重要起來。

在寫完〈帕斯捷爾納克〉、〈瓦雷金諾敘事曲〉、〈持續的到達〉、〈反向〉、〈埃茲拉‧龐德〉等詩之後，王家新於 1992 年初開始了他為期兩年的在歐洲的偽流亡生涯。我知道流亡有一個標準，王家新的出國肯定在這個標準之外，可他嚷嚷得比北島還兇，北島在詩中自省為「詞的流亡」，王家新像得了什麼大啟示似的，他把這個詞拆開了用：「詞」進入了他的詩歌和詩學，「流亡」成了他做詩人的姿態。所以我稱其為「偽」。這也是歷史的安排嗎？王家新出國前曾以明信片的形式向謝冕教授告別（據謝冕文章記載），對一個即將踏上流亡之途的人來說，他真是從容不迫啊！如果我沒有記錯的話，布羅茨基當年可是被員警押送著上了一列目的地不明的列車啊！與此相比，王家新的舉動真是戲味十足（那個告別的細節讓我玩味不

已）。可能就是從這裏開始，王家新從一名單純的詩人墮落成一名「文化戲子」，他如此這般地上演著一齣「流亡」的話劇：「1992 年：元月赴英國。應邀在英格蘭東北部及中部講學、朗誦……6 月，分別應邀參加倫敦大學、荷蘭萊頓大學的中國詩歌研討會及鹿特丹國際詩歌節。7-10 月，應邀在比利時、德國一些大學和藝術節講學、朗誦。10 月下旬返英，在 LINCOLN 文學節上朗誦。12 月再赴比……1993年：3 月返英，在倫敦威斯敏斯特大學做訪問學者……7 月，應邀在倫敦南岸文學藝術中心的『聲音之屋』朗誦……10 月，應邀去英格蘭紐卡索朗誦……1994 年：1 月回國。4 月，在北大等校講學……8月調入北京教育學院中文系，講授文學理論及比較文學。」（摘引自《游動懸崖》所附〈王家新創作活動年表〉）寫詩的朋友，這樣的流亡生涯必定是沉痛和哭泣的嗎？這樣的流亡生涯以及最後的歸宿是你想拒絕的嗎？如果回答是否定的，那麼一定有人是在演戲……至於這個人在流亡途中所寫的詩：〈詞語〉、〈斯卡堡〉、〈葉芝〉、〈臨海的房子〉……則讓我想到了他的早年：過去他是在「民族」、「太陽」、「一代人」、「生活」、「脊樑」、「民族的血」、「英雄的長江」、「先人的土地」、「信念」、「希望號」、「歷史的廢墟」……這些面前下跪，如今他是在「生命」、「寫作」、「大師」、「雪」、「歐羅巴」、「母語」、「流亡」、「莫札特」、「靈魂」、「花園」、「維特根斯坦」、「鋼琴家」、「神學」、「巴赫」、「拱頂」、「奧登」、「薩特」、「煙斗」、「安妮·塞克斯頓」、「疼痛」、「萊蒙托夫」、「但丁」、「帕斯捷爾納克」、「英吉利海峽」、「馬勒」、「瓦雷里」、「拜倫」、「斯蒂文斯」、「詞」、「博爾赫斯」、「華爾特·惠特曼」、「古希臘」、「合唱隊」、「馬格瑞特」、「艾略特」、「海德公園」、「莎士比亞」、「哈姆雷特」、「傲慢與偏見」、「得意志」、「畢卡索」、「感恩」、「阿赫瑪托娃」、「策蘭」、「龐德」、「拉赫瑪尼諾夫」、「柴可夫斯基」、「悲歌」、「壁爐」、「變形記」、「布羅茨基」、「曼傑斯塔姆」、「三柱燭火」……原諒我不厭其煩地引述吧，

這些詞語僅僅是從〈詞語〉一首詩中摘出來的。關於「流亡」，我們還是來聽聽王家新本人的說法吧：「在你上路的時候沒有任何祝願，這就是流亡！」（仍引自〈詞語〉）他說得那麼肯定，那麼激昂！

1994 年 1 月，王家新回國，被人稱作「流亡者歸來」（詩人葉舟語），被詩評家沈奇稱作「九十年代中國詩壇的兩大事件」之一（另一個「之一」是于堅〈0 檔案〉的發表）。上路時無人祝願，歸來卻有人盛讚，王氏「流亡」功德圓滿。1995 年 9 月，我去北京參加詩刊社青春詩會時，聽北京詩人 S 說：王家新已成「大師」了。說北京現在有兩位「大師」：西川和王家新。S 是那種大路貨的詩人，他的趣味也是非常大路貨的，因而他的說法具有代表性（代表著普遍性）。離開北京後我在另外的詩人那裏也聽到了類似的說法。恕我孤陋寡聞，如果中國詩歌一定要刻意製造出一兩個「大師」來裝點門面，不是已有現成的一個北島嗎？如果還得有一個，以我之見可以在昌耀、海子（死了不算？）、于堅、瘂弦四人中選，應該沒有西、王什麼事兒。但如果有人以為，中國的所謂「大師」必須在北京地區「知識份子寫作」的「正路」上選，那又另當別論了，因為你已改變了這種推選的性質：你推選的其實只是「知識份子」小集團的「大師」。這樣的推選我毫無興趣，只想分析這樣一個世俗印象的結果：王家新能與西川並稱，頂掉的是歐陽江河，其才華與詩藝根本無法與另兩人相比，甚至不及張曙光、陳東東，也就比孫文波強點兒。但「知識份子」於詩都是缺陷明顯的人（沒有一個天才式的人物！所以他們都說：不靠才氣寫詩），誰讓西川的詩那麼「面」呢？溫吞水或總是戴著保險套的感覺；誰讓歐陽江河越說越清楚可越寫越糊塗呢？「少女赤裸而多腰」是什麼意思呢？臧棣博士也解答不了；誰讓陳東東一路「假小空」地玩下去呢？蒼白的文體，他造純潔之句，與詩無關；誰讓張曙光一入夥就找不著北了呢？如今的張曙光已經沒有了自己；誰讓蕭開愚太木、孫文波太

差、臧棣西渡又太嫩了呢？……如此一來，「時代的詩人」王家新，敢於大聲說出意義的詩人王家新，以「正確」的「歷史」情緒哭泣不止的王家新，歸來的流亡者或「國際詩人」王家新，老資格又有新表現的王家新，脫穎而出，終成正果，成為「知識份子」小集團裏的並列男 1 號。在詩人的圈落中他的聲譽明顯不如西川，但在一些非詩的或半瓶子醋的知識份子和詩歌青年中，他卻有著更廣和更多的心悅誠服的讀者，所以他在與西川的爭奪中還很有「潛力」……

　　而這一切竟是一位資質平平的詩人做到的，你相信嗎？

質疑王家新

　　去年夏天在陝北旅行，同行者有詩人徐江和秦巴子。某晚我們住在綏德縣賓館，與當地詩人、我們的老朋友李岩見面，一塊喝酒。席間就一個問題爭論起來，還很激烈。後來爭論的話題被帶回房間，延續到很晚。爭論的起因是李岩在不乏見識地批評了另外兩位當代詩人 Y 和 X 之後說：「王家新是這個時代最硬的詩人，〈夜鶯在牠自己的時代〉是這個時代最重要的文本。」說完舉座皆驚。前一句話我反倒是理解的，儘管李岩寫的是「陝北謠曲」，但多年以來卻是心繫「鬥士」的，他把王家新誤讀成了「鬥士」，把「一塊手帕」誤讀成了「一把刀子」，所以他說「最硬」。而他說「《夜鶯在牠自己的時代》是這個時代最重要的文本」，這又怎麼理解呢？《夜鶯》係王家新的一部文集，是東方出版中心 1997 年 9 月出版的《詩人隨想文叢》中的一本，據該書內容提要介紹：這是詩人王家新的詩論集，內容涉及詩人的創作體驗、詩學探討、讀書札記和經歷見聞。怎麼成了「最重要的文本」？我是把自己非詩歌的文字不當「文本」的，所以轉不過彎兒來。如果韓東不是詩而是小說成了「最重要的文本」，于堅不是詩而是散文成了「最重要的文本」，這會是一種尷尬，

王家新正有幸經歷著這種尷尬？他不是詩而是詩論成了「最重要的文本」？我還是不要糾纏於李岩在酒後信口而出的這個「偽命題」吧。僅就這套書而言（我讀得不全），《夜鶯》至少無法與《棕皮手記》（于堅著）相提並論，這還需要論證嗎？唐曉渡在「盤峰論爭」中的一篇文章中說：「在這個『怎麼都行』（？），連作惡都有天然合法性的時代，不講學理肯定算不了什麼；但有一個基本事實還是可以提一提：那些被歸入『知識份子寫作』的詩人們除了自己的作品之外一無足恃，他們憑什麼建立讓人眼熱的『權威』乃至『霸權』呢？」唐曉渡說話實在不像過來人：他們（你們？）不是「被歸入」而是「自稱」，而且是真的「除了自己的作品之外一無足恃」嗎？「他們憑什麼」？正好我就以王家新為例回答你。還是以《夜鶯》為例，不管該書內容提要把王家新的東西分成了多少種（很豐富？），但在我這個讀者看來也就是兩種：一種是「讀書筆記」，大師挨個兒讀挨個兒談感想、談認識，這占了一本書的大半部分，囿於篇幅所限，對此我不予置評。另一種是「自我炒作」，包括對其「知識份子寫作」的同志哥們兒的學術炒作，事實上他們是互相吹噓，「胡捧夠友」（梁天、謝園一夥人的發明），共同發起了一場公開的陰謀，一個學術騙局，讓批評與創作同謀，標準就永遠掌握在他們手中。在《歲月的遺照》的最後一頁，程光煒「推薦閱讀詩集、評論集」，詩集與評論集俱有的就是「知識份子」的三員大將：王家新、西川、陳東東。批評家與詩人變成了形象模糊的一個人、一夥人。

　　「如何看待『今天』派或所謂『朦朧』派詩歌？我曾跟你談及『朦朧詩』的夭折問題，並說你 1989 年以後的一些詩作可以說是對『朦朧詩』的縱深發展，當然那是從一個新的出發點突入其縱深的，你如何看待這一問題？」（《回答四十個問題》）提問者是陳東東、黃燦然，問中帶捧。王家新順桿就爬了上去：「『今天派』詩歌

是從一個黑暗王國透出的第一線光明，但是隨著這個王國以人們意想不到的速度全面解體，『今天派』作為一派也就很快成了歷史。光明與黑暗是相互依存的。只有今天派詩人（包括受他們影響的）不再只從社會而是從他們內心的黑暗中重新尋找創作的動力時，他們才有了新的發展……他們曾經超越了時代，但時代很快又超越了他們……至於我在那一階段的詩作，看似部分地又回到了『朦朧詩』那裏，但實質上有根本的區別……『今天派』早期詩歌中的那種單一性，無法為 1989 年以後的中國詩歌提供其『縱深發展』的可能性……回想 1989 年後那一二年間的寫作，我們明確了我們的寫作與早期的『今天派』再無直接關聯。就我個人來說，在那時對我產生主要作用的，除了國內的朋友外，是另外兩個：帕斯捷爾納克激勵我如何在苦難中堅持，而米沃什把我導向一個更開闊的高地。」

　　「忘恩負義」是道德評判，我不提。現在還用早年既成的那一套與詩無關的評價（黑暗王國的光明什麼的）來說「今天」，什麼他媽的「知識份子」！這或是因為心虛，或是因為愚昧，或是因為別有用心！總之他想說的是「今天」過時了，我們正當年。「知識份子」還是不要談過時不過時的話吧，過了時的「今天」也有開創性的當年，正當年的「知識」卻只有一個滯後了的今天。過時的依據是「單一性」而不「縱深發展」，那我們就來看看：「群山起伏的謊言／也不否認它的存在／而代表人類智慧／和兇猛的所有牙齒／都在耐心期待著／期待著花朵閃爍之後／那惟一的果實」——早期的北島是「單一性」的嗎？「我用手勢制止了一切發聲器／麥克風正趴在我的耳朵上訴說它長久被人訴說的痛苦／我感動得不敢哭出聲來」——早期的嚴力是「單一性」的嗎？「一些無情的感情／一些心中可怕的變動／月光在屋前的空場上輕聲咳嗽／月光啊，暗示著楚楚在目的流放……」——早期的多多是「單一性」的嗎？而「沒有祖國／祖國已帶著它的巨石升向空中／祖國僅為一瞬

痛苦的閃耀／祖國在上，在更高更遠的地方／壓迫你的一生」、「我將離去，但我仍在那裏／布拉格的黃昏會在另一個卡夫卡的靈魂中展開／布拉格的黃昏永不完成／布拉格的黃昏驟然死去──／如你眼中的最後一抹光輝」──九十年代的這個王家新就是「縱深發展」嗎？別騙自己了！「我們都是老江湖了！」（于堅在盤峰詩會上語）

　　前無古人了，後能有來者嗎？不能！王家新不讓它能。「被視為『新生代』的代表性詩人之韓東就曾這樣宣稱：『世界是不完美的……假如我們為了使它完美而加入這個不完美的世界，我們的詩必然是不完美的。』這是什麼邏輯？然而這正是八十年代的邏輯。或者說，是一種曾支配了眾多中國詩人的『集體潛意識』。人們試圖避開以前中國作家所曾陷入的歷史悲劇，但是由於他們這種天真的理解，尤其是一種『二元對立』式的思想方式的支配，他們並未能從根本上給中國詩歌提供出路，相反卻造成了自身的某種畸形。」（《闡釋之外》）話都聽不明白，還在這兒說三道四！事實是韓東說什麼他並不在意，他就是先認定了你沒有「提供出路」並且「自身……畸形」，這是對韓東個人的發難嗎？當然不是。老被「知識份子」拉去裝點門面的天才詩人柏樺說了「非非」的好話也令他醋意大發：「例如曾有人這樣評述過『非非主義』：『非非就是以這樣的『不在』（指非非詩人們提出的『反文化、反語義』，『前文化還原』以及『零度寫作』等，筆者注）征服了寫作中的意識形態……達到了一種純語言（或方程式）的狀態。』那麼人們是否果真『征服』了意識形態？這不過是一種『精神勝利法』，一種恐怕連非非詩人自己也不相信的神話……」柏樺盛讚非非，本來是江湖上反山頭主義、不同藝術立場的詩人們相互理解、相互尊重的佳話，王家新眼中卻沒有這份美好，他利用柏樺的話拿非非開刀，是因為對他來說這件事必須要做。「知識份子」要確立，就必須幹掉「今天」、「他們」、「非非」，於是就硬著脖子指認「今天」過時了，「他們」、

「非非」沒出息，所以得看「知識」的。他在玩這一套的時候腦子絕對不笨，不但要幹掉「今天」、「他們」、「非非」，還要幹掉從「今天」到「他們」和「非非」的這個歷史序列，不幹掉這個序列「知識」仍難立足，關鍵是它插不進去，所以王家新又說了：「因此不能不強調『差異性』問題。我想這是一個對現代詩學十分重要的概念。我想個人寫作正是建立在『差異性』上的，與之相對的則是群體性或整體性。的確，任何整體性的理論企圖都帶有強行規範和同化性質，帶有一種極權主義味道。比如，以『朦朧詩—新生代』為軸線來概括這些年來的詩，導致的正是對個人寫作的遮蔽乃至取消。這其實是另一種形態的『制服化』。」(《夜鶯在牠自己的時代》)「當然，也許批評總是比創作遲一步，或者說批評有理由與創作拉開一段距離。這些都不是問題。問題是在我們這裏依然存在著一個『體系』問題，一個潛在的體系是：在批評上以『朦朧詩—後朦朧詩』或『朦朧詩—新生代（到海子為止）』為軸線展開，後來又冒出來一個顧城事件；在理論上又總是以『現代主義—後現代主義』和種種抽象價值（比如說『純詩』）為永恆摹本，表現為一種非歷史化的理論懸空傾向。我想正是這個體系限制了人們的批評視野及話語形態，導致了對八十年代末以來『個人寫作』的遮蔽。這就是說『一個過去的時代』在我們的批評行為中還遠遠沒有結束。」一手玩「個人寫作」，一手玩「知識份子寫作」，用「個人寫作」去對付舊的整體性，用「知識份子寫作」來建立新的整體性，這絕對是流氓的玩法。有一個事實可以一目了然，九十年代惟一興起的詩人小集團就是「知識份子寫作」，喊「個人寫作」喊得最兇的也正是他們。

那麼，我們再來看看王家新們是如何確立自己的，王在〈當代詩歌：在確立與反對自己之間〉一文中寫道：「如果說八十年代中期的詩大體上是反叛的、抒情的、自戀的，這幾年則是反諷的、敘述的、多聲部；如果說八十年代末九十年代初的詩是凝重的、內聚

的、承受式，這幾年則朝向一種開放和自我顛覆。」作為一個老江湖和過來人，作為一個在詩歌中浸淫了小半生的人，王家新是昧著良心存心這麼幹的，他已經變成了一個抹殺成性的人，在他這幾句短短的概括中，「今天」的成就就變得可疑而好笑，「第三代」那麼多優秀詩人的努力被一筆勾銷，「知識份子」內部芝麻大點的變化與調整成了中國詩歌的標誌性成果。在他開列的清單上，一、反諷意識與戲劇精神＝陳東東、王家新、孫文波、朱朱、蕭開愚。二、多聲部寫作＝西川、蕭開愚、陳東東、唐丹鴻。三、敘事的可能性＝張曙光、孫文波、蕭開愚、歐陽江河、翟永明。唐曉渡在「盤峰詩會」上說：「這個玩笑開得比較大了。」──我想以此名言轉告家新兄──當代「指鹿為馬」的專家。他也知道該玩反諷了、喜劇了、敘述了，玩不了就是玩不了，玩不好就是玩不好，他硬要那麼說暴露的是內在的虛弱。何苦來呢？這只能長他人志氣滅自家威風啊！

　　王家新在〈致一位尊敬的漢學家〉一詩中表露出這樣一副嘴臉：「我感興趣於您的興趣：東方／雖然我一直搞不懂它對您意味著什麼。／瞧，我不會中國書法，／對於易經或房中術也不甚了了；／早上起來更喜歡一杯咖啡，而不是／用英國紅塘來沖福建烏龍茶。」還有更肉麻的：「先生，您簡直創造了另一個中國／讓我也不得不暗自竊喜。」而當另一位具體的漢學家──荷蘭人柯雷在一篇文章中的觀點不合他的意或者說他以為觸犯了他的利益的時候，便馬上跳了起來：「他的某些判斷及其潛在的邏輯也引起我的不安。」（《闡述之外》）柯雷究竟說了些什麼而引起王家新的不安呢？是關於多多的論述：「多多作品的鳥瞰圖顯示了一種按時間順序的背離政治性與中國性的發展。」「他這十年來的詩與其說是關於中國人的境遇，不如說是關於人的境遇；以悖論的方式，他的詩是如此個人化以致獲得了普遍性。」「因而多多的詩證明了中國文學存在著在政治之外的領域復活的可能性……他的詩並不限於

Gregory 所說的是『中國現實複雜的反映』,並且……肯定不是『骨子裏的中國性』。」本來王家新已經認定「今天」派是群體性或整體性的,而個人化是他及知識份子同志的小專利,突然這項專利被「今天」詩人多多搶了去,他感到的豈止是不安?本來他認定自己及其同志的詩是對政治性與中國性的恢復與創造,柯雷卻認為多多超越性地背離了這些,這不是讓王家新方寸大亂找不著北嗎?有一件意味深長的小事是王家新自己寫出來的:「1992 年 6 月荷蘭鹿特丹國際詩歌節期間,當我和一些海外的中國詩人談到帕斯捷爾納克,有人不屑地講:『他是個政治詩人。』談到索爾仁尼琴,一位我素來尊敬的『朦朧詩』代表詩人的反應是:『他很反動。』這我就更不懂了。我深感震驚,同時還有一種深深的孤寂。」王家新啊王家新,你就別書生氣十足地帶著那點兒可憐的中國式的學術的正確性遠走天涯了,對於一個詩人來說,重要的是永遠不是觀點而是趣味,我和朋友私下說:艾略特是個呆子,里爾克太悶,龐德有病。學者和知識份子趣味的詩人就永遠聽不懂,他們會「深感震驚」,以為我瘋了。王家新在這一點上一點不像詩人而像一名剛出去的留學生。我猜測那位說索爾仁尼琴「反動」的詩人正是多多,如果真的是的話,正好從趣味深處證明了柯雷的論述是有根據的。

　　一切的蹦跳不都是為了那點可憐的切身利益嗎?十年了,王家新用於自我炒作的所謂「詩學文章」遠遠多於他的詩,作為一名詩人這是十分可恥的,當無數的謊言等到被揭穿的一天,在眾人眼中他變成了一個我們從不認識的人。在「盤峰詩會」上,口口聲聲「本來不想發言,不想開這個會」的王家新是開著私車來的,並運來了一萬多字的發言稿。他現場發言的題目叫〈知識份子寫作何罪之有?〉(後來《大家》雜誌上發表時易名為〈知識份子寫作或曰「獻給無限的少數人」〉)令全場瞠目結舌而苦笑不得的不是王家新的觀點而是他的語言,在其詩和詩學文章中滿紙唯美意象、崇高情懷、

文化掌故和大師引言的王家新，在他的批判（不是批評）文章及現場發言中竟然使用了恍若隔世的文革話語：諸如「何罪之有」、「你們這是在搞運動」、「誰也沒有搞住誰」，間或，還令人啼笑皆非地甩出「知識份子」原本十分不屑的市井幫會語言（參照西川文章）：「二十年後，咱們走著瞧！」王家新還對在《南方週末》上發表〈內在的詩歌真相〉一文的青年評論家謝有順進行「缺席審判」，他竟然非常低級地把「謝有順，一個從來沒有聽說過的人」當成了謝有順的「罪證」（唐曉渡的發言亦是如此）。王家新開始發言時，于堅憤而退場以示抗議，中間回來發現王的發言仍在繼續便再度告退，所以，王家新對于堅實施的也是「缺席審判」。在這個會議上，王家新作為情緒最為激動的一個人把爭論雙方完全帶入了「打仗」的氛圍。

　　請大家繼續欣賞王家新在「盤峰論爭」中〈也談「真相」〉（《科學時報》1999 年 8 月 5 日）一文中的精彩語段：「四月中旬在平谷盤峰賓館舉行的詩會之後（俗稱「盤峰論劍」），人們紛紛傳言于堅『瘋了』。」「但，這不過是于堅之輩盤峰落馬後使出的又一招：大造假輿論……」「還有在這之前一年多來于堅等人或詆毀性或『攪渾水』的文章擺在那裏。」「現在看來是過於書生氣了。這些人果真有什麼『立場』、『理論』或『原則』嗎？沒有。有的只是權利欲、巨星欲、靠罵娘或當主編來出名欲，滅他人以抬自己之欲，由『文學青年』一變而為詩壇『揭密人』之欲，或像有人說的，不擇手段以躋身於文學史之欲……我想還是西川說得透：『與其說有什麼民間立場，不如說有個『黑社會立場』！』」「那麼，還有什麼招？」「重新扯起『民間寫作』甚至『第三代人詩歌運動』大旗，以同九十年代『知識份子寫作』抗衡，如果不能把對方滅掉，起碼可以把水攪渾。」「許多人已有文章揭底。」「說實話，新詩史上我還從來沒有見過如此無恥的行徑。」「以騙取、籠絡、脅迫等政客手段，試圖建立『統一戰線』，以實現『一旦起事，當能統一山河』之大

夢，或是以『新的詩歌增長點』發現者和保護神自詡，來向所謂『話
語霸權』挑戰，為自己意外地撈一筆。」「而在盤峰詩會上，于堅
一定要某詩人在會上『表明立場』，別人不願意，結果被罵成『甫
志高』！」「沈奇真不明白嗎？他不過又是在裝孫子，裝無辜罷了。」
「他們什麼時候用他們那傾聽權力或哥們兒的耳朵來傾聽過來自
民間的聲音呢？」「最大的謊言……」「然而，在當今還有沒有一個
類似於八十年代的『民間寫作』，或于堅、楊克這些人什麼時候『民
間』過呢……」「于堅至多只能矇騙一些對八九十年代中國詩歌的
發展一無所知的人。重要的是，于堅能否『代表』第三代詩歌運
動？」「這真如西川所說『撒謊的人把聲勢造得再大也是在撒
謊』！」「不過，這幫人就是有一種說謊不臉紅的本事……」「『老』
並不可怕。怕就怕在老了還要裝時髦，還要扮演出種種姿態去誘騙
那些天真爛漫的青年。說到底，謹防上當。因為在那個所謂『新的
詩歌的增長點』的招牌後面，我們看到的，卻是幾個不甘寂寞的『老
詩人』及氣喘吁吁的『野路子批評家』在那裏密謀！」……不知大
夥觀感如何，我陶醉於這樣的發現之中：一、一個人可以在同一篇
文章中，用一句話去評價自己說的另一句話，譬如：用「這幫人就
是有一種說謊不臉紅的本事」可以評價「……結果被罵成『甫志
高』！」這叫自己掌嘴。二、王家新借罵「民間寫作」及其詩人為
他和「知識份子」十年來的工作做了最好總結：XX瘋了、盤峰落
馬、大造假輿論、權利欲、滅他人以抬高自己之欲、騙子、騙取、
裝孫子、裝無辜、矇騙、撒謊、誘騙、無恥、裝時髦、謊言、老詩
人、評論家、密謀──真是十年辛苦不尋常。這叫借人諷己。三、
與其說是發現不如說是更大的疑惑，王家新慌不擇詞或者說他用詞
根本不過腦子，譬如說。「騙取」你可以用，因為你們常常這麼幹，
但「籠絡、脅迫等政客手段」你們也常常這麼使嗎？你盛讚西川的
「黑社會立場」之說，那麼我想把問西川的話再問你一遍，他不回

答請你回答：你們把自己當什麼了？詩歌政權嗎？即使是罵人也有一個準確度的問題，一個人用詞生怕不能夠狠，生怕不能置對方於死地，如果這一切是在清醒狀態下幹的，那麼他究竟是為了什麼？目的何在？

一位「知識份子寫作」的重要代表人物私下透露說：他們中只有王家新還想把這場爭論進行下去，進行到底。事實是，確實是由他進行到底的。我有機會在這裏向大家宣佈：「盤峰論爭」已經結束了，它結束於王家新化名「子岸」在《山花》雜誌上所做的一篇〈九十年代詩歌紀事〉。

《山花》刊登此文的目的在「編者按」中已經講明「為中國詩壇提供一部相對完整的更有價值的詩歌編年史」。有人化名寫史，寫出了一部怎樣的歷史？我們不妨瞧瞧。

如何書寫歷史中的自己？

「1991年3月：《花城》第2期刊出王家新〈帕斯捷爾納克〉、〈守望〉等詩5首……引起注意和反響。四川學者大遲寫出長篇思想札記論述〈俄羅斯的啟示〉和王家新此詩在中國歷史語境中的意義。」

「1992年11月：《花城》第6期刊出王家新〈瓦雷金諾敘事曲〉，受到注意。」

「1997年8月：湖南文藝出版社《二十世紀末中國詩人自選集》出版，共4種：王家新《游動懸崖》……出版後受到注意和歡迎。」

如何書寫歷史中的他人，尤其是那些與自己的詩學主張、詩歌立場相左的人？

「……三年後，韓東卻把這種『從閱讀開始進入角色』用來專門描繪他要攻擊的『知識份子寫作』，並將之別有用心地命名為『讀者寫作』，用來詆毀其他詩人。」

「1994 年 12 月 15 日，在進修於北大的沈奇的奔走遊說下，北大『批評家週末』舉行『對《0 檔案》發言』討論會，于堅本人到場。」

「《文友》第 3 期刊出徐江〈烏煙瘴氣詩壇子〉，用地攤小報筆法對他所謂的『知識份子寫作』詩人和批評家進行詆毀和攻訐。」

自己與他人，兩相對比，明眼人不難看出，連採用的筆法都是不同的（在同一篇「文章」中），對自己用的是編年史標準的客觀陳述筆法，對他人則完全是主觀色彩極濃的隨筆和戲說，是典型的用來攻擊他人的「地攤小報筆法」。而所述內容也完全不是事實，比如他說自己的詩集《游動懸崖》出版後受到歡迎和注意，不知他受到的是誰的歡迎和注意？我猜是暗指讀者吧，而我所掌握的事實是這套詩集賣得相當差，致使本來準備要出的後幾本（于堅《0 檔案》等）也被迫擱淺。

詩人何小竹對這個〈紀事〉的評價相當精當：這是九十年代「知識份子寫作」詩人的發表史。

真是可憐！話可以說得很大，事卻可以做得很小。吵來吵去吵到後來當所謂「對手」把其不大的目的赤裸裸和盤托出的時候，我突然感到介入其中的無聊！我分別跟本方兩位鬥爭熱情與我同樣高漲的主將于堅和徐江通了電話，我對于堅說：「我們再不要多寫一個字，論爭已經結束了，這樣收場是『知識份子』的恥辱。」于堅向我表示了同樣的意思。這真是一次輕鬆愉快的通話。

人好好的，為什麼要當小丑？不就是想讓自己早點滾進那白紙黑字的歷史嗎？但事實是，當你變成了那些字難道就真的進入了歷史嗎？這又是無法確認的。其實當我們寫完各自的東西，一切都已經註定了，只不過我們不知道而已。所以說穿了，爭來爭去還是為了現世的回報，具體到詩歌上說這已變得十分可憐，把身家性命榮辱得失全都繫在這根線上的人就顯得更加可憐。

　　我曾經不止一次地想過，我和王家新（包括那些「知識份子」）下次的見面會是什麼情景？「盤峰詩會」之後我就再沒有見過他，本來有兩次見面的機會，一次是去年六七月間的澳門國際詩人會議，我們都受到了邀請（我的邀請函還是王家新及時轉過來的，我謝謝他！）我甚至還辦好了出境手續，但臨行前接到一個通知說不許去……另一次是去年十一月的北京「龍脈詩會」，但所有受邀的「知識份子」集體抵制了。我想像我們可能的見面後的情景是因為最近以來我一直在思考詩人之間最健康的交往方式，直到現在我還有一種最簡單也許很幼稚的願望──怎麼說呢？如何描繪它呢？我腦中有這樣一幅圖景──那是中日合拍電影《一盤沒有下完的棋》中的最後一組鏡頭：孫道臨扮演的「江南棋王」與三國連太朗扮演的「日本棋王」在長城上進行「口弈」，下完多少年前沒有下完的那盤棋……

　　我想與王家新「口弈」彼此的詩，完了一起復盤，像真正的棋士。因為曾經滄海之後，我們都應該更加懂得，那決定乾坤、決定一切的的東西是我們手中的棋。關於他棋中的問題，我願意把我的想法告訴他，把改進的辦法告訴他──反過來，關於我棋中的問題，我希望他也能把他的想法和解決的辦法告訴我。

> 布拉格的黃昏緩緩燃燒
>
> 布拉格的黃昏無可挽回
>
> 布拉格的黃昏，比任何一個城市的更為漫長
>
> 布拉格的黃昏，刺痛了我的心
>
> 　　　　　　──〈布拉格〉

家新啊，四個相似的句式並列在一起，太單調，令人疲倦，也顯得學生腔。這麼改你看如何？

緩緩燃燒　無可挽回
黃昏在布拉格
比它經歷過的其他城市長些
布拉格的黃昏　讓我揪心

「任何一個城市」太主觀臆斷，我改了。「刺痛了我的心」太突兀，太俗氣，缺乏質感。「疼」不必說出，寫出「揪」的質感即可。

把靈魂朝向這一切吧，詩人
這是幸福，是從心底升起的最高律令
不是苦難，是你最終承擔起的這些
仍無可阻止地，前來尋找我們
　　　　　　——〈帕斯捷爾納克〉

家新啊，這是你慣常的毛病，喜歡連續使用激越的語感和口氣，像動員令，這反而達不到效果，因為它們（從「把……吧」到「這是……是……」再到「不是……是……」）彼此抵消了。換種口氣如何？

讓靈魂面向這些？這一切？詩人
幸福？抑或心底升起那最高的什麼？
習慣苦難，你最終承擔起的一切
仍無可阻遏地，雪一樣將我們覆蓋和掩埋

在語氣中增添一點猶疑，結果會更顯有力。「律令」這種硬詞，拿掉！你是詩人不是哲學家。最好不用「是……不是……」這類主觀判斷句，讓意象從意象的角度自己出來表現。

最後，我和家新一起來到了長城，家新在詩中喜歡的北方的雪就要下了……

家新口弈道：「白髮紛飛時，朝北；你總是這樣：北，更北……」

　　　　　　　　　　　　——他下的是〈杜甫〉。

我跟了一步：「紅袖添香時，背北；你一副鳥樣：北，沒北……」

　　　　　　　　　　　　——我下的是〈李白〉。

（2000）

伊沙論

「你沒什麼牛 B 的！你光會罵別人，不會罵自己，你自己就是十全十美的嗎？」

指著我鼻子說這話的人是廣州詩人黎明鵬，他的另一重身份是個成功的房地產商人，時間是去年 11 月的一個晚上，地點是在北京海淀區知春里的九頭鳥餐廳。除了我的朋友，敢於當面指著鼻子罵我的人實在不多，所以我有印象。我當時怎麼回答來著？原話已經忘記了。大概的意思是說：在一個人人都在賽牛 B 的時代裏，罵罵人我不以為其牛 B，可以罵別人也可以罵自己，我也很想找個機會罵罵自己，但我也不會認為罵了自己就牛 B，「十全十美」更是從何說起？

現在終於有了機會我可以罵罵自己了。毛老人家很早就教導我們說：要學會批評與自我批評。有把年紀的人肯定富有經驗，我以為在中國，好的自我批評都具備自我交代的性質。

一支筆、一疊紙，開始。

我有一張體制的臉

如何製造一個「文學少年」？我願意與最富經驗的中學教師交換心得，那就是：鼓勵他的作文，畫很多紅圈，寫最好的評語，讓他站起來唸，當眾領受來自同學的羨慕和嫉妒。

想當年，我就是這麼被製造出來的。作文好，家長就以為你有這方面的特長，總是從單位圖書館帶文學雜誌回來，遠在上海的舅

舅也聽說了你的專長，每月都買一本《上海文學》寄給你……我就是在《上海文學》上第一次讀到艾青的詩，是〈歸來的歌〉，寫天涯海角的一首，我覺得很好，句子漂亮。可那時候，我覺得雷抒雁也很好，而我最崇拜的小說家是劉心武……真是亂七八糟，我對文學的最初接觸是從當代期刊，從《傷痕文學》開始的，這怪我沒有家學，父母都是搞野生動物研究的，整日在秦嶺山中追著狗熊跑……我獨自在家學會了做飯。我是一個生在外省的文學出身相當貧賤的「文學少年」。

從小學到中學，我都這麼過。太可怕了！我在小學五年級的時候就知道把信封的一角剪去就可以四處投稿。在毛沒長全的時候就懂得做個詩人好泡妞，那是因為我在那個年頭（七十年代末至八十年代初）的報紙上讀到總是有兩種人犯男女作風問題：詩人和導演。還有一次，剛從南斯拉夫訪問歸來的流沙河來西安講學，我親眼看到那麼多的姐姐挺著那個年代特有的小波滿身雪花膏的庸俗香氣朝著流詩人講課的劇場大歩而去……我的小心靈真是羨慕不已！那時年少的我可以清楚地告訴你：王蒙和張潔是惟一兩個三獲全國短篇小說獎的人以及朦朧詩主將顧城的家世。真是太可怕了！

更大的激勵還在後頭，十七歲那年我寫下的第一首詩就得以發表，現在我硬著頭皮將之再次公佈如下，博大夥一樂：

夜……
夜，深了，
柔和而寧靜
多少面窗子裏
卻還亮著燈。
那點點燈火，
交相輝映，

像天上的星星；
又像一雙雙
探索的眼睛……

我默默地告慰
燈的主人：
等待你們的
是一個美好的早晨。

　　這便是我的「處男作」，它要酸倒我今天的後槽牙並且渾身直
起雞皮疙瘩，帶著鑽的衝動，滿地尋找著地縫。我的書架上有本《顧
城的詩》，我找到一首顧城寫於十四歲的詩抄錄如下：

小花的信念

在山石組成的路上
浮起一片小花

它們用金黃的微笑
來回報石頭的冷遇

它們相信
最後粗糙地微笑
在陽光和樹影間
露出善良的牙齒

　　兩詩對比，無疑，顧城是個天才，而我是個白癡。可那時怎麼
就沒有人告訴我呢？並把我阻擋一下？還把我視為「苗子」，任由我
一路傻呵呵地寫下去。在那時的中學生中間，比我更有名氣的尚有
田曉菲、劉倩倩、王軍（洪燭）、涂海燕（小海）等人，說實在的，

這些人（首先是我）既不天才也不早慧，只是過早地開始知道弄這些事情。既不天才也不早慧，那麼早弄它幹麼？這是全無意義的！可我們竟然從中撈到了實惠的好處，中學畢業時，田曉菲被保送至北大，王軍（洪燭）被保送至武大，涂海燕（小海）被保送至南大，我本有一個保送復旦的機會，因故未遂只好參加高考，但也因獲獎、發表的紀錄獲得了二十分加分得以順利地考入北師大⋯⋯除了這些，我還得到了什麼？做一個小詩人的鳥感覺──一種身在文壇的幻覺。一個小屁孩子，知道那麼多的文壇內幕和文人軼事，「口氣像作協主席」（于堅詩句）。文學是可以帶來好處的，文學可以當飯吃──這種糟透的想法立竿見影植入我心。還有：我就是為文學而生的，我就是為文學而受教育的，大一剛入學，輔導員在臺上講：「師大不是培養作家的，師大是培養教師的⋯⋯」我心懷不屑地撇撇嘴，那個撇嘴一定醜陋極了。時刻準備著，為當一名作家而奮鬥！那時我肯定在心裏宣過誓。做一個作家，做一個體制意義上的作家，我心生體制的幻覺，也充滿體制的趣味。張小波說我是個「會痞」，喜歡開會，而且知道如何在各種各樣的會上出鋒頭。我不得不承認我有這本事，但可悲的是，其實體制的會我參加得很少，我的本事是從哪裏學來的？天生的？還是來自一種積年累月的自我訓練──一種在內心展開的訓練呢？體制的趣味就是無聊文人的傳統趣味，並不完全在體制內展開。臺灣《創世紀》詩雜誌常年贈閱，我翻上面的圖片，對洛夫、瘂弦們經常在茶藝館裏圍坐談詩的場景羨慕不已。我喜歡北京，有多種理由，歷史的，現實的，其中的一條理由是我確實喜歡北京城裏每個夜晚那種文人紮堆的飯局，喝濫酒，說胡話，揮灑性情，恣意撒嬌，自覺也是江湖上的小英雄、北京城裏的一腕兒！

　　正是在北京的飯局上，楊黎說他實在是不喜歡我的長相，沒有解釋的下文就是不喜歡。何小竹在《1999 中國詩年選》的〈工作手記〉中說：「而對我和楊黎來說，伊沙是新朋友，這個早聞其名以為

是個流氓的傢伙見了面一看卻像個『知識份子』。」小竹的話能否代表楊黎的意思？而在幾年前，美男子丁當說我長得像國營企業的伙食科長，讓我對鏡瞅了半天，我想拍著臉告訴你：我確實也不喜歡自己的長相。以我見過的詩人來說（女詩人暫且不談），以俗人肉眼的標準來判斷，可以有美醜之分：芒克、嚴力、顧城（已故）、楊煉、丁當、何小竹、石光華、柯平、楊克、侯馬、阿堅、臧棣、馬永波、阿櫓（已故）、葉匡政、胡寬（已故）、路漫……都屬個頂個兒的美男；于堅、楊黎、陳東東、劉漫流、沈奇、徐江、秦巴子、中島、李岩、西渡、清平、桑克……都屬於五花八門的醜男。美醜是俗人的標準甚至是女人的標準，我還有我的標準，那就是看你長得有無特色，美而有特色者為阿堅，他長得像戰國時的刺客；醜而有特色者為于堅、楊黎、徐江：于堅長得像曼德拉，楊黎像師洋大律師，徐江誰也不像，五官在他臉上飛啦；長相中平而有特色者為朱文、李亞偉、張小波、沈浩波：朱文會變臉，他上一個表情很英俊，下一個表情就會很醜，堪稱醜俊同體；李亞偉，與其說他長得像四川哥老會的師爺，不如說他長得像豺狗；張小波喝高之後反而不鬧了，表情恬靜，面露幸福之色，像一個紅彤彤的剛從產室抱出來的女嬰；請你仔細觀察沈浩波，這小子面部的神經脈絡組合起來與鬥雞無異……與他們相比，我長得真丟人，真失敗，美醜不占還毫無特色，說穿了就是平庸，說得文化點兒就是：我生了一張體制的臉。這張臉在我是一名「文學少年」的時候是一張班長（還是副的）的臉，在我成為一名「詩人」後就是一張主編的臉（科級與處級之間）：堆滿脂肪，和顏悅色。這張臉擱在商人中間讓人誤以為是經理，擱在政客中間讓人誤以為是處長，擱在文人中間讓人誤以為是主編，惟獨不會讓人誤以為的是：詩人！

　　如果說一個人的臉的最終長成與他的內心有關——如果這種說法成立，那麼我這張體制的臉一定與我內心的體制幻覺與體制趣味相關聯。作為當年的一名「文學少年」，我天真地以為文學生涯

就像一名班幹部和「三好學生」的命運，一切都有人替你安排好了，所有人都會關心你、愛護你，而這一切都來自一個抽象的概念：文壇。具體講就是組織，一個作家的組織。等到二十年後，你看到一個人姿態感極強地寫出〈世紀末呼籲：解散中國的作家協會〉，然後跑到中國作協的十樓會議廳怒斥茅盾文學獎是大便獎，這中間是一段被迫的命運，這中間我吃了多少人屎！

1985 年秋天，我去北京了，一個身穿白襯衣的文學小爬蟲爬上了東去北上的列車。我至今仍然後怕，如果我去不了北京的話，就會留在廢都上大學，這是一個在文學上除了體制化就一無所有的地方，我會成為「農民小說」和「黃土詩歌」的三孫子嗎？這完全可能，儘管我的南方血統和城市出身與之有著天然的敵意，在秦俑土色的眼珠裏我也絕不是親切的……

你以為我是自個兒的爹

舒婷是我最早讀到的朦朧詩人，在體制內詩歌的環境裏讀到她，確實給我不同凡響的感覺，與她同時讀到的還有傅天琳，她寫一位幼稚園小阿姨的詩給我留下了揮之不去的印象。那時我讀高一，她們的詩教會我懂得最基本、最常態的美。大學畢業分回西安的時候，我和北京詩人西川有過幾回合的通信交往，他在信中問我前幾年北外有個叫伊沙的詩寫得很女性化是不是我，我回信說大概是吧，但我不是北外的而是北師大的。我還在信中告訴他說：我在大學前期的詩確實很女性化，因為深受舒婷、傅天琳的影響。近十年後，在「盤峰論爭」中，為了鬥爭的需要，西川把我當年的信拿出來說事兒，說我受過舒婷、傅天琳的影響——好像是什麼罪證？他以為將之公佈出來就可以打擊我——這怎麼可能？！將一個人生命中的一段真實經歷寫出來就可以打擊了這個人？！對我來說這是隨時可以寫

出來也正準備寫出來的東西（只不過對非詩類的文字我寧願等待時機），西川替我先把它說出來也很好。但我太熟悉西川這類「知識份子」的下流趣味和猥瑣心理了，所以我在〈究竟誰瘋了〉一文中對這位深受李白、惠特曼、聶魯達、龐德、博爾赫斯交叉影響的北京詩人做了毫不留情的反擊。師傅牛B我牛B——他們真的相信這種邏輯，傻B！

比舒婷、傅天琳稍晚，我讀到了顧城，顧城令我驚訝不已繼而深深迷戀，他教我懂得什麼是一個現代詩人的基本才情（在顧城那裏已經到了四溢的程度）：意象方面——「沒有目的／在藍天中蕩漾／讓陽光的瀑布／洗黑我的皮膚」、「時間的馬／累倒了／黃尾的太平鳥／在我的車中做窩」、「太陽烘著地球／像烤著一塊麵包」。顧城營建意象的才能大概只有北島才能與之抗衡，後者在天然感與生趣上不及他，後者的優勢在於精密和張力。儘管我最終長成了一位口語詩人，但我在開始的時候經受過三年左右的意象訓練，作為一個反意象的詩人這是必須經歷的一個階段，指導教師便是顧城和北島。語感方面——「最後，在紙角上／我還想畫下自己／畫下一隻樹熊／他坐在維多利亞深色的叢林裏／坐在安安靜靜的樹枝上／發愣」、「只有撕碎那一張張／心愛的白紙／讓它們去尋找蝴蝶／讓它們從今天消失」、「還需要什麼？／手涼涼的，沒有手絹／是信麼？信？／在那個紙疊的世界裏／有一座我們的花園」。顯然的，顧城在上引的三段詩句中都使用了韻，但韻在此處已成為不止於韻的東西（請對比食指的作品），不再是韻的機械使用，而是讓韻在微妙的語感變化中發揮畫龍點睛的作用。「語感」一詞在當時的漢語中還沒有被發明出來，但它確已存在，于堅、楊黎、周倫佑就發明權的問題大概還有一場官司要打。請看于堅的口語詩中語感所呈現的樣子：「大街擁擠的年代你一個人去了新疆／到開闊地走走也好／在人群中你其貌不揚」、「你皮膚白　我臉膛黑／太陽對我親

對你疏／我們坐在南方的一家旅店／一見如故／像兩個殺人犯
一見如故」、「晚飯的時間到了／丁當　你的名字真響亮／今天我沒
帶錢／下回我請你去順城街／吃過橋米線」。語感在于堅的詩中是以
「說話」的狀態體現的，韻的使用（轉韻及在同一行詩中用韻）更
加靈活，語感內在的變化更加奧妙更加豐富。我在此提早提到了于
堅只是為了供認：被稱為「尚持有無比鋒利的語感和一流的語言天
賦」（逸子語）的我在語感方面從顧城那裏、從于堅那裏偷來了什麼？
我的語感是他倆語感的混雜影響及我自身特點的體現：「結結巴巴我
的命／我的命裏沒沒沒有鬼／你們瞧瞧瞧我／一臉無所謂」、「但我
吃遍世上的館子／仍然懷念一碗紅燒肉／但我逛完天下的窰子／最
愛是您生養的丫頭」、「我們在暮色中抵達礦區／談論著我們想像中
／煤礦工人的非人生活／不知道這裏的生活／也是火熱的　在我們
看見／電線桿上那些包治／性病的海報之前」。有心的讀者還會發現
崔健歌詞在其中所生發的作用——我在我硬的部分賦之以重金屬的
節奏，我在我軟的部分賦之以城市民謠的味道，聯想起西川在一篇
談話錄中聲稱他正在研究古詩的韻律，真是把我笑煞！幾年前，柯
平在一封來信中建議我多研究一下宋詞的語感，我在心裏說：不必
了，中國現代詩語感的最高成就已經被我竊取在手、創造發揮……

　　我下一個要去偷的詩人是北島，對北島我是大偷，是搶銀行。
我這麼說吧，真正對我作為一個男人的骨骼的最終發育完成產生過
影響的同胞是：詩人北島、評論家劉曉波和音樂家崔健。我在中學
時就讀過北島的兩首詩，其中一首就被我記住了：〈菩薩〉。我全面
閱讀北島的詩是在大學以後，讀了北島的詩才知道什麼是朦朧詩。
初讀北島時我有一種改天換地的感覺，我相信沒有北島的詩，北京
八十年代的天空絕沒有那麼高藍。一個「文學少年」外加中文系大
學生的文學理想和文學觀念遭到了迎頭痛擊，被擊得粉碎！因為北
島，我開始思考詩人存在的意義。在北島那裏，我不光讀到了充盈

的才情和精良的手藝，我讀到了一個偉大男人的內心。十多年後陳凱歌在成都告訴我的故事證實了我由閱讀開始的對這個男人的信任與期待都沒有落空，十多年後我讀他臺灣版的散文集《藍房子》的感受一如當年！而在當年，讀罷北島我有一種靈魂出竅的感覺——我有那玩意兒！它在我亂七八糟的皮囊裏！北島於我喚醒的是靈魂。我不是要在哈威爾和米蘭·昆德拉之間製造二元對立的那種傻 B，但我知道不論你選擇那個元，都要做到徹底和始終如一，在先輩面前，我只有慚愧莫名！北島無疑是二十世紀最偉大的中國詩人，對他的成就和已經取得的一切以及將會取得的一切，我放棄作為同行的嫉妒，對於他去國後創作上的失重我沒有興趣竊竊私語。因為我知道至高的榮譽是給予他不凡的經歷和藝術顛峰的——對此我沒法嫉妒。我在北島那裏偷到了足夠多的東西，然後走了。

1985 年，于堅和韓東在《新詩潮詩集》下冊露面時，寥寥幾首並未喚起我的注意；1986 年，他們淹沒在「兩報大展」擁擠不堪的版面中，甚至不如那些標新立異的名號（什麼「三角貓」等等）更出鋒頭。直到 1988 年，我在一次真情實感的閱讀中認識了他們：于堅的〈作品第 39 號〉和韓東的〈我們的朋友〉。我在我骯髒的宿舍中讀著他們，我只有深深的感動，感到詩歌原來是這樣一種近在眼前的東西，伸手可及，與人類最普通的情感和最具體的生存緊密相連。我手寫我口，我說故我寫。當時口語詩已在全國氾濫，口水飛濺詩壇，我喜歡他們並不單純因為他們寫的是口語，而是以他們二人為代表的一批成熟的口語詩人開闊了現代漢詩的空間，把一批真正富有生命力和藝術才華的詩人從詞語堆和意象群中解放出來。朦朧詩的方式一直讓我有「做詩」的感覺，我知道那不是適合我的詩歌方式，我看到三年來我一直在尋找的一種方式已經有人成熟地做了出來。我以為是韓東建樹了口語詩最早的一套規則（儘管是王小龍更早並且城市色彩更重），這套規則使我在 1988 年的 6

月一夜之間進入了口語化的寫作──一種更利於我自由發揮的寫作，韓東教會我進入日常生活的基本方式和控制力，于堅讓我看到了自由和個人創造的廣大空間。可以說，韓、于是最終領我入門的「師傅」。稍後，我還從李亞偉那裏偷到了一種憤怒與憂傷交相混雜的情緒，其實，李亞偉是我更為心儀的詩人，他在某一方面流露的才情令我絕望──幸好，它沒有構成李亞偉的整體並貫穿下去，否則，我後來的寫作就沒必要存在。1994 年，詩評家李震曾問我一個問題：「你最怕的對手是誰？」本來這個問題的提出就足以讓人吃驚了，我卻毫不猶豫地回答：「李亞偉！」我偷到了丁當的虛無與灑脫，偷到了默默壞孩子的頑皮與智慧，偷到了楊黎語言的陌生化效果，偷到了王寅招人喜歡也十分必要的優雅，偷到了王小龍的城市感覺和哲學背景，偷到了柯平的江南才子氣⋯⋯八十年代，自朦朧詩後具有進步寫作傾向的第三代詩人中的佼佼者，被我偷遍了⋯⋯

　　嚴力是我生命中的「貴人」。在朦朧中我有一種很自戀的感覺：嚴力在紐約辦《一行》，最初幾期他好像一直在等著什麼，他在等我給他投稿，他在等待著在一堆稿件中把我發現。我大學畢業前的第一次投稿就被刊登了，第二次寄去詩後他給我回了一封長信，在信中他用肯定的語氣說：「不出幾年，你就會寫出來的⋯⋯」接到這封信時我已分回了西安，正在陸軍學院接受軍訓，黃昏時我在大禮堂外白色的臺階上反覆讀他的信，心中有些潮濕。我創作生涯中所需要的一些標誌性的話幾乎都是被嚴力說出的，他說：「你已經找到了自己的方式，下一步就是用更多的作品來加強它的問題。」他說：「你的詩不看名字我也能認得出來。這是一個成熟畫家應該達到的境界。讀你的詩是一種很好的休息。」嚴力給了我許多實質性的幫助，我的最初影響的產生全仗《一行》，也給了我許多有益的教誨，更重要的是，他整體的創作給予我的一次重要輸血，他是 1988 年我真正進入詩歌寫作以後還能夠對我產生影響

的惟一一位中國當代詩人,沒有嚴力的影響,我不會懂得應該與日
常現實拉開適當的距離,充滿現實的質感同時又具有超現實的意
味,詩人李岩讀了我在「盤峰論爭」中的文章,他說他發現「日常」
不是我與「知識份子」開戰的武器。我說當然不是我的武器,因為
「日常」不是我的目的。在我眼裏,嚴力是中國現代詩的另一源頭
(如果把北島視為一個源頭的話)——是與中國傳統詩歌情趣迥異
的「另類詩歌」的源頭,我以為嚴力──于堅、韓東──伊沙,構成了
中國「另類詩歌」的一個譜系。1994 年,我和嚴力還有過一次合作
──大家都面對同樣的材料來共同完成一部碎片式的長詩,我稱之
為「男子雙打」,嚴力稱之為「現代對詩」,它既是我們友誼的見證,
也記下了嚴力詩歌對於我的激發和影響。另外,我還想說明,我到
目前為止的長詩理念完全得自於嚴力最早在漢語中實踐的碎片式長
詩──「詩句系列」。

> 嚴　力:再為詩送葬一個世紀
> 　　　　也用不完我手中的悼詞

> 伊　沙:再把詩拷貝一萬遍
> 　　　　也用不完我手中的傳單

> 嚴　力:我的同胞終於在他們哭過很久的地方
> 　　　　開始造鹽

> 伊　沙:欲哭無淚
> 　　　　我的同胞將鹽大把地撒入水

> 嚴　力:放心地躺下吧
> 　　　　墳墓是上帝的子宮

伊　沙：放心地出來吧
　　　　子宮的下界是墳墓

嚴　力：在你搬走了爐臺的上方
　　　　我的鍋依然懸在那裏沸騰不已

伊　沙：在你砍掉了腦袋的下方
　　　　我的身軀依然聳峙是一座活火山

嚴　力：在古城牆下
　　　　蟋蟀王的後代還在守衛皇宮

伊　沙：在護城河邊
　　　　蟋蟀王的孫女瘋狂叫賣

嚴　力：面臨愛情的首次表白
　　　　你會感到滿嘴出汗

伊　沙：聆聽愛情的首次表白
　　　　你會感到耳朵轉筋

嚴　力：我無所謂籌碼漂亮與否
　　　　我只在乎籌碼在賭桌上的高矮

伊　沙：當金磚成為賭桌上的籌碼時
　　　　賭徒之心已不在賭

嚴　力：人類是人類的遺跡

伊　沙：語言是語言的悼詞

嚴　力：我們無法測量
　　　　太陽離我們腦袋裏的地面有多遠

伊　沙：我們無法測量
　　　　人體汗毛孔中灰塵的儲量

嚴　力：失戀是一種充滿了各種維生素的苦惱

伊　沙：失戀是冷飲店不出售雙色冰激凌的夏天

　　我曾在一首叫〈名片〉的雙行詩中寫道：「你是某某人的女婿／我是我自個兒的爹。」你以為我真的是自個兒的爹嗎？一個沒有父親、沒有兄長的人？不，不……我和侯馬、徐江（這兩位與我同屆畢業於北師大的詩人）說：「我們是沒有師兄的人。」——是在說我們沒有母校意義上的詩歌傳統，也得不到來自師兄的提攜與幫助，我的話是針對北大那些與我們同齡（或年齡相當）的平庸者的——三具死屍換來的腐朽的詩歌傳統才讓他們得到了詩歌的畢業證，真是可憐！沒有師兄，並不等於沒有兄長，至少對我是如此，一所學校的詩歌傳統是什麼？狗屁！今天我寫下他們，供出了我哥我姐，旨在說明：我從來不是有些小孩傳說中的天才，也不屬於某些論者所說的「橫空出世」。我是我自我設計、自我教育的結果，而且這種設計與教育也充滿問題。我也從來不是某些人印象中的那種大無畏的人，而且恰恰相反，從詩歌上說，當年我小心翼翼地把自己放入文明的序列——詩歌史可能的一個位置上，我用我已經掌握的知識和閱讀經驗在一開始就為自己選擇了一條「正確」的道路，1988 年，徐敬亞指出：「以非非主義、他們為代表的後現代主義傾向」，我當時想：傾向也就是傾向而已。燎原在十年後（1998年）的判斷：「從那次『兩報』詩歌大展開始，中國詩界在現代主義的向度上一直存在著含混的後現代主義情結。」似乎更符合我在

當年對徐敬亞那句話的的具體理解。當時我滿腦子充滿了向前走的意識——先鋒意識？從現代挺進到後現代——當時，我想得就是那麼簡單，而中國的歷史及其對應的文化太複雜了，它會一直向前走嗎？當年我是在大學生的筆記本上畫出了今後十年的詩歌創作路線，這太書生氣了！太小兒科了！太知識份子了！別人從傳統道德和傳統審美經驗的角度以為我是個「壞孩子」，其實從一開始我就是個乖孩子、好學生，從一開始我就玩了一個大妥協、大下跪，在文明的序列面前尋找體制所不能給予我的安全感，乖得不能再乖而且很會賣乖。難道你們還沒有看出來嗎？我只敢在小處使性子，在後現代的「正確」路線下犯混！逸子說：「伊沙正是從這裏出發的，他在『人』與『非人』中間找到一點：壞人。如果你是『人』的，你最後將轉回一個人所擁有的那些，而成為一個『大師』。如果你是『非人』的，則任何來自於文明的勢力無法同化和融合它。伊沙惟一含混不清的地方在於，他試圖成為另一種詩人，一種擺脫『情懷』而不是『人性』的詩人。這樣，詩人伊沙手持當代最銳利的武器，跨上當代最迅猛的烈馬，卻在頭腦中裝入了最頑固的觀念——人。當我們發現他採用當代最猛烈的姿勢只不過用來與文明鬧著玩的時候，我們迷糊了。」逸子把我看透了，也把我看高了。其實，我從來就沒想過要成為「非人」，從來就沒有到達過這個意識。「壞人」也是作品刻意留給大夥的一個錯覺。認識我的人都會認為我是一個好人，只不過好得還不夠。1993 年，周倫佑指認我正在進行的是「一種自覺的『後現代』寫作」，這年前後，理論界突然泛起的「後現代熱」使很多評論家對我的作品產生了覺悟，從此我的名字就與「後現代」這個詞聯繫在一起，國外漢學界甚至有人指出：「中國的後現代詩歌自伊沙始。」可以想像嗎？因為這個「熱」我這個飽遭拒絕的人竟成了青年詩人（包括許多「第三代」的重將）中被評論最多的人，原因就在這個「熱」，原因就在這個「後」，他

們藉我的詩可以說他認為時髦的話——「後現代」真成了一種學術時髦，一種文化的「龐然大物」。我藉此起家與西川藉海子出名同樣可恥！但在九十年代的中國，一個詩人不「藉」點兒什麼就真的能「成」嗎？誰又不想「藉」點兒什麼？鬧來鬧去的「知識份子」是怎麼回事？我不是在替自己辯護，我也不想為自己辯護，真相是我自己說出的，這皮是我自己扒下來的！當年我在西安南郊的一間小屋裏從報刊和遠方朋友的來信中看到自己被說來說去，真是快感至極！真讓我得逞了！我在 1988 年的口號是「從于堅、韓東走向後現代」，看來正確的路線是革命成功的有力保障啊！誰說過的？毛老人家？當年我和已故詩人胡寬有些交往，讀了他的詩，我兩次推薦給嚴力而未果，讀了他的詩，我在心裏做出過如下判斷：就算今天不被承認我也有終被追認的一天，因為我在文明的序列裏，因為總有人不那麼無知，就算這也落空，還有明天的詩人也會像我幹過的這麼幹，還有明天的讀者也會像我想過的這麼想。而胡寬太亂了！自身的亂和與文明的序列無法對接的亂，我以為他永無被追認的一天！我沒有告訴他我的冷酷想法，我更沒有想到他會死。人死了，這種冷酷的判斷無法驗證了，連金口難開的唐曉渡都說：「胡寬是 XX 的惠特曼和內陷的金斯堡。」這是他唱堂會時說的吧？說過了就說過了，此後詩選該怎麼編還是怎麼編，秩序該怎麼排還是怎麼排，管你媽的什麼惠特曼還是金斯堡呢！胡寬的死是一種悲劇，其實海子也是，抬棺遊行的人最後想殺死他。也許活下去更可怕，活下去就得自己想辦法。我看到燎原評論我說：「伊沙的詩具有上述後現代主義的典型特徵，他詩歌中對諸如愛滋病、少年犯、棄嬰、監牢、足球流氓、同行戀者、吸毒犯、丐幫等惡俗形態的取材……」我的臉紅了！為了用「後」的樣子「媚」一下，我動用了多少亂七八糟的小零碎啊！這種「扮酷」「裝屎」的矯作對我詩歌的負面作用及其傷害，只有我自己心裏最清楚……

殺死自己的三個孩子

　　我有三首被外界認為是「代表作」的東西。「代表作」能不能代表一個作家或詩人，我一直對此抱有懷疑。比如說，〈回答〉、〈一切〉能不能夠代表北島的高度？〈致橡樹〉、〈祖國，我親愛的祖國〉能不能夠代表舒婷的高度？〈我是一個任性的孩子〉、〈生命幻想曲〉能不能夠代表顧城的高度？答案肯定是否定的。那幾首所謂「代表作」不過是他們流傳較廣的詩而已。再比如，〈還給我〉能否代表嚴力的主體？〈0 檔案〉能否代表于堅的主體？〈有關大雁塔〉能否代表韓東的主體？答案仍然是否定的。這幾首「代表作」是他們主體風格之外的偶然結果。既然「代表作」代表不了一個詩人，我為什麼還要把它們端出來解剖？我想僅僅是滿足讀者的方便。我自認的「代表作」讀者不一定認。而讀者認可的「代表作」則恰恰可能包藏著創作者動過的邪念和使過的手段。現在我扒下自己的皮還要親手殺死自己的三個孩子，快哉？痛哉？

車過黃河

列車正經過黃河
我正在廁所小便
我深知這不該
我應該坐在窗前
或站在車門旁邊
左手叉腰
右手作眉簷
眺望像個偉人

至少像個詩人
想點河上的事情
或歷史的陳帳
那時人們都在眺望
我在廁所裏
時間很長
現在這時間屬於我
我等了一天一夜
只一泡尿功夫
黃河已經流遠

（1988）

這首寫於大四，在我女朋友宿舍完成的詩作完全是對韓東那首〈有關大雁塔〉的仿寫。韓東寫道：「有關大雁塔／我們又能知道些什麼／有很多人從遠方趕來／為了爬上去／做一次英雄／也有的還來第二次／或者更多／那些不得意的人們／那些發福的人們／統統爬上去／做一做英雄／然後下來／走進下面的大街／轉眼就不見了／也有種的往下跳／在臺階上開一朵紅花／那就真的成了英雄——／當代英雄／／有關大雁塔／我又能知道些什麼／我們爬上去／看看四周的風景／然後再下來。」我把韓東的「大雁塔」置換成了我的「黃河」，這也不算多大的靈感，因為當時在各大學中正在盛行「《河殤》熱」。但這個純係偶然的置換卻讓我得了利，作為解構對象，「黃河」似乎比「大雁塔」更有價值、更有意義。還有那一泡惡尿——我用身體語言代替了韓東的詩人語言（我得聲明：此點無錯）。靈感來自那年夏天，從西安到北京的列車經過黃河時我正在廁所瀉肚，一泡尿的靈感來自一泡屎。我的創作總是這樣，一旦在案頭運作時就問題多多，破綻百出，一旦回到身體就變得堅挺

有力、酣暢淋漓。選擇「黃河」的文人氣和一泡惡尿撒出去的爽組成了我的大學習作〈車過黃河〉，敗一半、成一半本來可以五五開，但因有一個具體而又明顯的摹本存在，它也只能三七開，一首失敗之作。

餓死詩人

那樣輕鬆的　你們
開始複述農業
耕作的事宜以及
春來秋去
揮汗如雨　收穫麥子
你們以為麥粒就是你們
為女人逬濺的淚滴嗎
麥芒就像你們貼在腮幫上的
豬鬃般柔軟嗎
你們擁擠在流浪之路的那一年
北方的麥子自個兒長大了
它們揮舞著一彎彎
陽光之鐮
割斷麥稈　自己的脖子
割斷與土地最後的聯繫
成全了你們
詩人們已經吃飽了
一望無邊的麥田
在他們腹中香氣瀰漫
城市中最偉大的懶漢

做了詩歌中光榮的農夫

麥子　以陽光和雨水的名義

我呼籲：餓死他們

狗日的詩人

首先餓死我

一個用墨水污染土地的幫兇

一個藝術世界的雜種

（1990）

　　這大概是我到目前為止影響最廣的一首詩，「餓死詩人」幾乎已成為當代成語。但它又是我最不忍回讀的詩之一。有一次去北京，青年詩人沈浩波提到並指出他喜歡我的另一首詩〈刺殺薩達姆〉，我說那首詩已被我拋棄了，因為形式上的問題。〈餓死詩人〉也是這方面的問題。怎麼說呢？從讀者的角度回讀它的時候，我能聽出一個「男中音」（渾厚有力，標準極了！）貫穿了它的始終。所謂「男中音」肯定來自有公共發音標準的「美聲唱法」，或者說它屬於話劇演員和新聞播音員的聲音，屬於一種標準的新華社播音法。那聲音肯定不屬於我個人——「麥子　以陽光和雨水的名義／我呼籲……」——這種腔調像職業演說家，我真是厭惡極了！它怎麼可能是由我的嗓子發出來的？！在大型的朗誦會上，這是一首可以放聲朗誦並能取得良好效果的詩，這也證明了它的失敗。能夠在詩中產生這樣一種「男中音」，還是因為在詩人的意識裏有登高一呼的「代言」意識在作怪。我早年所受的朦朧詩（意象詩）教育在這首詩中留下了不乾淨的痕跡，譬如：「你們以為麥粒就是你們／為女人迸濺的淚滴嗎／麥芒就像你們貼在腮幫上的／豬鬃般柔軟嗎」；再比如：「北方的麥子自個兒長大了／它們揮舞著一彎彎／陽光之鐮／割斷麥稈　自己的脖子」，又比如：「一望無邊的麥田／在他們腹中香氣瀰漫」公平地說，形象蒙太奇的

意想對位，通感的運用都不可謂不精巧，不可謂沒有才華，但這並不是我才華施展的方向，意象詩與口語詩能夠相容嗎？我認為不可以。所以〈餓死詩人〉中出現了這些，只是一些不乾淨的痕跡。意象詩的影響導致我在 1990 年前後的詩作時有「夾生」，像〈餓死詩人〉、〈刺殺薩達姆〉正屬此類。當年，我喊「餓死詩人」針對的是海子之死掀起的麥地狂潮，後來批評家與讀者讀出了它對時代的命名意義（我本來無意如此），這當然不是誤讀，我說出了「餓死詩人」的內在邏輯。總之，也許一首問題多多（對詩人而言）的詩更能得到讀者的喜歡，因為所有的問題都是傳統的問題，他們就是喜歡有問題的傳統。

結結巴巴

結結巴巴我的嘴
二二二等殘廢
咬不住我狂狂狂奔的思維
還有我的腿

你們四處流流流淌的口水
散著霉味
我我我的肺
多麼勞累

我要突突突圍
你們莫莫莫名其妙
的節奏
急待突圍

我我我的
我的機槍點點點射般
的語言
充滿快慰

結結巴巴我的命
我的命裏沒沒沒有鬼
你們瞧瞧瞧我
一臉無所謂

（1991）

　　與〈車過黃河〉、〈餓死詩人〉相比，〈結結巴巴〉要更完整、更成熟一些，也令我稍稍滿意一些。它作為文本的獨一無二和不可複製性已達到新詩史上的頂峰，事實如此，這無須論證。我幾乎是在完成了這首詩的同時就意識到了這一點的，長久以來，它讓我得意洋洋。我是在下班回家的自行車上來了靈感的，我從第三代詩人那裏學到的高度的語言意識（韓東名言：「詩到語言為止」）終於漲破了，一個極端的靈感的產生宣告了我是這個時期的終結者。用結巴的語言寫一首關於結巴的詩，也許是我生命中最重要的一件事。于堅在第二年完成了他的長詩〈0 檔案〉，我在《大家》上讀到它時已經更晚，我沒有感受到許多先鋒批評家所表現出的興奮，因為我覺得于堅的語言實驗意識已經落伍了，還屬於第三代在八十年代中後期所玩的那一套：把語言搞亂，嘗試語言的無限可能性——周倫佑的〈自由方塊〉就充滿了這樣的企圖，〈0 檔案〉比〈自由方塊〉更好，只是因為于堅比周倫佑更具有做詩人的才氣，意識上是一樣的。還有一件事，〈結結巴巴〉和我的其他一些詩在 1992 年《非非》復刊號上發表以前，周倫佑曾給我寫過一封信，他建議我把〈結

結巴巴〉寫成一組，並說這組詩足以讓我在詩歌史中占據重要的一席之地，他說他空著版面等我都可以。我確實辜負了佑兄的好心和美意，我回信說那樣做太刻意了，所以不打算做這樣的嘗試。第三代「實驗室中的實驗」（我的命名）其實是書齋寫作的形式一種，「知識份子寫作」和「中年寫作」是代表保守與反動的另一種，我與二者一起說了拜拜。我好像是在自賣自誇，其實有些問題，只有自己心裏最清楚，你不說出來別人也不會看出來，所以自我批判對一個誠實的人來說只是自己把問題說出來。〈結結巴巴〉讓我最不舒服的一點是：它太崔健、太搖滾歌詞化了！這種節奏感，這種 EI 聲韻。我說崔健是中國最棒的詩人，因為他是歌手所以這句話成立，但如果真的把他視為詩人，這句話難以成立，不信你可以把崔健的歌詞當詩讀，這些唱出來很好的歌詞不過是老實巴交的準格律詩嘛！所以我從崔健那裏沒有偷到對詩而言有益的東西，除了他的節奏加強了我語感中的力量成分。

與批評者們的真誠對話

在本文的這一部分，我想以非常嚴肅認真的態度與十年來我的批評者做一次真誠對話。他們的「黑材料」我都搜集著，所以有了現在的方便。既然是「嚴肅」、「認真」、「真誠」，我想就不該是一味地唯唯諾諾，或一味地自我辯護，我的反應就不該是預先設定的，具體問題具體對待，是就是是，非就是非。

> 鄭愁予：伊沙詩想銳利，借物抒懷，頗能一擊中的，亦具有說
> 理的力量，巧而不華，雋永有餘。惟單磚建築，榱梁
> 暴露，難藏堂奧，是時下急功邀寵之弊。

伊　沙：感謝鄭先生首先給予的鼓勵，也感謝給予我的指教。只是我不大懂建築，而您將詩用建築做了暗喻，這就有了理解上的問題，單磚不可以建築？棟梁不可以暴露？堂奧是不是一定得藏起來？回到詩上我反問您。至於說到「急功邀寵」，「急功」可能有，我信奉「一萬年太久，只爭朝夕」。「邀寵」怎麼說呢？我想「邀」誰之「寵」？女孩嗎？一位大陸讀者在報紙上是這麼說的。另一位大陸讀者反駁他說；如果伊沙想討好女孩的話，幹麼不寫「面朝大海，春暖花開」（海子名句）？後者頗獲我心，也真是懂行。

尚飛鵬；伊沙；陝西城市詩人的代表，熱中於後現代詩歌的製造工作。他有一篇文章叫〈命令你們；為我鼓掌〉。看來，城市待得太久，也得出去走走，看看天，看看地，孤獨就會更加純粹而透明。

伊　沙；飛鵬兄，我先聲明一下，我沒寫過一篇叫〈命令你們；為我鼓掌〉的文章。你也別把「後現代詩歌」當成汽車零件似的，認為可以「製造」。我很愛旅遊，但我以為我在城裏出現的問題得在城裏解決，跑到農村去看看天，看看地，沒什麼大用。孤獨就是那麼一種東西，我孤獨了就得找人玩，不會把它憋成「純粹而透明」狀。

丁　當：可以這麼說。但是這口真氣不能走火入魔。去年西安的伊沙請我一定看看他的作品。我對他說，你的東西要防止走火。他聽後很吃驚，他認為丁當作品的偉大之處就在於火。

伊　沙：丁當兄，久違了！總經理的位置還坐得安穩嗎？當年我不敢像你的同代詩人那樣叫你「小丁」，可你也別托大啊！把小弟說得跟追星一族似的，我什麼時候請你一定看看我的作品（愛看不看好像才是我的真脾氣），而且還說你「偉大」（真要命）？你們這幫第三代的老東西就是不能讓我敬著，我一敬你們，你們準保錯亂（這是我的歷史經驗和教訓）！問題是：你不能把你自己當標準。你是有真氣，呂德安是欠真氣，我是真氣亂竄走火入魔。按百曉生的說法，我不是「西毒」歐陽鋒嗎？那走火入魔可就成了一種大境界。作為中國詩人，我覺得還是「火」點「魔」點好，我們的血裏欠這些。

呂　葉：在這裏面伊沙可以說是個特別的例外。在編選過程中，他也是最有爭議、分歧最大的一個，但在詩歌界，他似乎已開始走紅，開始被某些評論家當作「後現代」在中國的典範進行炒作。儘管伊沙表現出「一臉無所謂」，心中卻是暗喜的。伊沙曾為漢語詩歌提供了一些獨具個性的寫作文本，但最近的創作有些鋒芒銳減，有粗製濫造之嫌。這是我們必須提請伊沙注意，並保持必要的清醒，必須冷靜對待的。

伊　沙：感謝呂葉兄適時地提醒。你這番話是 1995 年講的，不知你現在怎麼看？馬非在當年也是這觀點，他在 1999 年編完《我終於理解了你的拒絕》後修正了他的觀點。

邱正倫：誰來拯救淪陷中的詩歌，恐怕首要的是拯救詩人的靈
　　　　魂，重新恢復才子們的血性，這才是問題的癥結。如
　　　　果按戲耍的方式玩味什麼後現代主義和解構主義，抬
　　　　高既簡單又貧血的腦袋，推崇所謂伊沙或為汪國真鳴
　　　　鑼開道，這不僅無助於詩歌的自救，相反會使詩歌真
　　　　正地推向斷頭臺，流盡詩歌的最後一滴血，然後洗白。

伊　沙：正倫兄，我再怎麼不是人，也不是「所謂伊沙」，我
　　　　就是伊沙本身。不論是你或是別的誰，凡把我與汪國
　　　　真並提者，我認為都是不懷好意的。

李凌雲：被加速的時代拉下一段距離的，是一群據說是才情非
　　　　凡的現代詩人，他們氣喘吁吁地追趕著，有人掉隊，
　　　　有人改弦更張，還有位叫伊沙的，罵了一聲：狗日的
　　　　電腦！

伊　沙：在不懂幽默、缺乏起碼的現代詩閱讀素質的讀者面
　　　　前，我願意承認我是「被加速的時代拉下一段距離
　　　　的」。

馬永波：你讀中國當代的詩歌嗎？對所謂後現代你持何見解？

崔　健：我非常不瞭解後現代，這方面我真的沒有發言權。

馬永波：是這樣，現在有幾個寫詩的，號稱「搖滾詩人」。

崔　健：誰呀？

馬永波：好像西安有一個叫伊沙的。

崔　健：伊沙已不是詩人了。

伊　沙：我在罵過崔健之後就不再是詩人而成為批評家了；崔
　　　　健在罵過我之後就不再是歌手而成為批評家了；馬永
　　　　波在訪過崔健之後就不再是詩人而成為記者了──
　　　　如此而已。

狼　人：胖子伊沙，把唾沫吐在指尖上在郵局領一筆不菲的稿
　　　　酬；他還騎著一頭叫驢到山頭上看牧羊人操一隻母
　　　　羊，或者把指甲剪掉又當眾接上，叫自個兒爹想幹掉
　　　　和尚無法阻止一個女孩吹避孕套等。這是伊沙的私生
　　　　活，更準確說是詩生活，在這個時代表徵著一個偽後
　　　　現代主義者的言不由衷和被人廣泛爭議的快感。伊沙
　　　　說：「我操後現代他媽！」這使狼人之流汗顏不止。
　　　　當伊沙一臉惡意地說海子之後出現了海子二世三世
　　　　時，實際上是在打自己的耳光，因為目前仿伊沙寫作
　　　　成為時髦，蒼蠅追逐大便極為形象地印證著伊沙寫作
　　　　的死亡。一江湖醫生把脈說：「他死於縱欲過度！」

伊　沙：瘦子狼人，我這個言不由衷的偽後現代主義者確實說
　　　　過「我操後現代他媽」的話，好像是在給你的哥們兒
　　　　阿翔的信中寫的。你們汗顏不止嗎？那就請你們繼續
　　　　汗顏不止好了！我指出有海子二世三世存在，你心虛
　　　　什麼？至於仿伊沙寫作是否已成為時髦我不知道，但
　　　　我想我寫作的死亡不是因為我有幾個仿寫者，海子自
　　　　然也不是。所以我寧可接受「他死於縱欲過度！」的
　　　　不知所云。

廣　子：作為一個間斷性的刊物，本卷〈堅持〉的詩歌部分首
　　　　先拒絕了女性作者，這多少有些殘酷和無情。其次是

伊沙的作品。前者是因為她們（指已寄來作品的女性作者）沒能寫出讓我們滿意的詩歌或女性詩歌，而後者還沉緬於慣性寫作及自我模仿之中。但我們並不拒絕女性詩歌和今後的伊沙。

伊　沙：我要感謝廣子，不管他說得準確與否，起碼都引我回視自己的詩歌。有人喊：「狼來了！」不一定馬上就來，但我知道狼有隨時要來的可能。我也非常欣賞廣子的方式，把對某人的拒絕直接寫進刊物的前言中，這是光明正大的方式。不像「知識份子」，大小破事都喜歡暗著來。

葉延濱：伊沙的詩是後現代的詩。後現代詩歌可以寫得好，可以寫得讓人讀懂，伊沙就是個例子。讀不懂後現代的人們，讀了伊沙之後，句句明白，但明白之後還說不明白：「詩難道可以這麼寫嗎？」伊沙的黑色幽默，伊沙的調侃語態，都從另一個側面展示了我們的生存狀態。當然，這裏也需要一個「度」，失去節制也就不是伊沙的詩，而是伊沙的侃大山了。

伊　沙：我完全接受葉先生的意見。對於一個比較「放」的詩人，「度」尤其重要，在我心中。

石天河：……我順便要談到你們第三期上，以伊沙的〈哀哉屈子〉做頭條，我感到，這會使讀者一看就產生一個印象，以為你們又是一家「搞怪」的刊物。伊沙這個青年詩人，在「第三代詩人」中，與于堅等人不同，他喜歡用粗鄙語言入詩，因而有「四大痞子」之一的名聲，他的詩，如〈餓死詩人〉，顯得有真情，有

激憤，因而近年曾獲得一些好評。但他的詩，如何評價，還是存在問題的。如果就這樣「粗鄙」下去，不消多久，人們便會厭倦。而且，這首〈哀哉屈子〉裏面，竟然說屈原是「以做娼妓的滿腹辛酸」云云，這除了矯作的「反傳統」狂怪姿態以外，就只是嘩眾取寵，根本不是「前衛」精神。我前些時，看到《臺灣詩學季刊》上，臺灣的一位詩評家批評于堅的〈0檔案〉說：「前衛就是搞怪。」伊沙也類似，並且，有過之無不及。所以我以為不應過分高估這樣的詩，它根本談不上藝術。

伊　沙：石老前輩，在此我只想與您溝通一點，也只是向您交代一個事實，把屈原比作一個娼妓不完全是我的發明（如果是的話我足以堪稱「偉大」），而是從司馬遷那兒偷來的，司馬遷沒有具體說屈原，說的是你我，說的是讀書人全體，他被騙了，然後成為最有力量的人。他這麼說只是為了「反傳統」、「狂怪姿態」、「嘩眾取寵」？至於我不過是在傳統中取了它不多的一點好東西罷了。

沈　奇：當然，就作品而言，我們可以在深入探究之中發現許多遠未成熟和完善之處，比如缺少必要的控制和加強，缺乏對「詩藝完美」的難度追求，過於偏重敘述性語言且大都是線性地展開，缺少意象的點染和層面的深入，造成一些作品顯得太隨便粗鄙，一些作品感覺平面和直露，而總體的藝術效應則總是多於轟擊而少於滲透，加之幾乎完全放棄了詩歌語言特具的音樂性，弄不好就會掉進「一次性消費」之陷阱（這便是我前面說的「鋌而走險」，其深層的理論問題，有待另文探討），而對於詩

95

　　　　這種「文學中的文學」來講，則是最本質性的偏移和失
　　　　誤……等等。

伊　沙：沈兄，一起度過了很多年，很多觀念現在都該重新另
　　　　說了對吧？我們經常討論的……

逸　子：伊沙在一開始就陷入了本身選擇的局限。這一局限成
　　　　就了他的猛烈、驕橫，也造成了他無法從語感逃離的
　　　　結果。一個壞孩子所做的一切最終將成為文明的一塊
　　　　傷疤，伊沙連同他的聰明一起清晰地呈現在我們面
　　　　前，伊沙＝文明的輕傷。伊沙在人與非人之間的選位
　　　　造成了一些人的喝彩，這是對其聰明的承認，也是對
　　　　其不徹底的承認。

伊　沙：逸子，你小子那雙睐睐眼兒也太他媽毒了！我無話
　　　　可說。

于　堅：在伊沙的非道德化寫作中，令人印象深刻的是他對既
　　　　定價值的懷疑和否定，而不是他對語言的攻擊。他是
　　　　一個更傾向於說什麼而不在乎如何說的作者，他的作
　　　　品不是在能指的向度而是在所指的向度上展開的。他
　　　　憤怒攻擊的不是詩，而是志。因此，他的貌似激進的
　　　　反傳統姿態恰恰與傳統的「詩言志」吻合。他的許多
　　　　詩都有現代箴言的特徵。這種寫作也有著某些危險的
　　　　致命因素，說什麼的詩人，如果激情得不到（語言的
　　　　或修辭手段的）有效控制，很可能就會成為如歌德指
　　　　出的那類「被扣押的議會發言」。

伊　沙：于師傅（你不要笑），你說我不攻擊語言，這好像不符合你一直掛在嘴邊的「柔軟」，詩人和語言之間的關係是不是應該更「柔軟」（與生存的關係相比）？我知道你是在說我的詩沒有把語言「搞亂」，像〈0檔案〉那樣。我太熟悉你們「老三代」談詩的語碼：說什麼——如何說，所指——能指，詩言志——詩言詩，前者都屬於層次較低的一類，于師傅是在說我等而下之。我只想反過來問你一句：我的「說什麼」用賀敬之的「如何說」能不能「說」出來？我的「說什麼」用北島的「如何說」能不能「說」出來？我的「說什麼」用于堅的「如何說」能不能「說」出來？如果回答是否定的，你就可以明白我的「說什麼」是我的「如何說」發揮了作用。什麼是「被扣押的議會發言」？我不懂。請教飽讀經書的秦巴子，也說不懂。但我知道，我在對修辭的認識、對傳統的理解和對說法（理論？）的信任程度上與于師傅出現了較大分野。因為十年前詩歌上的師徒關係，這也是我樂意看到的局面，如果我還有救，那麼遲早有一天，我會與我把自己安放其中的「文明的序列」一刀兩斷！下面的話可能多餘，因為是昨日的弟子評點今天的師傅：于堅太愛自己了！他真愛的只是自己的詩。他人只是他閱讀上的酌情搭配而已，比如他喜歡張愛玲，他喜歡周作人而批判周樹人，他喜歡呂德安、楊鍵、朱文，都是比他本人更「柔軟」的閱讀對象，一如男人喜歡女人。所以我從不信任于堅的評論，因為在他的評論裏，經常是作為獅子的同行沒有作為閱讀對象的羚羊更有力（因為沒有後者美麗）！

看來，這個對話並不成功，至少從某個角度來說是如此。能夠讓我完全接受的意見並不多──從這一點上說我自己做到了「真誠」。而從文章的結構上說，這一部分似乎失去了存在的合理性，本來你就是來做自我批判的，可連別人的意見你都接受不了。但我以為自我批判不是「戲」，自我批判者也不是「戲子」，我該警惕的是這樣一種矯情──你說我是屎，我就說我是廁所，怎麼樣？我對自己夠狠因而夠境界吧？

我在「盤峰論爭」中的邪念

在我看來一個詩人應該是由「自然之子」和「文明之子」這兩重構成的，這兩重之間的平衡關係將決定一位詩人的存在。一旦平衡關係失去，他（她）的存在就會出現危機，最直觀的例子是顧城和海子，作為「自然之子」的強和作為「文明之子」的弱導致了他們的悲劇。詩歌寫作更需要天才（對比小說和散文），你在這個行業中浸泡越深便越會發現，這幾乎已成為大家的共識。如前文所列，我十七歲的詩和顧城十四歲的詩擱在一起比較，我應該被宣判死刑立即執行，白癡一個，還玩什麼玩啊！但問題是什麼是天才？一個人在十四歲或十七歲時所顯示的才華才叫天才嗎？沒那麼簡單。十四歲的顧城已經有了「文明之子」的那重身份（他已系統地讀了洛爾迦、惠特曼、艾略特），而十七歲的我幾乎沒有這一重身份（我甚至沒讀過北島和顧城本人）。所以，天才不是「天生此才」，它是「文明之子」反覆作用於「自然之子」的結果。我願意和顧城去比雙方都寫於二十五歲時的詩，我更敢去比雙方都寫於三十歲時的詩。這是我存在（寫下去）的內心依據。我確實發現了自己身上別人無法複製的那部分才華──這就叫「天才」。比如〈結結巴巴〉為什麼是被我寫出？既偶然又必然。與此同時，我也確實發現了自

身存在的致命缺陷：我的語言飛翔感太差了！而我又對一種「天馬行空」的境界心嚮往之（李白〈夢遊天姥吟留別〉、〈將進酒〉，金斯堡〈嚎叫〉、〈美國〉），這便構成了我寫作時的一種痛苦，別人無法知道，你寫不出你想要的那種效果。這可能緣於我思維的跳躍能力天生就差，也可能因為我的寫作是更強調方向感的寫作（語言過於集中的被推向某個方位）。正如才華不是絕對的天生，問題也不是絕對天生的問題，我相信它有終被克服的一日，我相信我作為「文明之子」的那一重仍會起作用。

　　無才不寫詩。由於對自身（才華）的確信，而且沒有喪失自省的冷靜，我就沒有去做職業的混子。本來事情是簡單的，你寫完你的東西就什麼都不用管，如果它真是好東西那被人認識是遲早的問題。有時我也很虛無，因為看到最終決定一切的東西是什麼，而且有一個鐵規律：越晚被承認的東西就越是好東西。我從自己作品的處境中也看到了某種跡象，它在短期之內想得到公認已無可能，那是不是就能得到一個更好的未來呢？有一次，面對友人南嫫的稱讚我回答說：「不論多少，我的作品給我的將來存了一筆錢。」虛無是一種輕鬆，它暗藏力量，也能為自己贏得專注。可我又是這麼矛盾的一個人，看到一批才華平庸者竟能仰仗混子的本事在所謂的「詩壇」上混成個人模狗樣來，我就心裏著急：一個詩人死了，一批自稱是他的朋友的人竟能從此變得重要起來；靠跟名詩人搞對話、做名詩人的小兄弟的混法竟然還能奏效；北京那個地方會和飯局像屎一樣多，經常露面也能混出個名堂來；還有一種混法：互相吹捧，一塊出名……而我在外省老實待著，孤身一人，只寫不說，不是很被動嗎？無異於自剁手腳的被動！如果想混，咱也不笨，秦巴子曾有微詞曰：「過於精明。」往上走我也想通了，往下走我也想通了，明白了大道理還要當小混混，我的矛盾就在於我也是凡身肉胎並且欲望健全。有一年，臺灣《秋水》詩刊組團來大陸慶祝他們

創刊二十周年，有一站在西安，我應邀去了，這是一幫由家庭婦女中的詩歌愛好者所組成的詩社，幾個老娘們兒故做少女狀地圍著一塊蛋糕，唱著：「《秋水》生日快樂！《秋水》生日快樂！」在那次聚會中我見到一位從南京專程趕來的老詩人（從水準上說應該稱作老詩歌青年），他自費跑來，似乎只是為了在那些臺灣女詩人面前說上一些肉麻話，一把年紀了真是何必呢⋯⋯也許是那個場面真的刺激了我，後來在另一個場合，我把此事講給我的一個朋友聽，講完後我總結說：「既然寫了詩，我就不能允許我老的時候是這副樣子。」朋友未做反應，像在沉思。朋友的太太心直口快，只笑我俗。第二年，朋友的太太剛去深圳就拋棄了我的朋友，轉嫁一位老闆，她也夠俗的。誰笑誰啊，這年頭。我是一點一點地變成了一個業餘混子的，先學會操作，再學會炒作，逮著機會，就讓自己熱鬧一下。有了條件，就像我幾年前指責于堅的那樣：「頻頻竄向北京。」上個月在北京的一個酒吧裏，何小竹剛要把我介紹給一位北京詩人，這位北京詩人馬上說：「認識，認識。老來，老來。」頗不耐煩的樣子，把我也逗樂了。正是這位北京詩人曾對我說過：「北京是大家的北京，誰都可以來。」他還說：「在外省就是需要折騰，但在北京不用。」北京詩人折騰得還少啊？！我難以忘懷的是他那種北京人的口氣。

　　給食指送獎是我炒作史上的得意之筆。我為什麼得意？在這壞人居多的「詩壇」上，做善事也是要遭議論的。本來這是一件食指高興（這是首要的）、老闆（出錢者）願意、雜誌獲益、結果給那段時間的「食指熱」起到了增溫作用反過來又促銷了食指詩集（自費出版）的一件大好事。作為策劃者我享受了它的完美無缺。但仍然遭致頗多的不良議論，他們認為我是在炒作自己，此事有助於我改變我的流氓形象──我在事前想到了，但我不是為了私人目的才

來做這件事的。讓我感到得意的是：壞人們在這件好事面前，有屁只能在褲襠裏放。如果我這也叫「精明」，那還是「精明」一點好。

而在此我更願意向大家彙報的是我在「盤峰論爭」中的種種邪念、心機、算度、設計、策略、謀劃以及招式、技巧。其中有很多生動有趣的東西。

1999 年 4 月 16 日早晨在北京保利大廈門口等車的時候，我並不知道有架要吵。那天下午，在平谷「盤峰會議」上，當王家新充滿文革話語和紅衛兵小將氣度的發言〈知識份子寫作何罪之有？〉結束之後，我知道必須參加戰鬥了，以戰士的身份。我在第二天上午的發言中有針對王家新的部分，但從總體上看那更像是一個完整的發言而不像「吵架」。我真正的吵架姿態是在第二天下午針對唐曉渡的。唐曉渡的發言大大出乎了于堅的預料，于堅以為以唐曉渡的身份他會來一番「高屋建瓴」加「各打五十大板」。也許本來是想如此，但在于堅和我的發言之後，「知識份子」敗局已定的態勢也出乎他的預料。他是來替不爭氣的「知識份子」翻盤的。當時于堅和唐曉渡僵在一句話上，作為本方「副將」，我只有挺身而出，這是「團隊精神」。而從個人風格和表現欲來說，我願意和對方「主將」會一會，我想別說唐曉渡，就是他八個人（加上跑掉的西川）加起來也不是我的對手。事實也是如此。讓人想不通的是唐曉渡，他本是大江湖的大佬，卻改做「知識份子」的小老大，真是混都不會混啊！我想他是與「知識份子」有了階級感情，于堅和我發言時，他為什麼面色慘白地坐在那裏？

會開完了，我以為也就完了。過過嘴癮、意氣風發一下而已。以至於〈北京文學〉來組筆仗稿時，我表現得相當被動，我說：「就讓他們先罵吧！他們在會上受了氣。」于堅也很被動。反倒是受了邀請卻沒有到會的韓東表現得十分積極，他在電話中對我說：「要搞，一定要搞！」還說：「過了這個村就沒這個店了。」於是，就

都寫了。《北京文學》是北京「知識份子」的主場，一如工體之於國安，我們感受到了它的險惡，我、徐江、李震、沈浩波頗具分量的文章都沒有發出來。在這一輪對方主場的交戰中，韓東一人就給了對方足夠的打擊，他將「知識份子寫作」命名為「讀者寫作」，將他們九十年代的表現稱之為「老詩人新成名」。也正是在這一輪中，唐曉渡留下了寫給謝友順的酸腐不堪的一封信，西川留下了他悔之晚矣的醜陋文章。

我在《中國圖書商報》的戰事中單挑程光煒和西渡，打擊對象仍然是唐曉渡。打擊對方主帥仍然是我的戰略。讓我感到不過癮的是，唐曉渡始終不做正面回應。據一位知識份子詩人私下透露說，他們的戰略是：「圍攻于堅，不提伊沙。」目的是不讓伊沙出名。八十年代的老詩人總有一種錯誤的幻覺，以為他們比九十年代的新詩人更有名，你以為你在這個「壇」上混得時間長就更有名嗎？你們可以打聽打聽，伊沙罵唐曉渡、西川是藉他們出名還是幫他們出名？我必須承認：他們知我甚深——我在這兒興致勃勃地攪來攪去不就是為了圖個樂子、出個鋒頭、成把俗名嗎？也許西川君還是願意成全我，他在文章中違反組織原則地提到了我，使我順理成章地找到了下一個符合我戰略的打擊對象。西川也是「聰明反被聰明誤」，「盤峰會議」上扮演「超人」又扮不徹底，會後忽變殺手，又殺不了人，還誤傷自己。西川，我的文章也該你受著，你在拿我開刀的時候，我正在文章中寫：「『後朦朧詩』的集大成者（也是惟一的真正的個人的知識份子寫作者）西川，已在文化的意義上略現『大師』的徵候。」不光是我，正被你開刀的于堅、徐江也在他們各自的論爭文章中高度肯定了你的詩，我們都很傻 B 是不是？所以在道義上你也拿不到分數，本來你不是詩歌界的道德化身嗎？

打擊主將，點其死穴（唐曉渡的死穴就是他九十年代的平庸表現對詩歌毫無貢獻可言；西川的死穴就是他藉亡靈出名作品太肉太

面名不副實），激怒對手，拒絕學術八股，這便是我在此次論爭中的戰略方針。對於後兩點，于堅等人與我有過分歧。但結果證明我是對的，就像在足球場上一樣，激怒對手是為了逼其犯規，學術八股是他們一貫的方式，你用此跟他們玩就等於用糨糊桶砸在糨糊桶上。于堅不理西渡的挑釁是對的，他拎著一桶糨糊來你就不要理他。我的方式奏效了，他們（王家新、孫文波、唐曉渡）在《科學時報》「今日生活版」上的文章真是丟盡了人（和西川一樣），他們在老羞成怒中出盡了洋相。「知識份子」是在這一輪宣告了它的失敗的，它實際上是自敗，是「一擊即潰」（韓東語）。王家新還不甘心地為這個失敗添上了一條更加醜陋的尾巴──他化名「子岸」在《山花》雜誌上做了一篇〈九十年代詩歌紀事〉的「偽史記」，實際上是「知識份子的發表史」（何小竹語）。如果哪家媒體要評當年文壇的十大醜聞的話，王家新憑藉此條肯定當選。

有人說：這是世紀之爭，是一場更大範圍內文化分化的先兆。有人說：這是朦朧詩論爭以來詩歌界最大的一次爭論，是真正來自詩歌內部的爭論。對「盤峰論爭」的意義，我不是真的很關心，只是有時候問自己：在盤峰以及後來，我到底為什麼而戰？我骨子裏的回答是：生存！我為自己詩的生存空間而戰！為生存而戰就是「聖戰」。有人為爭霸而戰，有人為恩怨而戰，我只為生存而戰：程光煒那本《歲月的遺照》在「九十年代詩歌」的名目下不收我，成了《北青報》的一條書評，是別人先我感到了奇怪，別人在會上評價了我，他要在會下和別人理論，已經不止一次了；呂德安作為評委之一推薦我為「劉麗安詩歌獎」候選人，同樣作為評委之一的臧棣從中阻撓，奚密在北大講到我，他要站起來跟人理論，也是目擊者先我感到了奇怪；作為評論家的唐曉渡、陳超（可視為唐的影子）在他們的表揚稿、總結報告之類的文字中從來不提我的名字，不提就不提唄，也是別人先我感到了奇怪，說那是故意不提，難道

我不知道那是故意不提？在這個行當裏待久了，我能從他們的屁聲
裏聽出話音，尤其是陳超，他不僅是故意不提，他是想罵我，而且
已經罵過了，沒點名字罷了。作為詩人，我對批評家的邏輯是：你
對我沒覺悟，你就不權威，甚至不存在……

唉！我的眼裏揉滿了多少砂子，我的心裏堆滿了多少垃圾，我
的人生充滿了多少低級趣味！

我想：就算我真的想把我的詩送到山洞中去，可也得告訴別人
那個山洞的方位啊……這是安慰自己的想法。

我想：我不必等到德望高眾的時候才去寫《隨想錄》，那樣做
太虛偽！我可以隨時隨地蹲下來，點支煙，告訴你我是誰……這是
安慰自己的想法。

我想：真正成立的「自我批判」首先應該對本人有用，它對本
人來講，應該是一個手冊性質的東西，沒事拿出來翻翻，我應該努
力做到……這是安慰自己的想法。

一切都已註定了！我懷著目的，帶著強烈的衝動，開始了一場
新的「文化表演」……心志不高、智商有限、人格卑微、趣味低下
的賤人啊，你攔他不住，這兩萬五千字的裸奔。

（1999）

第二編
史實篇

現場直擊：2000 年中國現代詩概論

那時他們／朝前走著／一個女人／跟著他們／又說：「誰能
看出／他們是一群／偉大的天才」
　　　　　　　　　　——伊沙〈非非當年〉

昌耀

　　或許對於中國的詩人來說，3 月才是真正殘酷的。在這一年的
這個月份，從無數個電話聽筒裏傳出的是身患絕症的昌耀先生自高
樓撲向大地的消息。我是在前一年的冬天就得知昌耀先生將不久於
人世的，他託人帶話向我致謝（對我為他所做的和所說的有限的一
切），我知道那是他在向我做最後的道別——我知道許多詩人都在
那幾個月裏先後接受過這樣的道別，我知道最後的時刻就要到來，
但沒想到它還是被人為地提前了——昌耀先生不堪癌症晚期的病
痛之苦毅然解決了自己。就算在預先的知情者那裏，此事引發的震
驚與陣痛也依然是普遍的。

　　所以，當我在《南方週末》上讀到新疆詩人沈葦的一篇悼念文
章時，心裏竟有了異樣的感覺，我在瞬間有了某種昔日重來、神話
重生的預感。恕我直言，我發現如果將沈文中出現的所有昌耀的名
字都置換成海子，沈文中所有的提法與評價也照樣成立。我當然不
會認為這是沈葦兄因為偷懶而在客觀上造成的不尊重昌耀的事

實，而是十一年來我們關於「詩人之死」的說法已變為陳詞濫調的社論或公用的悼詞。這樣的悼詞，這樣的陳詞濫調我在後來也見過不少，但與我所料有所不同的是歷史終於沒有在這件事上重演，神話終於沒有再度降生。

從海子到昌耀，同樣發生在殘忍3月的詩人自殺事件，中間相隔了十一年，我終於看到了那誕生於詩歌界的死亡神話到了它終結的一刻。十一年間，我們經歷了兩個截然不同的詩歌時代。假若有人心有不甘的話，那麼如此一個詩人自殺的事件還要構成神話——我要說它也將同時淪為笑話。在網上發佈《死亡日記》的晚期癌症患者陸幼青，從一個普通人的角度，面對日益逼進的死神所表現出的充滿人性的智慧，使坐在電視機裏借題發揮的當代作家畢淑敏、林清玄顯得境界低下，他也一定會使死亡神話中的那些露出鬼話連篇的原形——這絕非臆測，我幾乎就已經看到了一個個普通線民針對此事的精彩發言。可悲嗎？在十一年前乃至上一個詩歌時代，絕大部分中國詩人及其詩愛者面對死亡所擁有的悟性與智商普遍低於今天的一個普通線民——不帶貶意的說法是：網蟲。基於這樣的事實，中國的現代詩歌由此走入一個黑暗而蒙昧的時期並不奇怪。

就像我們在陸幼青的《死亡日記》中讀到了大量真實有力的細節一樣，我在多篇文章中也讀到了有關昌耀的細節。浙江詩人葉坪的文章寫到他專程去西寧看望昌耀的情景：躺在病榻上的昌耀先生拚盡全力只對他說出了幾個字：「葉坪，我很痛苦！」——讀到此我感到震撼！為什麼一個詩人說出這樣平常而人性的話時我會感到一種莫大的震撼？

一個時代終於死在了它賴以誕生的環節上，自「盤峰論爭」開啟的一個新的詩歌時代的陽光一覽無遺地照耀著這個中心神話肥皂泡般的破滅，在中國新詩萬象更新的一年，死亡終於沒有再度成為神話而僅僅只是一個事件。

沈浩波

　　我第一次見到他的時候他還是就讀於北京師範大學的一名大四學生，我第一次見到他的時候不免暗自樂了：其面部特徵怎麼竟與當年那匹劉黑馬酷肖？怎麼會這樣？不是上帝在搞笑吧？那是1999 年年初，當時他已經發表了針對《歲月的遺照》的〈誰在拿九十年代開涮？〉一文──歷史不該忘記的是：那正是「盤峰論爭」前奏序曲的第一聲鼓音。偉大的「盤峰論爭」最終是由一位中文系的大四男生敲響了它的定音鼓，這真是意味深長。反過來，由這場論爭引發的一場偉大的革命也催化了這位青年的成長。

　　這一年的 7 月，他發表了〈對於中國詩歌新的增長點的確立〉一文，對九十年代的新詩成果做了最具發現性的總結和極具個人化的表述，在我看來，這是該年度有關中國新詩的最佳論文。8 月，他與朵漁、南人、巫昂、尹麗川、李紅旗等青年詩人籌劃多時的《下半身》創刊，「下半身」詩歌團體宣告成立，這個團體幾乎吸納了目前「七十年代以後出生詩人群」中所有具有先鋒傾向的優秀份子：盛興、朱劍、馬非等，《下半身》的創刊構成了該年詩界最為熱鬧的話題和最具轟動性的事件，他的〈下半身寫作及反對上半身〉一文是一篇頗為有力的宣言，在九十年代初期便有人私創禁區的中國新詩的身體寫作由此形成理論和一種至關重要的寫作原則。也是在 8月，在詩人呂葉策劃於南嶽衡山舉行的「九十年代漢語詩研究論壇」（這是本年度最具影響和收穫的一次詩歌會議）上，他語驚四座的發言出乎了所有人的意料，由「盤峰論爭」以來在「民間詩人」那裏形成的一種「一致對外」（對付「知識份子」及其擁躉）的批評模式（這導致了另一種庸俗）被他率先打破，他「槍口內轉」逐一「點射」了「民間寫作」的代表詩人，從于堅、韓東到楊黎、何小竹，從徐江、

侯馬到朱文、楊鍵，幾乎一個都沒放過。在場有俗人稱之為「作秀大師的表演」，也許我比這等俗人更加瞭解他每逢場合的作秀欲，但我沒有看到有人對他「射」不到「點」的有力反駁。在我看來，他在一個多小時的發言中觸及了這些詩人在十年、二十年的寫作中存留在根子上的問題——那也正是中國新詩在發展中一直存在的深層問題。在「民間詩人」內部力倡的「性感批評」，也被他演繹得極其到位。我作為一名現場的目擊證人，看到作為他師兄和朋友的徐江、宋曉賢的臉紅了，我感到一種真實而健康的批評空氣正在升騰，長期籠罩在詩歌批評界的某種庸俗之風正在被年輕一代改變。何小竹稱沈浩波為「陽光少年」，我以為他恰恰不那麼「陽光」而且身藏大惡。

很早就聽人在酒桌上說：小沈（抑或浩波）是個「人物」。這一年，對廣泛的中國詩歌界來說，他真成了一個「人物」——毫無疑問，沈浩波是該年度中國詩壇真正的「風雲人物」。從技術上講，他的名字能夠成為我這篇文字的一個詞條，是因為他同時也是該年度的「最佳批評家」，但我更加看重他作為「人物」的價值並試圖為「人物」正名：對「朦朧詩」而言，謝冕先生僅僅是一個批評家和代言人嗎？對「第三代詩歌運動」而言，徐敬亞似乎更多體現的也是一個「人物」的價值。已經十四年不出這樣的「人物」了。歷史的經驗表明：當這樣的「人物」出現時，中國的新詩就會在熱鬧的外表下悄然改變很多東西，現在是剃一光頭時年二十四歲的「跳樑小丑」沈浩波。

楊黎

幾年前，我讀到過一篇于堅寫楊黎的文章，其中談到在八十年代他和林莽到成都初見楊黎時楊黎帶他們去吃花生豬腳的情景。這個情景令我對想像中的楊黎充滿好感。當然，此前是楊黎的詩，是〈冷風景〉，是〈旅途之一〉，是〈撒哈拉沙漠上的三張紙牌〉。去年

冬天的一個早晨，在成都的某條街上，楊黎從馬路對面走過來，一邊咬著一個很大的肉包子，一邊問我和于堅：「吃了沒有？」楊黎的確是我所見過的詩人中最沒有「詩人風度」的一個，對此我欣賞之至。

在此，楊黎的名字是作為本年度「最佳詩人」而成為我的詞條，當這個事實被我自己確認時我首先是小吃一驚：如果我們說的是近二十年來的總體成就我也不會吃驚，但我們說的是這一年的作品。一個沈浩波們眼裏的「老傢伙」？一個在許多人士至今依舊的印象中的一個不在場者？而本來這一切的確認該是多麼簡單，僅僅是楊黎的長詩〈打炮〉是我在這一年中讀到的「最佳詩歌」。

「在高高的紅桃 A 之上／是另一張高高的紅桃 A ／在紅桃 A 和紅桃 A 之間，整個世界／正靜靜地等候著：西元 1980 年 8 月 3 日夜／下著毛毛細雨，有點風／我打響了我生命中的第一炮。／四周一片漆黑，／只有我充血的龜頭泛著微微的紅光。」楊黎的現實是語言的現實，楊黎的風度是語言的風度。當我再度身臨楊黎神秘莫測的語言世界中時，依舊是當年我讀〈冷風景〉的感覺，我是口感好極了！一個語言天才喚醒的正是你的口感。而對漢語詩人來說，一切似乎更是如此：一流的詩人是用嘴來讀的，因為你讀到了聲音；二流的詩人是用眼來看的，因為你讀到了詞語；三流的詩人是用腦瓜分析的，因為你讀到了文化。遙想當年，「第三代詩歌運動」中湧現了多少天才如今已風流雲散，似乎越天才就越脆弱，越文化就越能夠堅持，可是最富奇蹟性的天才楊黎卻堅持下來了，堅持下來就成為最好的一個。讀其新作，你沒有感覺到多少進步，也沒有感受到什麼變化，天才詩人的寫作就是這樣，一生一個狀態，卻能讓你在每一次的閱讀中重獲驚喜，這與文人對於寫作的那套設計迥異。也許最具諷刺意味的是：楊黎的詩歌是最接近第三代詩人「詩到語言為止」（韓東語）的純詩理想的，但在中國的詩歌批評界（用文化武裝起來的？）卻被視為分支與末流。

不光是當年站在先鋒的後排後來藉「歷史強行進入」聳身一搖的「知識份子」，于堅、韓東、翟永明後來的寫作也在走向書齋的方向中變得非常文人化了，要麼文化，要麼死亡，這真是當初第三代詩人的生死抉擇嗎？在江湖的傳言中最為流氓和最沒文化的楊黎成為最後的堅守者，也就成為最好的一個，藝術之神不開玩笑，她有時候會和那些動了文化與世俗野心的傢伙們開開玩笑。在「大師」的背景下，楊黎就是要把天才之路走到底。

「我永遠都在找打炮的地方／生命的每一天／都被描寫在炮臺上而不可改變。／比如有時的歡樂／有時的痛苦。／比如我放下我的東西／我又拿起我的東西……」我知道僅僅因為〈打炮〉這名字，僅僅因為它無法在《大家》這樣的主流刊物上流通（誰說官刊與民刊已經難以分辨了？）而被它的主要讀者群——中國的批評家們所讀到，〈打炮〉就無法成為〈0檔案〉那樣的當代名篇，但在我看來它其實是更能夠代表第三代人詩歌理想、先鋒精神和語言成果的一部個人的「史詩」。

北島

10 月 12 日晚，我去我所任教的學院參加一項極其無聊的活動，很晚才回到家中，家人告訴我這天晚上家裏來了二十幾個電話，每個電話都是為了告訴我諾貝爾獎的評選結果。我即刻向其中的三位詩人朋友打了電話，消息確實，電話裏的人個個都那麼憤怒，我好言相勸了很久，似乎也難以平息。說了那麼多的神聖理由，我幾乎聽不明白他們都在憤怒什麼？在給沈奇的電話中瞭解到他的消息來源是臺灣詩人大荒，大荒在電話中對沈奇說的一句話是：「為同胞而高興！」——這是我在此後相當長的一段時間內所聽到的一種最為健康的態度，也正是我對此事的態度。

　　現在回想一下，我在聽到這個結果的瞬間，確實也為某位同行惋惜，當時我怔怔地想：今晚他一定非常難過。那個人不用猜你也會知道，他就是詩人北島。依照歷史經驗，他這一次的擦肩而過極可能是永久性的，對他個人來說如此，同時也略去了整整一代人……現在我明白了那些人的憤怒，恐怕不僅僅是為了自己的一位同行，他們是為自己——為自己幻覺中的一種可能性的驟然丟失——為自己因這位同行的成功模式而激起的諾貝爾之夢，眼見到了破滅的時候。用句俗話說：發現沒戲了！

　　因創辦共和國歷史上的第一份文學民刊而在當時特殊的政治空氣下演變成特殊身份，因這一身份的特殊性而引起漢學家們對其作品（我不否認其作品在當時的中國也是最好的，但這絕非事情的根由）的特殊關注，從此步入國際文壇而成知名人士，頻獲諾貝爾獎提名——這樣的成功模式是可以借鑒的嗎？這樣的人生道路是可以重複的嗎？這就是中國詩人「與國際接軌」經典範式嗎？多年來我看到過一些機關算盡的行動者，結果是累身；我也看到了一些躺在家中的夢想家，結果是累心，現在應該是到了徹底根除這種種勞累的時候了。

　　因為北島，中國的詩人構成了諾貝爾狂想症的高危發病區，因為北島，中國的詩人以為有一條進軍國際文壇的現成道路，因為北島，中國的詩人在體制與市場的雙重壓迫中獲得了一種來自高處（外面）的幻覺中的慰藉，現在是夢破時分的午夜。具科學的說法：這才是二十世紀的最後一年，冥冥中所有歷史遺留下來的問題都要在鐘聲響起之前被解決掉，如你所見：死亡神話終結於昌耀，諾貝爾神話終結於北島。

　　北島，這一年裏最大的失意者，但願他從此得以解脫，二十年來他的詩歌從紅罌粟蛻變為塑膠花，這才是他自身最大的危機，文學的理想大概永遠只能是最初的理想，寫作的意義也只能面對寫作

自身。中國新詩的未來和希望永遠不在「諾貝爾體系」和「漢學家圈子」的價值標準中。

但願從此獲得解脫的不只是北島一人。但願「本土化寫作」不再成為心繫彼岸者暫時告慰自己和矇騙世人的一句空話。

新世代

朱文在拍電影，據說是要把編、導、演集於一身；侯馬在學外語，是為了把公派出國的一個名額拿到手；秦巴子正被一個「大耗子」（a big house）折磨得長吁短歎苦不堪言；徐江則早已習慣了用宣言一般的「我得掙錢啊」來搪塞朋友對其隨筆豐產詩歌薄產的提醒……僅僅是在去年，在「盤峰論爭」之後的大半年內，「新世代」還是以詩壇生力軍的面貌存在的。而在這一年裏，他們卻迅速給人以「一夜中年」的印象，難道反對「中年寫作」的結果就是自己的「一夜中年」嗎？「盤峰論爭」真像是催化劑，它催化了以「下半身」為代表的「七十後詩人群」的成長，也讓新世代忽然變老。這是什麼問題？仍是最初的問題。

「新世代」的主體大都出生在六十年代中後期，並在西方文化思潮高度衝擊的八十年代中後期完成大學教育，在八十年代後期或九十年代初期開始詩歌寫作，可以這樣說：這是中國二十年來受過最好教育的一代人，但「最好教育」對於詩歌又意味著什麼？徐江就曾不止一次地告訴過我：他的寫作和當時風起雲湧的「朦朧詩」、「第三代詩」沒關係，和本土發生的「現代詩潮」沒有關係，他是直接在西方大師和西方經典的影響下開始寫作的。不去管徐江說這話時的得意洋洋（事實上他確實這樣），他的這番話對於這代人是具有普遍意義的。這就意味著他們的寫作不是站在本土先鋒詩歌的成果之上，而是經院教育和經典教育的結果。這是靠修養（教育的

結果）寫詩的一代人，「好好學習，天天向上」時刻準備著為實現其「文學理想」而奮鬥的一代人，溫和、柔軟而缺乏衝動與怪癖的一代人，在詩歌內部缺乏高遠的心志、懼怕冒險、不敢把自己豁出去的一代人。依仗修養也使他們在「海子神話」所帶來的迷惘與徘徊中並沒有完全喪失辨識力而最終走向腐朽的「知識份子」，但他們的寫作對「知識份子」來說是無害和無礙的，沒有天然的對抗性，缺乏直接有效的打擊力，在精神和趣味上還有許多同質的地方。這代人是在九十年代這個整體上相對平庸的時期，因比「知識份子」健康和人性而顯示出價值和必要性的，他們先天缺乏面對整個中國新詩發展建設的先鋒膽識，也就無法占據本應屬於他們的歷史高地。

所以，徐江才要和他認為的「買辦主義詩人」爭當「真正的知識份子」，在內心深處不斷用經典的樣板去抵消本土詩歌的先鋒成果和年輕人的新作品（這對自身的寫作有何益處？）；侯馬在一針見血地指出楊鍵作品「存天理，滅人欲」的同時，對自己卻自戀有加，愛撫不已，對三陪小姐的那點憐香惜玉的小情緒真就是面對人類的大悲憫嗎？別把胸膛裏的那塊軟肉當成一種人文的自信。悲憫者侯馬、悲憫者徐江、悲憫者楊鍵、悲憫者宋曉賢、悲憫者朱文、悲憫者黎明鵬，這代人中怎麼出了那麼多悲天憫人的大善人呢？以善良的名義曖昧著，以經典的名義溫吞著，把小性情當作大理想，把小趣味當作大藝術。當「悲憫」一詞被詩人（寫作者）自己意識到的時候，我們就可以據此判斷那已是反「平民主義」的東西；而在另一向度上，秦巴子的寫作似乎成了「我一輩子的奮鬥就是要在寫作中取消個人、遮蔽自己」，而被秦巴子指為「詩壇誤會」的餘怒，要把自己賴以成名的瞬間靈感經驗變為一種寫作理論（以理工科畢業生的理論素質和眼光）在年輕人中加以推廣，他的那種拾非

非理論牙慧的「拒絕表意」的說法只能證明他將永遠只是一個不具有大文化背景與氣象的字詞實驗者⋯⋯

　　如今在年輕一代詩人中氾濫成災的「牛 B」一詞（沈浩波「我要在通往牛 B 的路上一路狂奔」堪稱這一年裏的「最臭詩句」），在我的感覺中正是從侯馬傳授給沈浩波開始的。我知道在侯馬那裏，這個詞跟人在世俗意義上的成功同義，侯馬們也正是將詩歌上的成功視為人生世俗成功的組成部分，我以為在中國和中國的詩歌界，「成功」一直是一個很髒的詞兒。既然你喜歡牛 B，為什麼不直接去追求一種真正牛 B 的藝術形式和人生狀態呢？這就是為什麼我在一開始會提到那些：電影、出國、房子、錢。

　　在這一年裏，我看到表現優異的「新世代」都是一些偏移者：寫詩好玩的性情主義者賈薇、啤酒和詩歌同等重要的性情主義者阿堅、懶鬼和隱士集於一身的性情主義者唐欣，曾有過十年隱居林場經歷的性情主義者岩鷹，總是對自己充滿懷疑的性情主義者張志，有此五人的表現使得「新世代」並未像沈浩波們急切盼望的那麼平庸。但這代人總體上早已存在的問題卻使一種危機無法避免地提前降臨了，在失去歷史的高地之後，誰能以個人的身份從九十年代的泥坑裏跳出來？

下半身

　　隨著《上海寶貝》和《糖》在市場上的走熱，隨著韓東在《芙蓉》上策劃的《重塑「七十後」》在文學界影響日隆，中國大地上出生在七十年代以後的詩人獲得了一個大啟示，就是要在詩歌界打出「七十後」的大旗——孩子們哪裏知道，他們給中國的詩歌帶來了空前的恥辱，此前何曾有過詩歌界向小說界討概念的事？此前一直都是這種模式的：在詩人翟永明、唐亞平的「女性

詩歌」出現十年之後才會在小說界出現林白和陳染（有趣的是她們還都是前詩人）的「女性小說」。更何況他們這是在拿商業品牌當旗號。

　　沈浩波的頭腦表現在他很快有了擺脫這種庸俗的願望和意識，停掉具有「七十後」統一陣線色彩的《朋友們》而創《下半身》，從「身體寫作」的觀念出發進而提出「下半身」的做法絕對是智慧，來自朵漁。據說于堅近期在寫〈詩言體〉，這種遷就陳腐的理論話語的說法明顯是太老一輩了，太文化策略了，有一種不在現場的隔。既往本土寫作中具有「身體寫作」質地和意義的作品成為了他們啟動的資源，「七十後」中的優秀份子迅速集結並且認同了這種寫作的方向。但是理論旗幟飄揚的高地和未來用作品疊起的山峰畢竟是兩碼事，目前他們只是在理論（準確點說是在想法和說法）上實現了與二十年來本土先鋒詩歌發展序列的一次鏈結。

　　宣言開篇，理論先行，以流派和集團的面目出現，總是要不斷地受到這樣的拷問（像非非當年）：你們說得很好，你們說的那一套你們做到了嗎？他們必須不斷地接受這樣的拷問並對自己做出回答。我在這一年裏所看到的事實是：「下半身」最富天才性的兩位詩人盛興和朱劍都是這種理論指導的偏移者，盛興的作品明顯帶有「新世代」的人文情懷和打磨語言的印記，顯得有點老氣；我眼中的「年度最佳新人」──朱劍的犀利更多表現在沈浩波認為「過時的」反文化層面，而且有點氣短──作品與理論並不相符，也正是流派在初級階段的一個顯著特徵。在這一年裏，朵漁和巫昂獲得了個人的成熟，這僅僅是方向明確後的收穫嗎？我同時也更多看到的是他們兩年來的積澱在內部發生的作用。馬非證明的也是時間的力量，從方向上說馬非在八年前就已經「下半身」了，「一個年輕的老江湖」，當這抹滄桑出現在他詩中的時候，就是別樣的魅力。李紅旗真正寫得好的反而不是沈浩波用一個曖昧的「狠」字鼓譟過

的展覽公狗母狗如何交歡的鄉間野事，而是一些十分內斂的東西。
而最具方向性並且幹勁沖天的南人、沈浩波、李師江、阿斐（「八
十後」的第一位詩人）也是目前最無法令人滿意的，對他們來說，
詩來得太容易了也太簡單，網上可怕的「每日一貼」，「先鋒」豈能
淺陋為一條文化觀念的傳送帶？「口語」豈能墮落為大舌頭攪拌著
哈拉子？「身體」哪能簡單到性衝動和黃段子似的性趣盎然？有一
點個人的角度好不好？有一點個人的發現好不好？有一點個人的
秘密好不好？在「身體寫作」中取消個人與人性以集體口淫的無效
狂歡而導致中國詩歌的身體神話與身體烏托邦，現在就應該警惕。
最後我要說到尹麗川，她是本年度中國詩壇最亮的一抹新意，在小
城鎮氣氛過於濃郁的「下半身」和整個「七十後」中如此，對上兩
代優秀女詩人如王小妮、翟永明、唐亞平者，如賈薇者亦是如此，
她的詩寫得聰明、自由、輕靈，充滿著繼續向前的諸多可能性——
現在我只能談到可能性，如果現在我就把她說成一個什麼樣的「標
誌」或「里程碑」的話，那我就不是以一個詩人而是以一個男人的
身份在說話了。正經的表達是：她缺少時間。

　　整個「下半身」現在共同面臨的也是時間問題，他們意識到了
年輕意味著更多的熱血、衝動、靈感和激情，並且為此而沾沾自喜，
他們是否意識到了年輕也同樣意味著他們的寫作需要經歷更多的
時間？不要相信「一萬年太久，只爭朝夕」對於寫作的意義，不要
拚命營造一種大躍進和放衛星的浮誇氣氛進而以詩歌攻尖小組自
居，不要把純潔的藝術流派和每個人的生活攪在一起，不要對所謂
「老傢伙」萬般挑剔的同時對自己的小團體實行庸俗的「新人保護
主義」——這是對沈浩波的話，從去年的「師兄保護主義」到今年
的「新人保護主義」是必然地要長在「北師大詩歌」和「下半身」
這兩塊肥肉上的兩個瘤子嗎？你如果真能做到對自己殘忍的話就
盡早割了它，一個也別留。

非非

　　我以為這是像謎一樣有意思的歷史，周倫佑當年是怎麼發現的這批人並把他們糾合在一起的？韓東組創《他們》時是分別給于堅、呂德安等人寫信，在信中稱這些人為「一流的作者」，其實是在點將。《非非》的形成卻不是點將點出來的，而且不是跨省的集合，僅僅是一夥在當時毫無名氣（除了周倫佑）熱愛詩歌的四川青年能夠玩在一起，於是便有了《非非》。

　　如今，尤其是在這一年裏，「非非」越發地像一塊見證中國新詩近二十年歷史的活化石。化石意味著歲月和滄桑，如果是活的，它就還將意味著夢想和光榮。也許只有到了這一年，我們才會在驀然回首間不無驚異地發現，當年口號喧天、旌旗招展的流派和社團也只剩下碩果僅存的這一支。

　　《非非》已經死去，但「非非」依然活著。如果說起初的「非非」是依仗藍馬、周倫佑極富本土原創性的理論和周倫佑作為一個「人物」的文化韜略和造勢才能而先聲奪人的話，那麼他們長達十五年的堅持靠的又是什麼？去年兩度赴蓉，當我第一次見到這些江湖傳說中的「土匪流氓」時我是多麼驚訝：他們樸素、平和、自然、本色，既非滿腦門子文化官司的「知識份子」，又非上躥下跳的「行為藝術家」，他們茶館內外的日常生活和每一位普通的成都市民的生活水天一色，但這絲毫也不妨礙他們在思維和語言方式上的卓爾不群——這正是我希望看到的詩人，是共同的存在方式使他們常在一起直到今天。當年「非非」面臨的處境也和今天的「下半身」相似：即「理論與作品不符」的指責聲不絕於耳。所以「非非」後來的路也值得心急火燎的「下半身」借鑒：他們是在對「非非」理論的自我消化中建樹了「非非」作品的，付出的是漫長的時間和甘苦自知的

歷程。與此同時便是天才楊黎的巨大存在並在其中所發揮的示範作用——僅僅是靠天才的作品他就做到了這些。我不諱言地說,「非非」只有楊黎一個天才,其他人都只是才子和才女,「天才」一詞在我這裏不像于堅、韓東那樣寬泛和可以隨意送人,他(她)必須是面對一群人的一個「原創之源」,楊黎正是「非非」作品的「原創之源」。

　　何小竹在告別〈鬼城〉、〈第馬著歐的城〉之後因變得「非非」而變得自在,他有一個作品不斷、成果斐然的九十年代;吉木狼格充滿克制的簡約用語有著刀片般的鋒利,他像是一個提示者:「非非」不光是理論上的極端主義;小安雖沒有其前夫楊黎那樣的天才,但她依然是天成的,像羽毛一樣降落是她讓漢語展現出一種少見的魅力;身為當年整體主義的一大掌門卻混跡於現在「非非」的石光華一定會讓「老三代」們感到不可思議,在我看來此中涵義無窮,這既是對由江河、楊煉開啟的「文化詩」(于堅、李震分別指出這是「知識份子寫作」的前身)後來不知所終的一個來自正面的交代,也表現出了這一代詩人才有的面對自身生命、面對詩歌藝術的內在真誠;王敏是新一代「非非」詩人中最為優秀的一個,在這一年裏他的寫作表現出了十分強勁的上升勢頭……「非非」在這一年裏充滿創作生機的整體表現,充分說明在八十年代現代詩潮中興起的最後一支詩歌流派仍然具有熱力——我以為這是先鋒的餘熱。

　　也許在他們看來周倫佑、藍馬的中途撤離使「非非」變得純粹了,也許在我看來周、藍若在,「非非」就不會是一個容易遭人欺侮和遮蔽的「非非」。但我在此所說的也只與「非非」的詩歌有關。我曾私下說過:「非非」陣中偏將如雲。即使是身為頭號主將的楊黎也是一個類型上的偏將,「非非」的詩歌缺乏面對文化的大靈感、大衝撞和大破壞,過於細節(有時是細碎)地進入語言,結果進入的是類純詩和語言烏托邦的境地。我也早就注意到楊黎的詩中語言

的陌生化和語境和諧得讓人有熟識之感是同時並存的（如果前者是極端先鋒，後者就是極其保守），而其他的詩人在這一點上又不敢越楊黎的雷池一步（就像《他們》後期的詩人不敢越韓東的雷池一步）。為什麼在一個尖銳的語言命題上所展開的詩歌寫作卻對傳統詩歌文化的打擊不夠大——我想不論是韓東「詩到語言為止」還是楊黎「詩從語言開始」（在語言的內部考慮語言的問題）都預示著一個「劫數」——「第三代」詩人在藝術使命上的一個大「劫數」。

現在的問題仍然是起初的問題：「非非」仍然面臨的是繼續先鋒（？）的問題。

口語

「口語」在這一年裏再度成為中國詩壇的一個熱詞，因為又一場「口語熱」已在廣大青年詩人中再度興起並蔓延開來。誰都知道這是「盤峰論爭」所導致的一個結果。回想起來，中國新詩的上一場「口語熱」是自「兩報大展」始而至「海子之死」終。那麼，這一次呢？

每一次「口語熱」的發生總會伴隨著詩壇人士的莫名驚詫，這一次自然也不例外。「口語」一熱，這些人就驚，他們心平氣和的時候，什麼東西在發生？回首八十年代，「朦朧詩潮」確立了「意象詩」在中國詩壇的合法地位，「兩報大展」確立的是「口語詩」，但並未在根本上使之合法化，在新詩一無所有的時候，以上兩代先行者實際所做的是補課和補缺的工作。以致後來，「意象」與「口語」便成為中國新詩形式上的兩大基本構成，「抒情」幾乎被放逐了。「口語」不熱的時候，「意象」熱著，他們心平氣和，因為「意象」早已被確認為是「美」的，繼而被確認為是「詩」的。在中國人的觀念裏一直有一種前定的詩的語言，過去是抒情的語言，後來

是意象的語言，在大都數人現時的觀念裏，口語天然的就不是詩的語言——陳仲義直指為「非詩的語言」。我要提請大家注意的是：是「意象詩」幫他們建立起了所謂「詩」的觀念。於是，便有了兩種對待「口語詩」的態度，一種認為只要是口語寫的就不是詩（可視為保守的），一種認為口語可以經過改造為詩（可視為開明的）。從此，「口語詩」被歧視的命運和作為「意象詩」的附庸、補充、點綴的地位成為多數人的共識。所以，「口語」忽然一熱，有人便會驚詫。

驚詫者就是無知者。我永遠都會拒絕在對牛談琴的方向上談論口語。稍有常識的人都會回答我的問題：八十年代，什麼使中國的新詩在「朦朧詩」（中國意象詩）的層次上向前推進了一步？九十年代，什麼使在「強行進入」的「歷史」中借力的「知識份子」（包括作為「神話」的海子）最終沒有一統天下？今天，什麼又使「七十後」的青年詩人沒有全方位地墮入庸俗的學院趣味而成新一代的詩歌研究生？有趣的是：在中國新詩每一個關鍵的十字路口，飽遭歧視的口語詩都充當了指示前進的標誌牌。正如抒情的語言、意象的語言會被多數人認定為詩歌的天然語言一樣，來自生命的本體的口語也與打破舊有審美模式的先鋒與探索有著天生的親近。我早就說過：非口語又是什麼樣的語言？書面語？文化的語言？來自典籍？來自前輩「大師」？對於創造，它們是可靠的嗎？在理論上如此不通的東西竟然引不起絲毫的懷疑。在中國跟詩歌發生關係的人群裏有幾個是用腦子在想問題的？

從中國口語詩歌最早的成功實踐者王小龍開始至今，這樣為中國新詩不斷前進的探索實驗在口語詩歌的內部就從未停止過，口語詩也已經歷了將口語當作一種寫作策略的前口語階段，用修辭手段改造口語的泛口語階段，和最具先鋒意識的返回口語發生的現場（身體）的後口語階段，每一個階段都出現了優秀的作品和傑出的詩人，每一個階段都將中國的口語詩歌向著成熟與完善的方向更進一步。那些指

斥口語詩為「垃圾」的人恐怕遺忘了這樣的一個事實：任何一種寫作（自然也包括「意象詩」）所擁有的仿寫者其實都是不堪入目的「垃圾」，優秀的詩人都是坐在垃圾山上的寫作者，他們是不是一定要向我證明他們的眼光和智力僅僅意味著──散落在外的垃圾是垃圾（所謂「口語」）而裝在袋子裏（所謂「意象」）就不是垃圾而是袋子呢？

　　「口語」一熱，就有名堂。發生在這一年裏中國詩壇的「口語熱」是中國新詩自「盤峰論爭」以後其精神核心重返先鋒所激起的一個最外化的現象──所以，所有有關口語的話題都必須在洞見這個秘密的基礎上展開才值得一聽。在這一年裏，因「口語熱」引發的各種文章中大概只有沈奇的一篇〈「說詩話」與「說人話」〉是善意的，出自一種建設性的考慮，並能夠抓住現場存在的問題，他對置身「口語熱」中的青年詩人所提出的忠告在局部上看也是有價值的，但從總體上看他的語言觀（第三代的？）並由此衍生出的對於口語的認識與目前口語詩人的創作實踐相比已經明顯滯後與落伍了──但令人遺憾的是：在沈奇那裏，在陳仲義那裏，所表現出的已經是中國專業詩評家對於口語認識的最高水準了。一位「知識份子」的評論家就曾公開講：不是他們不想發言而是他們對口語詩能夠說出的話很少。另一位「知識份子」的評論家曾當面對我說：你們為什麼自己不寫寫理論文章呢？這牽扯到一個詩人該如何發言的問題──該不該用理論的形式發言以及口語詩能不能像意象詩那樣形成公共的寫作原則的問題。所以，面對中國的詩歌批評界我總有一絲不可告人的淫笑掛在嘴角：若干年前我發明了針對某些口語詩的評價之語：「口水」。現在他們全學會了，可現在我說：以返回現場（身體）為追求的口語詩（後口語）需要伴隨一點「口水」，因為要讓語言保持現場發生時的濕度。他們又聽不懂了（消化此話還需要十年？），我太知道我此話中的理論含金量，但他們以為理論的東西就是「藝術憲章」和「學院八股」，我就只好沉默。不要

跟我談什麼學術界，一個詩人還要為這部分讀者（所謂「學者」）的閱讀效果操心負責的話，和考慮大眾讀者是一樣的墮落！在此一點上我很不欣賞于堅「混世魔王」的玩法，他在骨子裏那麼喜歡「理解萬歲」的同時失去的是什麼？身體中那正在下墜的東西又是什麼？

說白了吧：「口語」絕不意味著一切，它只是擁有著更多原創的可能。

網

北島著名的一字詩〈生活〉：「網。」這首詩在今天的語境裏已不再是象徵或比喻，「網」確實已成為我們的生活──自然，我在此所說的是網路。詩歌與詩人都不可避免地身處在這「網路時代」中，詩歌網站的出現應該更早，但忽然熱起來也是這一年的事。《詩江湖》、《靈石島》、《詩生活》、《鋒刃》、《甜卡車》、《指點江山》、《揚子鱷》、《終點》、《界限》、《守望者》、《純文學》、《中國大學生詩歌論壇》……就像在八十年代中期繼《今天》之後一夜之間席捲中國詩壇的那些民間詩刊一樣，上述十餘家當代詩歌網站在今年之內迅速成為中國詩歌一個新的文化構成，與此同時也成為一部分中國詩人及其詩愛者新的生活構成。

「遮蔽」是「盤峰論爭」中的一個熱詞，那是多少被極力想扮成「受害者」形象的「民間詩人」們誇大了的詞，它真正所指的是在興論評價和詩史紀錄中不顧客觀事實別有用心地厚此薄彼。在今天要想完全「遮蔽」一個詩人變得不容易了，這是我在詩歌網站興起之後的一個感歎，起碼他的作品我們可以看到，如果真是優秀的話，他的口碑會在最短的時間內在詩人中建立起來並吸引傳統媒體的關注。考慮到中國新詩在近二十年發展中所面臨的許多過於基本

的生存問題，詩歌網站的興起便有了非常特殊的意義。哪怕垃圾遍地，哪怕砂裏淘金，起碼它讓每一個寫作者擁有了自由發表（編輯被消滅了）的最後可能─所以，也許從具體的作品上說是但我永遠不會用「垃圾」一詞去指斥網上的詩歌──它們的意義在作品之外。

　　詩歌網站上真正的垃圾是某些打著「論壇」旗號的聊天──遺憾的是這才是目前網上的活力構成。什麼叫網上的「詩歌論壇」？即以詩的名義變相調情，男人和女人調情，假女人和男人調情，男人和男人調情，間或聊詩──所謂「聊詩」也就是一大幫小男人婆婆媽媽地聊一些詩人間的家長里短、是非曲直，把那「論壇」或「聊天室」當成了長舌婦占領的街道。按理說那麼急切地參與聊天的人是因為帶著太多的問題，而在網上我看到的這些傢伙恰恰是最沒有問題的人，所以只好調情。我在注意到幾乎所有嚴肅的詩人都不介入這種庸俗的「調情」的同時也注意到了沈浩波們的瘋狂投入──難道這就是「七十後」比前代詩人更有時代感的一種顯示？沈好波（沈浩波）在網上的「小酷哥」形象是連環畫水平的（連正宗的卡通都算不上），也許更像一個小知識份子──詩歌掃盲班裏那個喜歡幫助差生的好班長；酷愛調情的剁魚（朵漁）讓我懷疑是在某方面受到了嚴重的壓抑，那就趕緊在生活裏就地解決吧，你蹲在電腦面前費什麼話呀！當所有的小男人都急著要和尹白兔（尹麗川）「調一把」而她又樂在其中無力自拔的時候，我知道她的寫作隨時都可能完蛋，我有一種未加證實的直覺，說起來一點都不好笑：那就是因為什麼（只可意會卻無法言傳的因素）讓尹麗川寫作時所背負的壓力比王安億都大？當網路成為他們生活的部分並得以展示他們部分的生命，我要說很遺憾：他們的兩種部分都沒有贏得我起碼的尊重。沒有秘密的詩人，我看不起。

　　被捕獲的魚，一身網眼地被拖上岸──就是這一代詩人嗎？願意聽聞：「我不相信！」是放任自流地滿足於「詩歌網蟲」的生活

方式，還是讓網路的特點不僅僅與傳播發生關係而成為創造的契機？這也是年輕一代生死抉擇的問題。網路的出現意味著一個新的創造空間而不是不甘寂寞尋求慰藉的庇護所——如果是後一種的話，它恰恰重複的是文化過熱的八十年代那種詩歌江湖式的陳舊生活（什麼「蹭飯泡妞都在一塊」），在網上以意淫的方式重複。目前「詩歌網站」的建設也是相當初級的，用聊天取代一切是其主流趨勢，真正的扎扎實實的工作沒有人做，「斑竹」們都在想著以怎樣的捷徑來製造人氣。所以，人氣最旺的網站就變成了一個最大的垃圾站，比如《詩江湖》（斑竹：南人）。風平浪靜的《靈石島》（斑竹：靈石）則是我眼中的該年「最佳網站」，我看到嚴肅的工作正在默默地進行，我因此而對「詩歌網站」在中國新詩未來發展中所能發揮的積極作用開始抱有信心。

于堅

　　于堅這名字（這在去年的論爭中被攻擊性地提及最多的名字）最終還是成了我今年的詞條，不是因為他照大師模樣（圍棋盤上的「宇宙流」？）操作的詩，也不是因為他創見雖有但也漏洞百出的理論。他的名字之所以成為這一年中國新詩的關鍵字僅僅因為他曾說過如下這番話：

> 中國新詩的前衛部分在一個世紀之後，終於有了自己獨立的身體、精神和尊嚴，它不再是意識形態、知識的外延部分，不再是無休無止的學生。詩就是詩，創造、獨立、清晰、光明。面對這個世界對強權意識的普遍諂媚，它發出了絕不媚俗的、來自漢語、來自中國大地、中國經驗、中國傳統和心靈

的聲音。這聲音雖然微弱，但畢竟出現了，這聲音使「拿來主義」的二十世紀新詩沒有可憐地只是以「博士論文」結束。

值得深思的是，在中國當代詩歌中為什麼有那麼多的「高雅迷」，那麼多詩歌教授、知識份子、左派和新潮的批評家、年輕詩人眾口一詞，攜手討伐「民間」。而對烏托邦的「比你較為神聖」的、強調形而上、精神性、傾向性、思想路線和「理想主義」，蔑視存在和身體的「知識」，從過去到今天都趨之若鶩？

詩歌在民間，詩人們不過是在強調常識和在場，但似乎已經成了必須捍衛的旗幟。我不會去捍衛這面旗幟，我捍衛的僅僅是詩歌。民間，其實是中國最孤獨的地方。1970 年，我在時代的動盪中，從民間開始學習和寫作詩歌，我深知這種孤獨。

七十年代我是秘密的個人主義者。八十年代我是半公開的自由主義者。我發現，從九十年代末以來，在詩人中，我將是秘密的民族主義者。

好一個「秘密的民族主義者」！如果在這一年裏于堅的這句話只有我一個人在為之鼓掌，那麼我孤獨的掌聲證明的是我聽覺的質量。如果這「秘密的民族主義者」在中國的詩人中只有于堅一人，那麼我就早已成為另外的一個人，有點可悲意味的證明是：在這個世紀末不是用頭腦的思考而是用全副身心去經歷這最近的一段詩歌史並敢大聲說出蘊藏其中的真情實感的也就幾個人。當有人瞭解到海外的漢學界把「盤峰論爭」中「民間立場」的一方指控為「民族主義」的時候，竟在《中國新詩年鑑》的編委會內部，在某些「民間立場」的詩人那裏引發出小小的不安，就算這是半吊子漢學家們

的誤讀，誤讀了也就誤讀了——將中國詩人中的自由主義者誤讀為「民族主義」已經讓我獲得了智力上的優越感，我不知那些人在不安什麼？你對你莫名其妙的不安就那麼心安理得嗎？你對那來自海外漢學界的口吃性評價就那麼在乎嗎？對此我嗤之以鼻！那套已淪為「國際公理」的價值體系在我看來早已形同垃圾——它和我可憐巴巴地拿到的一個文學學士的過程有關，和我用我偉大的母語——漢語所進行的寫作又有什麼關係？

「秘密的」，不敢聲張的，「民族主義」，被迫的。考慮到于堅還是一個願與理論為伍並對宣言有癮的詩人，我相信他所說的「民族主義」也是一個「拿來」的詞，最近他在口頭上提出的「母語主義」才是一個更為精確的表達。這便是我所認為的「被迫的」。我們真實的處境是：作為母語的漢語並不因為其他語種的存在而存在，也並不因為其他語種的渺小而偉大、醜陋而美麗，它是惟一的，是我們被迫接受的語言全部的現實和依據。今天所有的中國詩人都不敢承認這樣的現實：所有其他語種的「大師」在漢語中都是二流以下的，我們也根本無法通過漢語去認識他們——我們的認識只能到課堂上的講義為止。漢語中的西方「大師」都是面容可疑的人，屬於知識不屬於詩歌。對我而言，母語中的詩人才是真實的詩人，以母語原創的詩歌也才是真實的詩歌，只有母語才能給予我們關於語言的全部奧秘與心得，並使中國人的心靈和身體得以自由表現，對我而言，世界上最好的詩歌只能是漢語所寫，人類中最好的詩人也只能是我的同胞。如果說「民族主義」是出於對母語的感情和守護而必須付出的代價那就付出好了；如果說「民族主義」是出於對「母語主義」的誤讀那就誤讀好了，除非是我們的詩人卑賤到了一定要認為我們的母語也是二流的——也許有二流的文化（依照文明的標準）但永遠沒有二流的語言，「漢語是世界上最美麗的語言」以及「我偉大的母語」對我來說僅僅意味著它是惟一的、全部的。

　　這和古漢語之於詩歌上的光榮無關，也與祖先帶來的虛妄的信心無關，于堅在去年和前年都曾說過世界詩歌的標準在中國的唐朝就已確立以及《詩品》是鑒賞詩歌的標準之類的「屁話」（沈浩波語），我理解這是老于把什麼樣的經驗都想往建立理論體系上圖謀（這代人或文人的毛病）而造成的捉襟見肘。但願今年以至今後的老于能夠回到他的「母語主義」並且到此為止。二十年來，所有產生於詩歌界的理論和思想或有此兩方面含金量的東西都是來自詩人的隻言片語而非理論家的洋洋萬言，這一年裏是老于的這一句話——它不一定就是思想，但它是思想發生的契機——老于有這本事。畢竟他是目前中國詩人中少有的有能力跟思想做把愛的人。

年鑒

　　中國詩壇兩年來的「年選熱」（包括更大範圍的「選本熱」）起自楊克主編的《1998 中國新詩年鑒》（花城版）。之後，唐曉渡主編的《1998 現代漢詩年鑒》（中國文聯版）、臧棣編選的《1998 中國最佳詩歌》（遼寧人民版）、詩刊社編選的《1999 中國年度最佳詩歌》（灕江版）、何小竹主編的《1999 中國詩年選》（陝西師大版）、樹才編選的《1999 中國最佳詩歌》（遼寧人民版）、楊克主編的《1999 中國新詩年鑒》（廣州版）相繼問世。在上述幾家選本中，楊克《年鑒》因引發「盤峰論爭」這樣的詩歌事件、在圖書市場上所占的較大份額、較為完備的年鑒式的編選體例所帶來的極富動感的中國新詩的生態環境展示以及面向整個詩壇的開放性，而在詩壇內外影響最大。

　　據江湖傳聞說，我是被何小竹的《年選》編委會「開除」之後而「投奔」楊克的《年鑒》編委會的。事實是我應邀加入後者在前，所謂「開除」在後。因為沒有一個人不能同時加入兩個編委會的預

先規定，我也就沒有獲得在兩個編委會之間「非此即彼」進行選擇的機會。但一定要把這一進一出之間的關係強行建立的話，我也能夠找到內心真實的依據。在對待「盤峰論爭」的認識程度上，在面對詩壇的開放程度上，在對待詩歌市場所持的態度上（即一本詩選需不需要包裝和該怎樣包裝上）以及在當前新詩發展的形勢下要不要提出「反對偽民間」的問題上，我與韓東、楊黎、何小竹等《年選》諸編委確實存在著一定分歧（這肯定與我們之間的私人友誼和詩人間在藝術上的相互信任與尊重無關）。

在此我可以不諱言地說，正是在上述幾個基本點上我更傾向於楊克《年鑒》目前的立場、做法與風格，在介入《年鑒》具體工作之後，我也切身感受到了這個編委會內部民主寬鬆的氣氛，講究科學的辦事原則，嚴謹踏實的工作作風，不是不要性情而是將性情保持在理性可以控制的範疇之內，據此我對這本《年鑒》的未來充滿期待。一本一出世就在中國的新詩史製造了一場詩歌事件的《年鑒》可謂「具有光榮的革命傳統」，它惹人豔羨的成果取得來自於對新詩發展中存在問題的洞察力和勇於面對的作為，今天當這最初的一步被走過來的時候我也確實感覺到了來自於它內部的迷茫空虛，一種危機也在瞬間來到——

當革命的熱情隨著人們對那次事件的復歸平淡而漸漸消散，當市場上空升起的彩虹並沒有當初想像中的那麼悅目，什麼將是繼續前行的目標？做一本面向詩歌界的權威選本聽起來是多麼樸素的一個想法，做起來卻暗含著多少足以致命的危險因素——如果對權威性的博取不是靠扎扎實實的編選工作，而是另有所圖、心有旁顧，那麼這本生逢其時的《年鑒》也將隨它最初使命的完成而死得其所，就算活著也是行屍走肉！編委中的很多人其實並不瞭解，在《年鑒》出現的很多年前就曾有過一本「權威性」的年選——就是那本由人民文學出版社出了很多年的《XXXX年詩選》，什麼「權

威性」？當詩壇只有這一本年選的時候，它就是「權威」，這本在推助詩人推進新詩發展上毫無建樹可言的年選就這麼「權威」了很多年。《年鑑》現在對「權威性」的追逐就是為了達到「彼可取而代之」的目的嗎？反對「權威」就是為了最終成為「權威」，反對「知識份子」就是為了最終成為「知識份子」，反對「龐然大物」就是為了最終成為「龐然大物」，反對「與國際接軌」就是為了最終與「國際」接上那個軌，這是中國的文化史中反覆上演的老劇目，也是革命革到後來的老把戲了──用今日青年的話說：「實在是沒創意！」就不可能來點兒別的嗎？新鮮點兒的？對我個人來說，在寫作並且掙扎了十多年後，呈現在我眼前明晃晃的道路只剩兩條：老老實實地寫一輩子詩最終成為一個成功者和隨心所欲地做一輩子詩人而永遠是一個失敗者。很多年了，我始終占有著做一個失敗的詩人而比一般詩歌寫作者們更快的心跳和血流的幸福──難道這還不是我們投身其中的全部幸福嗎？在中國的詩人中總得有個幸福的瘋子或者一條幸福的瘋狗，總得有一個吧？敢於捨得自己。清晨我從鏡前走過，鏡子裏的人叫我疑惑：我是長得比人漂亮呢還是長得比誰獨特？拍拍自個兒的臉，我不是人家的寶貝。

因為和它在一場革命中所建立起來的感情，因為和它在目前工作中所保持的關係，現在我要像欣賞自己的演出一樣來欣賞它的演出，像欣賞自己的命運一樣來欣賞它的命運──《年鑑》，但願於我是平常的於你也不算多麼困難的奇蹟，早點兒給自己攤牌吧！

2000

一年將盡的時候，我低下頭去，我看見了什麼？

冬日清晨陰冷的寒風吹著上海的某條街道，嚴力正走在去網站上班的路上，這一次「帶母語回家」是最長的一次，他幾乎要醉氧

了，二十年前在《今天》時期獲得的「勞動模範」稱號，他在這一年裏的表現依然擔得起。在同一座城市的另一條街道上，另一位「勞動模範」式的人物正坐在他坐駕的後座上利用塞車空出的時間在手提電腦上敲詩，他的名字體現著他十多年來依然不改的頑童性格：默默。這時候在遙遠的北方，在北京市第三精神病福利醫院的公共食堂裏，作為「模範病人」的食指在水池邊洗完了最後一個碗，他用圍裙擦淨手上的水滴，衝我憨憨一笑：「伊沙，我不能寫得太多，我在裏邊得悠著寫。」而在一個無法確定方位卻又是真正意義上的「裏邊」，余心焦出完了早操，正用一小截鉛筆在煙盒背面瘋狂地寫作，從某種意義上說：他的寫作正痛苦地經歷著一個重新開始，當生命的變故突如其來。寒風將北京師範大學的教工宿舍區颳得乾乾淨淨，任洪淵教授從路面上走過，他計劃在 2003 年才要完成的詩集仍然牽動著他的每一天、每一時刻。在更加寒冷的東北，那是長春火車站附近的一個大排檔前，它的主人邵春光（又名邵椰）瘸著腿開始了新一天的忙碌，對這位早已厭棄功名的詩人而言，永遠不存在寫不寫的問題，永遠只是我們如何能夠讀到他的問題。深圳如春的早晨，在一個寓所的廚房裏，王小妮在給馬上要出門上班的徐敬亞準備早點，當靈感襲來她一如既往地將詩句記錄在牆壁的紙片上。溫柔的鼓浪嶼之波也拍打著這個早晨，在著名的中華門 13 號，陳仲義在收到自己的第五部詩學專著《扇形的展開》的樣書後累病交加地倒下了，不光是在這一年裏，綜觀整個九十年代，能夠以如此系統的方式不斷跟進中國新詩在當代的發展並因此而深得詩人們信任的批評家已經稀有到只此一人了。而在山東某地的這個早晨，年輕的軒轅軾軻已經打開電腦，他在這一天裏有十首詩要寫，而他在這一年裏的表現也足以和朱劍來爭一爭這「最佳新人」的。這是一位在一年的時間內獲得了全面成熟的青年詩人，他在明年要做的似乎只是把這麼多的詩發出來……

　　一年將盡的時候，我抬起頭來，我還看見什麼？

　　生動的活力回到了這一年的詩壇，那是空氣中的成分在悄悄改變，當更多年輕的身體帶來了更多荷爾蒙的氣息，我彷彿又回到了中國新詩的西元 1986——也許，中國新詩在「盤峰論爭」之後所發生的一切也正是在完成著一次歷史性的對接，這是 2000 與 1986 充滿神奇的對接，這是在紛擾多多、整體陷落的九十年代一部分以潛流與暗流形式存在的先鋒詩人從未放棄過前進努力的一個明證，正是他們不懈地堅持才迎來了今天的時刻——這是先鋒再一次光明正大地走到太陽底下的偉大時刻，在眾多的青年詩人那裏，中國的新詩再一次回到了以保守主義和反先鋒為恥的空氣裏。「盤峰論爭」的實質在於它是作為暗流存在的先鋒派與作為主流存在的保守派十年對峙的激化（外化）反應，也為中國新詩在新世紀的發展提供了一次重返先鋒之路的契機。在對「盤峰」的認識上見出的是一個詩人思想的高低與性情的真偽，那些迄今為止仍然認為「盤峰」發生的一切只是為了爭名奪利、爭搶地盤、爭當霸主的傢伙在缺乏歷史敏感度的同時顯示的是缺乏詩的敏感，回望這部分人的寫作你會發現本來就沒有什麼重要性可言，而另一種人出在論爭一方「民間詩人」內部，把「鬥爭」視為「團結」的步驟，把「論爭」看成是「撥亂反正」的手段，現在他們要擺出「勝方」的姿態想玩一玩「統戰」的把戲了，把詩壇的格局劃分視為議會的席位安排，這才是真正的「詩歌政治」！為了顯示與「知識份子」的區別，有人在兩年前倉卒提出的「民間」概念真成了提出者的陷阱了？我反對把民間純化、聖化和組織化（所謂「偽民間」的提出），也反對把民間政治化、策略化和庸俗化（好像它僅僅只是因為「衙門」的存在而有意義），詩歌就是詩歌，藝術就是藝術，它們在任何時候都必須獨立，為此我們的先輩與同代都曾付出過高昂的代價。「盤峰」的偉大意義正在於它既是一場詩學革命的開始（面對中國新詩在近

二十年的時間裏迅速結成的「新傳統」），又是一場思想革命的發軔（面對「知識份子」的自以為是與甚囂塵上），這是不以任何人的意志為轉移的爆發、持續和深入，就像以往起自中國詩歌界的任何一場革命那樣，你會在十年以後廣泛的知識界聽到它的迴響，如果你不準備參加進來的話，就請等待吧！當久違的自由主義氣息再度重臨詩壇的時候，真正的創造已經大張旗鼓地開始，新人輩出、佳作迭出的景象開始出現，直指中國新詩的下一個十年⋯⋯

多年以後，不用太久，我想像那是中國新詩的第一個百年即將到來之際，在圖書館寧靜的下午會有一個青年從書架上取下這本書——這本《2000 年中國新詩年鑒》——取下中國新詩在新舊世紀之交的這個特殊「切片」，在那上面他不一定會看到我在當年的冬天所看到的全部情景，可當他掩卷沉思，他應該思考新詩百年的戰車何以在最後的十多年間獲得了一個空前的加速度？當手指拂過2000 這數字，他的耳際馬達轟鳴。

（2000）

一份可供閱讀的寫作提綱

——中國現代詩 1968-2002

　　前年春節前後的那幾個月，寫《十詩人批判書》寫得飛起來的那些時刻，我萌生了想寫一部當代詩歌史的念頭，就用我一貫的方式去寫，真實而且好看，既有歷史感又有現場性。當時，曾把這個想法告訴一位友人聽，收穫的是一臉木然的表情。重新鼓起此念，是兩年來每次逛書店的時候，站在那些越出越多的由大學教授或社科院研究員編寫的醜陋的文學史面前，我怎能不想重寫一部呢？我在等待著一個好的寫作契機，有出版保障，稿酬也不能太薄，最好能在事先被列為我所在學院的學術課題從而獲取一筆可觀的經費，這樣就能夠出行做些採訪當事人的調查工作了。楚塵創辦《面孔》，通過韓東約我寫篇五千字的「北島以降的詩歌史」，我剛好可以趁此機會拉出醞釀中的該書的提綱。

1968-1971 年

狀況

　　1968 年，日後取名「食指」的北京青年郭路生寫出了他最著名的詩篇〈相信未來〉，我將這一年視為中國（內地）現代詩的一個真正開始。「我要用手指那湧向天邊的排浪／我要用手掌那托起

太陽的大海／搖曳著曙光那枝溫暖漂亮的筆桿／用孩子的筆體寫下：相信未來」——不是全部，僅僅是在這段詩裏，漢語出現了它此前從未有過的全新的修辭秘密——這個秘密到了三十年後，在中國婦女的偶像濮存昕那裏還沒有得到正確的掌握，因為他總是讀不順該段的頭一句。這是日後在電影演員所代表的庸眾那裏得到的見證，而在當時他是被十八個省的知青以手抄傳播的方式見證著，被身居高位一言九鼎的江青「一個灰詩人」的結論見證著，被北島為代表的後啟者的寫作見證著。這位當時就成為北京青年地下沙龍「桂冠詩人」的郭路生從來就不是傳說，而是被很多人見證過的史實。

「中國（內地）現代詩的一代先驅——食指。」我的詩歌史也只能也必須如此寫道。

存疑

我不能說這是食指一個人的詩歌時代。因為尚有「北有食指南有黃翔」的說法流佈民間。我不懷疑這種說法，但我懷疑黃翔在這個時期是否寫的是嚴格的現代詩，因為他在幾年以後才寫出的〈火神交響曲〉顯然不是。鍾鳴為鼓譟「南方詩歌」而高抬黃翔，啞默等人的回憶文章，都未舉出太多具有說服力的真憑實據。

背景

以賀敬之、郭小川為代表的「十七年新詩」。

1972-1981 年

狀況

「我不相信天是藍的；／我不相信雷的回聲；／我不相信夢是假的；／我不相信死無報應。」北島寫於 1976 年的〈回答〉裏能夠聽出食指〈相信未來〉的回聲以及試圖超越的聲帶，留下了以他為代表的後起的一代人師承的印記和來歷。

這個時期的前數年，「白洋淀詩歌」成為最大的一個標誌，芒克做了那裏的王子：「生活真是這樣美好。／睡覺！」「酒／那是座寂寞的小墳。」那時候，多多是芒克每年交換一次作品的對手，以詩決鬥。還有靈光一現的根子和依群。

1978-1981 年，新中國的第一份文學民刊《今天》在世的輝煌歲月，這個時期中國最優秀的詩人在此雲集，北島也是在這個時期完成了〈古寺〉、〈履歷〉、〈八月的夢遊者〉、〈一束〉等傑出名篇，以史詩書寫者和現實質疑者的形象以及精妙絕倫的詩藝，做成了一位「強力詩人」。顧城、舒婷在較小的氣象和更多的讀者中散佈著才氣，江河面向變革時代和古老神話的「大詩人姿態」也滿足了很多人的期許，林莽、方含、田曉青也有各自的亮點。

嚴力是另類，他肯定是中國第一個會笑的詩人，也是中國第一位城市詩人。如果說芒克是自然之子、北島是時代之子、江河是歷史之子、顧城是性靈之子，那麼嚴力就是城市之子。他在精神向度和寫作狀態上與後來的「第三代詩人」有著非繼承性的前後關聯。

梁小斌是另一個另類，如果說「白洋淀」和《今天》堪稱「中國意象派」，那麼梁的詩已出現了某種口語的企圖，是一種準口語詩。

存疑

我不懷疑楊煉這個時期的個人成就，也曾激賞過〈諾日朗〉。但我懷疑他的來歷和意義，走向歷史之前他幾乎是《今天》派中最無才氣的一個，平庸而又生硬，請出《易經》之後似乎就有所不同了，他採的什麼氣？背靠的又是什麼？他本受江河啟發，而眾多詩人卻是受他影響而走向「東方史詩」、「現代漢大賦」，其中有宋煒、宋渠、石光華、劉太亨、歐陽江河、廖亦武、海子、駱一禾、島子、海上──這支「史詩派」終於不知所終，其中的人員或封筆不寫，或另尋他途，或歿於生命事故。楊煉本人在走出歷史之後，再度重返平庸。

背景

五四以來到食指出現之前的「新詩傳統」。

1982-1989 年

狀況

「假如我要從第二天起成為好學生／鬧鐘準會在半夜停止跳動／我老老實實地去當掙錢的工人／誰知有一天又被叫去指揮唱歌／我想做一個好丈夫／可是紅腸總是賣完」──又是一個開始，這個開始的難度絲毫不亞於食指的那個開始，王小龍寫於 1982 年的〈紀念〉標誌著中國口語詩歌寫作的一個開始，從此漢語有了一個更新的秘密──而且不僅僅屬於修辭。

繼王小龍之後的第二年，韓東寫出了在文化的深度上和語言的意味上更具經典性的作品，那就是〈有關大雁塔〉和〈你見過大海〉，同時寫出了對一般讀者而言深具感染力的作品：〈我們的朋友〉和

〈一個孩子的消息〉。1983 年，年僅二十二歲，在西安南郊的一所大學裏教馬列主義的韓東忽然變得驚人地成熟，就在前一年他還是〈山民〉，更早的時候還是〈昂起不屈的頭〉；而在這一年裏，他幾乎為自己開創了一個詩歌時代，中國現代詩具有「火車拐彎」（沈奇語）意味的一次行動是在韓東這裏完成的。「第三代」的「秘密領袖」是這樣一個比女人還要白皙的清癯智者，讓運動爆發之後那無數的大鬍子顯得無力。

1983 年，于堅也寫出了〈作品第 39 號〉、〈遠方的朋友〉等優秀之作，只是沒有韓東的名作更具代表性；1986 年，他以頭條的位置，以〈尚義街 6 號〉等詩在官方《詩刊》上大出鋒頭，但那些詩明顯有著「生活流」的散漫和粗糙。身為「第三代」中最年長者之一的于堅，卻是晚熟的。他作品的整體質量和數量在這個時期不輸於任何人，底氣十足，更大的潛力尚待開掘，而更為可貴的是，他的寫作已經呈現出迷人的開放性，對生活的消化力驚人的強，在當時有識者即能看出于堅寫作日後的長久與開闊，不是「挺住意味著一切」的那一種。

1986 年，徐敬亞一手締造的「兩報大展」揭示了「第三代地下詩歌運動」的更多秘密，使天才的李亞偉一夜成名，〈中文系〉在各地的大學裏廣泛傳誦。1988 年，成書之後最為引人注目的是楊黎和默默，前者是非非詩歌的秘密核心，在語言的純度上甚至比韓東走得更遠；後者的詩歌屬於王小龍的「海上風」，只是出神入化至本真可愛。丁當是又一個散漫的天才，他的詩比堅少了些文人氣而多了些當代性。寫過十首好詩的王寅，他的獨特視角和異國情調，他的優雅氣質也是迷人的。柯平寫過很多在官方那裏投機取巧的詩，他為「第三代」貢獻的好詩卻不容置疑。柏樺、呂德安在人們可以接受的「後退」中豐富了「第三代」，女詩人翟永明、唐亞平、陸憶敏、小君、小安以及再出發的王小妮，則在她們的「軟」的性別上表現出了十足的「硬」。

存疑

以黑大春為首的圓明園詩社中的一位後來移居香港的詩人，在當時誠實地供出了一種心態，他說他們以為中國的詩歌將在《今天》的旗幟下向前發展，沒有想到在南方已經有人另闢蹊徑，重新開始。他的話可以代表當時北京地區所有從詩者的自以為是，好詩人出北京，是「今天詩群」留給大家的印象，一轉眼，在下一代詩人的創新者中已找不到一個北京人了。

幾乎所有的北京詩人，外延至四川「七君子」中的幾個人，外延至全國各地的一部分詩人，以為詩歌將在《今天》的旗幟下前進——最起碼是以為將在「中國意象詩」的固有形式下展開寫作的競技，結果是他們放棄了創新的任何嘗試。詩歌史是詩歌的發展史，所以在此我將無法涉及他們的名字。

背景

北島以降的「朦朧詩傳統」、楊煉代表的「史詩傳統」。

1990-1999 年

狀況

在一片肅殺中，我的九十年代來了。

一個優秀的批評家將如何評到作為優秀詩人的自己，這永遠都不會成為臧棣的困惑，而是此刻我的困惑。

可以這麼說：我是「第三代」的最後一位詩人和「新世代」的第一個詩人。1988 年我就寫出了〈車過黃河〉——那幾乎是大部

分「第三代詩人」成名的時間，可是我在滾滾浪潮中黑暗孤島的北京，無法找到革命的組織，所以缺乏運動的經歷。

九十年代，我那麼快速現身的原因僅僅在於：在八十年代末期，我為今後一生的寫作所需要的基本準備已經都做好了。

1989-1992 年，在所謂「歷史的真空」中，我和八十年代未有突出表現的「第三代詩人」孟浪是最有所作為的兩位詩人。孟浪在拆刺刀一樣的詩句中找回了北島的強力感覺——在藉歷史之力力爭成為「二北島」的方向上，等而下之的是周倫佑向「紅色寫作」後退，王家新提著手帕哭得像個老孩子，歐陽江河左也可解、右也可解的政治修辭學。與孟浪們不同的是，我無意做回北島，我只想在韓東、于堅開創的道路上繼續向前去完成這次無法迴避的承擔。

政治就是中國人的日常生活——與其說我是在對西方後現代詩歌的借鑒中做出了對「第三代」的初度超越，不如說我是在當時自己的寫作中破解了這一嚴峻的課題。我注意到習慣了表現日常的「第三代」主將們在這個倍感壓力的時期的失語和沉默，偶有佳作但已經無法像八十年代那麼重要。

我在同時開始的對海子帶來的「死亡神話」和「麥地狂潮」的顛覆走到了 1994 年，與于堅的〈0 檔案〉相會，那時走出「真空」的孟浪也開始變得失語了。在我眼中，〈0 檔案〉是于堅最後一次帶有冒險性的寫作經歷，在「歷史真空」的三年中，〈對一隻烏鴉的命名〉也無法讓他重要的遭遇把老于逼急了，常規武器玩不轉了，他放膽造顆原子彈，我要說：他造成了！這一年，是于堅〈0 檔案〉的發表和我處女詩集《餓死詩人》的問世送走了海子之死帶來的滿眼垃圾。

1995 年以至稍後，我後來命名為「新世代」的一些詩人開始在報刊上集中亮相，首先應該提及的是這代人的最年長者阿堅，和我一樣，他也是自九十年代伊始便一路殺將過來，成為北京保守詩歌傳統的最大叛逆。素質與才華決定了老資格的唐欣始終是優秀

的，作品少和作品中的「第三代」色彩過重使他在九十年代被忽略
了，重新引人注目是在新世紀以後。徐江在告別了前期北京學院詩
歌帶來的迷茫之後，開始進入他個人文本的自覺並有著十分穩定的
表現。是朱文守護了《他們》後期詩歌越加江南地域化之後的尊嚴。
住在北京的侯馬似乎更像是一位「後《他們》」詩人，而他真正的
迷人之處卻是柏樺式的言語飄忽。賈薇是這一代女詩人中惟一具有
創新意義的一位。岩鷹的玄思、楊鍵的冥想、宋曉賢的吟唱，都在
「後口語」的策略上豐富著口語詩，而在「後意象」的向度上，余
怒、秦巴子、葉舟、唐丹鴻的成就也值得肯定。

　　1995 年以後，與九十年代前期的「死亡神話」、「麥地狂潮」
一脈相承的是「知識份子寫作」、「中年寫作」在輿論上的聒噪和這
個流派的結成——一支由兩個年代素無創新貢獻的專注於論文勝
於詩歌寫作的平庸者組成的集體。

　　1999 年，「盤峰論爭」爆發。

存疑

　　有沒有人在「後退」和形式的無創新中寫出好詩？

　　有。海子算一個。個別「知識份子」的個別篇什也算。

　　但他們是自覺的嗎？前者的佳篇都產生於赴死前的走火入
魔，後者的產生往往得自於策略之外的即興而為。

　　據此我更加懷疑他們的寫作理想及其策略。

　　後起詩人沈浩波曾質疑作為九十年代中堅力量的「新世代」不
夠「先鋒」、不夠「狠」，我想說：我的「先鋒」和「狠」就是「新
世代」的「先鋒」和「狠」——這樣的「先鋒」和「狠」在他作為參
照列舉的「第三代」中有沒有？有幾人？「偉大的八十年代」不是
神話，如果是的話，誰能告訴我為什麼它連一支職業化的詩歌寫作
隊伍都造就不了？「第三代」裏為什麼有那麼多的退伍兵和下崗者？

　　我真正想說的是：到八十年代結束的時候，世界上現存的詩歌品種基本上都程度不一地在中國找到它的回聲，是《今天》派和「第三代」完成了這項工作，健全品種總是比開發功能更容易而又能得便宜賣乖的，當你經歷了群眾性先鋒運動的八十年代的推助，當我經歷了「歷史強行進入」的九十年代的折磨，你不要對我說一聲「平庸的九十年代」──那樣的話，我覺得你就是在玩老撒嬌！

背景

　　「第三代詩歌」、海子和「知識份子寫作」。

2000-2002 年

狀況

　　我想把新世紀以來的近三年稱為「盤峰後」，韓東則提到了「網路時代」和「自由發表」，我想加起來說或許更有涵蓋力。

　　「盤峰論爭」帶來了「第三代詩歌」尤其是《非非》、《他們》在世紀之交的「復活」，使「新世代詩人」得到更多的彰顯，催化了一撥又一撥「新人」的誕生，使論爭一方的「民間」從此走向空前的繁榮和壯大。

　　2000 年，由沈浩波、朵漁為理論倡導的「下半身」詩歌團體成立，他們的存在方式一方面繼承民刊這一傳統形式，另一方面則由南人創辦了《詩江湖》網站，是「下半身」領了「民間詩人」紛紛上網的風氣之先。當年及後來，巫昂、尹麗川、李紅旗、盛興、馬非、朱劍、李師江、軒轅軾軻、符馬活、王順健、謝湘南、余叢、阿斐、花槍、歐亞、木樺、冷面狗屎等人紛紛加盟；水晶珠鏈、巫女琴絲、口豬等也在《詩江湖》上引起關注。

2001 年，崔恕創辦的《指點江山》網站經黃海改版為《唐》，當年及後來，在此活躍的年輕詩人籬笆、魔頭貝貝、魯布革、江流、冷眼、阿翔、新鮮蟲子、曠野、楊過、大草、艾泥、心地荒涼、張玉明、葉明新等開始走向詩壇。烏青創辦的《橡皮》得到韓東、楊黎、何小竹等資深詩人的輪番坐鎮，豎、肉、離、晶晶白骨精、魯力、六回、朱慶和、李檔等年輕詩人從上走出。2001 年，「民間詩人」還在網上經歷了「沈—韓」、「伊—沈」、「徐—楊—蕭—韓」、「韓—于」等「四大論爭」。

這是老將煥發青春的三年，楊黎寫出力作〈打炮〉，何小竹迎來創作高峰、老非非們的整齊表現、韓東詩歌增產、于堅繼續著他的大師規劃、蕭沉不再消沉……這也是「新人」亮點迭出的三年，盛興、朱劍、尹麗川、巫昂、軒轅軾軻、馬非、魔頭貝貝的作品、沈浩波、朵漁的理論和批評，都曾引發詩壇的廣泛關注……穿越過九十年代荊棘的中間一代的忍性與韌勁是超長的，拿我來說，三年以來的寫作已經表明：我是比任何一代人都更適應這個「網路時代」的——一個「自由發表」的時代還不能調動你全部的寫作熱情嗎？我想對所有的人大聲說。

存疑

這是一個剛剛開始的時期，所以沒有結論。

這是一撥走在途中的青年，所以沒有結論。

網路或一個資訊發達的時代加快的是什麼？是成名而不是成熟。「七十後」是晚熟的一代人，在「民間」已成共識的推助「新人」的策略一定過早地催生了一些什麼，八十年代末和九十年代初，我從未有過被人當作「新人」的榮幸，而一直有著被人當作「壞人」的光榮。

　　我從來都認為沈浩波是這一代人中最有詩歌素養和見地也最有雄心抱負的一個人，但我從來都不認為他已寫出了這代人中最好的詩歌文本，因為他在細微之處見出的才華總是無法跟他不錯的意圖和意識同步抵達。

　　我從來都認為尹麗川是這一代人中最有創新可能性的一個人，但我從來都不認為她可以在一些出色的前輩面前做到平起平坐的自信，翟永明寫〈女人〉組詩的時候也就是她現在的芳齡，我想指明的是一個不錯詩人的業餘徵候。

　　「先鋒到死」——沈浩波說的，我只是在做。所以我願意談論先鋒在新世紀詩歌中的指向問題：酒吧，可以！大麻，來吧！妓院當然可寫，關鍵是它的後窗開向了何方？當我在以上兩位的詩中讀到來自不同性別對於妓女的輕蔑時，我有點坐不住了。

　　「新人類」是「新」的嗎？拿作品！

背景

　　「第三代詩歌」、「新世代詩歌」。

（2002）

中國詩人的現場原聲

──2001 網上論爭透視

　　大概在兩三年前，在中國當代詩人各個圈落的聚談中還有斥「網蟲」為無聊的語言習慣。也就在這近兩三年的時間裏，詩人們卻紛紛上網，加入了蟲子們的行列。網路進入了詩人的生活，並進而成為詩人展示新作、交流詩藝的一個重要場所，數十家當代詩歌網站（網頁）的建立，《唐》、《詩江湖》、《橡皮》、《詩生活》、《個》、《或者》、《揚子鱷》等從中凸顯，使詩人們的活動場所變得集中起來。詩人在詩歌網上出沒確已構成世紀之交最具新鮮亮點的一大風景。與此相映的是在上個世紀的八九十年代曾對中國現代詩起到過重要托舉作用的民刊的急劇減少，以及民刊與網站逐漸走向合一的現象，說明在新世紀伊始中國現代詩的原生現場已經悄然轉移，這是一個非同小可的變化。

　　目前，詩歌網站（網頁）上最大的活力構成在詩人們於論壇頁面上所發佈的交流性的帖子，這樣的交流很容易形成「交鋒」。有一個更大的背景是：網上的詩人比生活中的詩人變得「火爆」了，或者是網路的特點無形中加助並誇大了詩人們的「火爆」，連平時以溫和著稱的很多詩人，只要一上網便脾氣長了很多，很難說哪一個是更真實的他自己。這樣的特點使詩人們在網上的爭論與交鋒變得日常化了，隨便點開一家網站，到處都有「短兵相接」。詩人王家新前不久還在湖州詩會上抱怨說：「盤峰論爭是一個陰謀和陷

阱。」這位老兄大概是發誓一輩子都不上網的人吧？最好別上！因為他若上網就必然發現怎麼生活中到處都是「陰謀」和「陷阱」，不得大歎「世風日下，道德淪喪」云云嗎？

與「盤峰論爭」為代表的這種發生於學術會議和傳統紙媒體上的論爭相比，網上的論爭更為直接、生動、真實，論爭雙方的動機與意圖更容易暴露，論爭內容的資訊含量也大為增強，論爭採取的語言方式更接近於詩人的原聲狀態。在此我想對 2001 年中網上發生的四次影響最大的爭論加以介紹、分析與評述——

沈韓之爭

詩人韓東在 2001 年第 1 期的《作家》雜誌上撰文說：「比如最近我聽說一位新的詩壇權威發明了如下公式：文學＝先鋒，先鋒＝反抒情。並且聲稱自己要『先鋒到死』。且不說『先鋒到死』有多麼煽情，以上公式也太白癡了一些，而且誤人。」瞭解情況的人一望便知，這所謂「新的詩壇權威」指的是青年詩人沈浩波，沈浩波也迅速在《詩江湖》網站上做出了如下反應：「你在《作家》上陰陽怪氣的攻擊我剛剛知道，我的反擊從現在開始。」「我知道我在衡山的發言讓你感到疼了，疼了就叫出聲來，別這麼陰陽怪氣的，你的口氣我真是討厭——『小』啊，你知道嗎？」「我在衡山批評了那麼多我喜歡或者曾經喜歡的詩人，只有你用竄改原意、斷章取義的方法來對我進行攻擊，我想說，你這樣顯得陰暗和下作。」「我真想度過一個平靜的 2001 年呀，說實話，我已經討厭出鋒頭了，可是，是你們不讓我平靜呀，你們要逼我成正果呀。」「韓東，你真的老了——也許這句話早該有人說了。」

以上便是發生於 2001 年 1 月最終波及人數最多、影響也堪稱最大的所謂「沈韓之爭」的緣起，之後雙方各發一帖，韓東：「我

沒有說你是白癡，我說的是『文學＝先鋒＝反抒情＝譏諷調侃』是一個白癡公式。發明白癡公式的人不一定就是白癡，就像使用傻瓜相機的不一定就是傻瓜。如果你沒有發明、實際上也沒有以此觀點看待詩歌，我就向你道歉，至少我針對你說的話是多餘的。」「另外，我對你的先鋒性也很質疑，你說的大概是某種你所理解的先鋒的姿態，而非藝術上有個性根據的特立獨行，在你的寫作中我看不到這一點。當然，你對詩壇做過一些好事，至少是一個活躍因素，但做事歸做事，寫詩歸寫詩，判斷歸判斷，不應混為一談。」沈浩波：「韓東是我寫詩道路上的前輩，而且是一個我一直尊重的前輩，這樣的前輩，我曾經在心裏認過不少，但隨著我自己的成長和成熟，我又一個一個地把他們從我的名單裏勾去，隨著時間的推移，這個名單裏剩下的人已經屈指可數了。剩下的這幾個，各有值得尊敬的地方，但從另一個方面說，這種尊敬也同時成為一種負擔，我是一個不喜歡負擔的人，我希望把這些負擔甩去。所以當我知道韓東把他一貫尖銳的矛頭對準了我時——我知道，這個負擔正從我的肩頭緩緩下滑。」「但是毫無疑問，由於缺乏了先鋒性，我認為你韓東在九十年代的寫作大部分是失效的，而缺乏先鋒性的基本表現就是才子式的小吟詠；就是柔弱的小情調；就是小悲憫小抒情……」「我覺得韓東太迷信自己的感覺了，太迷信自己的那種才華了，事實上他忽略了一點，在詩歌寫作中，惟感覺和小才氣幾乎是最隱蔽但也是最致命的毒素，小才氣和小感覺絕不是真正的詩歌才華，在寫作上過於聰明的人往往會適得其反。」以上兩帖因為雙方都「攻擊」到對方的寫作，所以就不可能取得「溝通」的效果。

現在看來，這絕對是一個不應迴避的因素：沈浩波的兩帖中涉及到了韓東以外一些詩人的名字，有打擊面過寬的嫌疑：「最後一句是對于堅說的，你在《作家》上也沒有放過我，告訴你，于堅——還是適應一下喧囂吧，沒有喧囂的九十年代你還沒有受夠呀！」「而今

天我們所說的『先鋒』有它在這個時代獨有的涵義和準則，詩歌的標準絕不是于堅所說的唐詩宋詞的標準，更不是小海所說的中國詩歌的古典和本土氣質，『詩』絕不是一成不變的，于堅、小海們在《作家》2001 年第 1 期推薦年輕詩人時真是說盡了關於詩歌的傻話。」「你喜歡和推舉的那些詩人，什麼楊鍵、魯羊、劉立桿、朱朱……我覺得寫得太差了，如果你認為他們的寫作具有你認為的詩歌才能的話，那我還是沒有這個才能的好。」「你在發表我的詩作時，把一個叫朱慶和的詩人放在我的前面推舉，如果你認為他的詩比我的好的話，那麼我就使著勁點頭承認吧。」……蓋因如此，首先捲入這場論爭的是與《他們》（含前後兩個時期）有關的詩人、作家、評論家：李葦、非亞、顧前、呂德安（後傳假冒）、李檣、朱慶和、丁龍根（疑為多人合用之名）、林舟、金海曙、黃梵、劉立桿等，他們紛紛發帖，明確表示支持韓東。稍後，非非詩人（含前後兩代）何小竹、楊黎、吉木狼格、豎、晶晶白骨精、烏青、肉、看著樂（據傳為離）等也紛紛發帖表示對韓東的支持；而與此同時，仇恨的桶（李軼男）、伊沙、朵漁、李紅旗、陳雲虎、江湖騙子（崔恕）、阿斐、朱劍、南人、劉春、惡鳥、歐亞、花槍、徐江、黃海、侯馬、抬桿（張志）等被論爭另一方荒謬地界定為「北幫」（「北師大幫」的簡稱）的一些詩人紛紛發帖，明確表示支持沈浩波。除此之外，尚有尹麗川、巫昂、吳晨駿、小海等一些態度不明的中立者也參與了發言。

此次論爭最終以丁龍根連續發出針對女詩人尹麗川和其他人的言詞極為下流的帖子，而被南人（《詩江湖》版主）公佈了 IP，遭到韓東方面以撤出並宣告今後不再登陸《詩江湖》為抗議而告結束。那麼依照我們過去對一次論爭的總結思路：此次論爭究竟是一次什麼性質的爭論？它的所謂「意義」究竟何在呢？

　　——是楊黎所說的「民間和偽民間的爭吵。是『年選』和『年鑒』的爭吵」嗎？這句在當時曾遭到伊沙等多位詩人有力反駁的話，確如徐江所說：「有上綱上線之嫌。」楊黎本人也在當時的回帖中對這句話做了進一步的合理闡釋：「偽民間不是某一個具體的人，而是一種意識。這種意識在你我身上都有，這不重要，重要的是我們敢不敢面對它。」

　　——是阿斐所說的「任何立場無可辯駁地與利益有關，『立場』本身是『利益』的掩飾詞，否則不存在論爭」嗎？我是一個不憚於談「利益」的人，我以為「盤峰論爭」相當重要的一個實質性內容就是在和所謂「知識份子」爭「利益」，這個「利益」具體說來就是詩壇的「話語權力」。我不知道在此次「沈韓之爭」中有多少人是在覺悟到這一點之後才投身其中的，在我看來發生在「民間」內部的此次論爭如果單從「利益」上講，雙方的爭吵是在削弱這所謂的「利益」，論爭發生後，「知識份子」方面所表現出的幸災樂禍也正說明了這一點。若是在論爭發生的當時我一定不同意阿斐的觀點，但是現在我反倒迷茫了，一年來對網路的瞭解，對網上新人的瞭解，使我不得不想到當時有多少人（主要是青年）是帶著阿斐式的觀點進來的，在這一點上青年們遠不像我想像中的那麼單純幼稚。

　　——是沈浩波所說的「其背後就是形式主義與非形式、語言與身體、第三代與其後輩的爭論」嗎？「第三代與其後輩」的代際之爭，我以為不是非要發生不可的，如果一定要發生的話，它大概早就發生了：在九十年代的某個時刻，在我和于堅、韓東、楊黎們之間；與「形式主義」或者說「惟形式」對立的應該是「反形式」而不是「非形式」（詩歌永遠不可能是與形式無關的產物），我鬧不清楚在中國哪些詩歌實驗是屬於真正「形式主義」的，所以也沒打算做一個「反形式」者。我真正感興趣是「語言與身體」，因為我感到這與我個人十年來一直側重身體的寫作實踐有關，也和「非非」、

「他們」一貫強調語言的寫作實踐有關，發生在「沈韓之爭」前的楊黎、何小竹與沈浩波、朵漁在《詩江湖》聊天室裏的爭論曾引起我極大的興趣和關注，讓我誤以為這後一次爭論的某一部分是前一次爭論的延伸，沒有這一點我大概不會介入到此次爭論中去——但是我錯了，「語言與身體」的理論研討在此次論爭中幾乎未被涉及。

用傳統思路來總結這次發生在網上的爭論無疑會相當失望，性質不明，意義全無。那麼我們就換個思路來理解它吧：那麼多有名有姓的詩人在網上性情外見、崢嶸畢露、言語狂歡——這不是比性質、意義這些鳥玩意更有意思的嗎？

伊沈之爭

在「沈韓之爭」中，丁龍根曾對沈浩波發過這樣一句話：「你小子終於活過來了，可別忘了伊沙的恩情，下次搞他的時候可別忘了今天。」當時為了避免讓沈浩波感到無法回答的尷尬（他正陷於每帖必覆的忙亂境地），我在後面跟了一句話：「龍根，等浩波搞我的時候，我肯定也已經變成內心腐爛的大哥。」——現在看來我的說法實在太虛，什麼樣的表現和所作所為才算是「內心腐爛的大哥」？以我對這位「師弟」人性的洞察，我當然知道他遲早要「搞」，但我的幼稚在於對他的「搞法」做出了錯誤的總結，以為他總該找到一個合理的藉口並假借一個神聖的名義，我說他「身藏大惡」的那個「大」字裏已經包含了這層意思。他在衡山詩會上「搞」韓東的藉口是韓東的詩已經喪失了先鋒性，他在 6 月初在我 5 月新作下還發帖說：「這仍是你的黃金時代，儘管我是多麼不願意承認這一點。」沒過幾天，已經開「搞」。

其實早在 4 月份的時候，他已經差點沒沉住氣。我在〈說出侯馬〉的短文中把我、侯馬、徐江這一波 1989 年大學畢業的詩人稱

為「最後一批理想主義者」，他認為我的說法對年輕一代詩人有針對性，立馬發帖予以反駁，同時跳出來的是那個叫阿斐的「八十後詩人」，已經露出明顯的「對方辯友」狀。如此莫名其妙，我的回帖也就沒有客氣，沈很快打來電話，解釋說他認為他自己就是一個理想主義者，我認為他想做一名理想主義者對他自己來說實在是一件好事，這事兒也就過去了。4月逃過一劫，6月卻不能夠了。我的話是這樣被沈抓住的：那時蕭沉剛上網，連發幾篇有一定理論含量的短文，我在他貼於〈唐〉網站的短文〈打倒江湖化詩歌〉下面發帖說蕭沉是「具有發言能力的人」，因為蕭文中有一個觀點：認為七十後寫的都是「伊沙類詩歌」，「是在拾伊沙詩歌牙慧」，沈認為我稱讚蕭沉就是在贊同這句話，立馬發帖對我和蕭沉提出「質疑」：「我的這個質疑的前提是，我認為蕭沉對這幾年中國詩歌的發展是不清晰的，在很大程度上是不在場的。他對網路上詩歌的發展同樣是不清晰的，是剛剛到場的。一個剛剛在網上貼了數手舊作的資深詩人，是不是就可以做出這樣的總結？我表示懷疑。」「我的這個質疑的必要性在於，當我看到蕭沉用跟沈奇一樣的邏輯，把九十年代以降的口語詩歌，簡單地歸結『伊沙類詩歌』，並斷然聲稱『下半身』以及其他其他一些年輕詩人在這方面的努力是拾伊沙詩歌牙慧時，我認為這時的蕭沉是無知的，缺乏對詩歌文本起碼的細讀能力。這種無知我此前在沈奇那裏已經見識過了，他們始終給一種現代的、健康的，甚至是成為常識的寫作方式找一個想當然的代表，並聲稱，只有這個代表的寫作是成立的！這仍然是將這種寫作視為『邪路』的成見在作祟！所以我說，蕭沉的心態仍然停留在四五年前。」「當伊沙面對如此無知和武斷的言論，仍然覺得蕭沉具有發言能力時，我感到震驚！莫非你真的以為我們都在寫作一種『伊沙類詩歌』？別開玩笑了。」「我對伊沙在對蕭沉的荒謬說法表示贊同的同時，又一味強調《唐》上詩歌的『天才』性表示反感。

在網路上，《唐》是革命先進嗎？是勞動模範嗎？是一方淨土嗎？我認為這是在開玩笑！每個富有生機的網站都出現過很多有資質有天才的詩人，伊沙這種對《唐》的刻意強調令我反感，你不是要當老混蛋、老垃圾的嗎？怎麼現在就這麼想當一個虛妄的『詩歌學校』的老師？怎麼現在就這麼想確立一個革命導師的身份？我不懂！」在沈後來發出的帖子中還列了一份扶助青年的詩人名單（那意思是我們得像這些詩人學習，他們是我們的榜樣），並在這份名單的前後再度對我和蕭沉提出「質疑」（我和蕭成了反面人物，兩個壞典型）。蕭「隱居」多年先不說，我可是太冤了啊（真比竇娥還冤啊）！我沒有為青年做過一點什麼嗎？我沒有為「七十後」和「下半身」做過一點什麼嗎？我沒有為馬非宋烈毅盛興沈浩波南人朵漁巫昂尹麗川李紅旗李師江朱劍崔恕軒轅軾軻阿斐做過一點什麼嗎？——這就是我在回帖中為什麼要說沈「有眼無珠」，為什麼要說南人他至今還沒有領悟的「健忘」。我認為蕭「具有發言能力」並不等於我贊同他所有的觀點，我知道蕭並與之相識已經十年以上了。再說，我還認為海子、駱一禾、唐曉渡、歐陽江河、西川、臧棣、張棗「具有發言能力」呢？我什麼時候贊同過他們的觀點？如果沈還聽不懂的話，我就舉他瞭若指掌如數家珍的「下半身」的例子：沈本人和朵漁就叫「具有發言能力」，南人、尹麗川、李紅旗就叫沒有。至於「七十後」寫的是不是「伊沙類詩歌」，是不是「拾伊沙牙慧」，是不是還需要我本人站出來說：NO！不是！起碼胡續東、蔣浩、姜濤們寫的就不是——沈浩波，你是不是就想這麼愚弄我一下，叫我「此地無詩三百首」地出一下醜？如果我當時這麼傻拉吧唧地表一下態是不是就不會遭到你義正詞嚴的「質疑」？那麼以後呢？你敢保證對我從此就消停了嗎？

很快我就遭到了「下半身」眾將的圍攻：南人、尹紅旗（尹麗川、李紅旗合用名）、朵漁……我說他們是一個「組織」，沈浩波還

覺著委屈，有無搞錯：我是一個人，單槍匹馬地站在這裏，本欲和你「單練」，你們不是一個「組織」打什麼群架呀？！這幾個都是在藝術的原則問題上寸土必爭的人嗎？用沈自己的話說：「別開玩笑了！」其中的那位女士我永遠不懂，「沈韓之爭」及沈浩波無端向《芙蓉》主編蕭元發難的那次她都左右為難急得團團亂轉，呼天喊地忍辱負重地自扮成一個「和平主義者」，這一次可是如此果斷愛恨分明地充當了排頭兵，因對象而異，我當能理解，但我想知道的是她的標準何在？無所畏懼的她敢於公開講出來嗎？當時的氛圍令人作嘔，我確實遭遇了我個人生活中空前噁心的一次事件，在此我已全無複述的興趣。

徐韓蕭楊之爭

在我與「下半身」的爭論發生時，詩人蕭沉在網上調侃說：「都是伊沙惹的禍。」事實是蕭沉的此次發言〈打倒江湖化詩歌〉，還引發了他、徐江與楊黎、韓東的另一次爭論，在這一年的 6 月，蕭沉的一次發言成為兩起爭論的緣起，至少說明「隱居」多年的他還是提出了目前大家都十分關注的一些問題。

蕭沉在〈打倒江湖化詩歌〉一帖中講了三點：一，詩歌網路化所產生的詩歌垃圾、二，「下半身」給詩歌所帶來的低俗副作用、三，嚴肅詩歌，人人有責。他認為：「互聯網的出現，雖然給民間詩歌的迅速傳播帶來了前所未有的景象，但詩歌同時也進入了一個粗製濫造的時代。我將這類詩歌稱其為『江湖詩歌』。『江湖詩歌』在網路上『發表』的集中表現，則為對語言與文字的缺乏節省。這批詩歌也主要集中在由『七十後』所帶動起來的年輕人的作品。」「Ａ：主題的嚴肅，才是嚴肅的詩歌。Ｂ：語言的節省，才是表達的基礎。Ｃ：怎麼寫，是技術性問題；寫什麼，才是詩人存在的意

義。」這些觀點很快遭到詩人楊黎的反駁：「你對網路詩歌的看法，基本上是過去式的。當然，這是我客氣的說法。我個人認為，網路剛好為詩歌帶來了新的可能。這恰好是對已經腐朽世界的反對和超越。」「你說到嚴肅，以及你關於嚴肅詩歌的觀點，真的讓我無法回答。寫什麼重要？這是多麼現實主義的東西啊，你應該和誰討論這個問題，我想你很清楚。」「從某種意義上說，口水詩肯定比不口水的詩好。因為，你們對口水詩的反對，已經是文學的、詩意的和知識份子的了。」——此帖又引出了詩人徐江的發言：「我贊同蕭沉前段對口水詩的譴責。但不贊同他對網路的過激看法。因為任何的時代都有垃圾，過去是藏著，現在擺出來了。所以垃圾不是網路的錯，但網路給它們提供了機會。」「寫什麼，怎麼寫？是任何時代任何人都繞不過去的話題。它不過時。與此同時，我還建議大家再加兩個問題：1、我為什麼寫？2、我為什麼還在寫？詩歌從來就是這麼嚴肅的，你想不嚴肅都不行。」「『口水詩肯定比不口水的詩好。』我認為你這樣說，是基於你對『口水』的定義與大家現在說的不一樣。如果你個人認為你對它的定義和大家沒區別，那我認為至少得罰你三個月酒錢，此事不刻骨銘心不行。因為你這麼說是在放屁。」「別整天拿個『詩意』、『文學』、『知識份子』這類本來很好後來卻被強姦的詞來做扣帽子的工具，留神傷了自己。九十年代你們已經被傷了一次了。而且給『知識份子寫作』欺世盜名做了很好的鋪墊。身為詩人，不要以沒文化為榮，也不要欠詩歌太多，帳多了是要還的。我怕你和別的朋友付不起這個本兒和利息。」楊黎對徐江的發言做了如下回覆：「有人的地方就有垃圾，這個道理非常簡單。關鍵是，把網路上的垃圾擴大化，這是態度問題。所以，我們必須說明我們的觀點。」「我從來不願意拿著什麼詩意啊、文學啊、知識份子啊這些東西在誰的面前晃來晃去，正如我不喜歡拿著祖國、正義和道德這些東西在誰的面前晃來晃去一樣。你認為這

些東西本身是好的，我尊重你的認識。反正我不這樣認為。」「怎麼寫，永遠是擺在寫作者面前的重大問題。而寫什麼，這只能是偽命題。關於這一點，我想應該是沒有爭議的。否則，我們的寫作還有什麼意義呢？」「是啊，你問得好，我們為什麼寫作。如果有機會的話，我非常願意和你等朋友討論它。順便說一句，我對『口水詩』（一種被他人這樣稱呼的詩歌，就像當年的朦朧詩一樣）的肯定，就是這一思考的結果（為什麼寫作）。」「嚴肅永遠和權力在一起。要求別人嚴肅，要求自己也嚴肅，肯定是對自由的否定。我想請問一下，當你在說嚴肅時，你心裏想的什麼？臉上的表情又是什麼？」接著是詩人韓東站出來反駁徐江：「你說話的口氣真讓我厭惡，那麼的陰陽怪氣。憑什麼說楊黎表達自己的觀點是在『放屁』，而你是在做深呼吸？」「你一再教訓楊黎如何說話，要給他教訓讓他『刻骨銘心』。你真是太幽默了，尤其是你當真以為那麼回事時，這幽默就大了。」──從此雙方轉入密集發帖階段，交鋒於《橡皮》和《個》網站，主要集中在徐江、韓東兩人之間，兩人都擺出要給對方算總帳的架勢，當然也真這麼做了，韓東的反覆發帖、徐江的「開給民間的病情診斷書」系列短文便是這樣的一個產物。

儘管程度有所不同，但以上四人都是我相知相熟的朋友，也都是我十分尊敬的詩人，藉此機會我也想給這四位朋友算一個「總帳」，因為表面上看這是一個圍繞著「網路詩歌」如何評價、「寫什麼」與「如何寫」的分歧問題，但背後卻暗藏著一個更大的背景上的對立。拿蕭沉來說，從我的感覺上他是九十年代初出現的一位詩人，但據楊黎講實際上他是八十年代末就已出現的「第三代」最後一撥人中的一個，蓋因如此，我對他在「第三代」一些原則問題上的基本態度和基本看法（包括爭論之後我們在網上私人交流時瞭解到的）感到驚訝，比如他對韓東「詩到語言為止」、于堅「拒絕隱喻」、韓東〈有關大雁塔〉、〈你見過大海〉這些「第三代」標誌性

的理論和作品都是批判的，也包括形成爭論的「怎麼寫」與「寫什麼」的問題，包括對「口語詩」的認識問題，回想九十年代初海子之死帶來「麥地狂潮」的那個時期，蕭沉也寫過一段海子體的詩以及《羊皮手記》這樣的理論，我可以斷定他不是一個堅定和典型的「第三代人」——我是否可以據此推論這是一個並不堅定也不典型的「第三代人」對當年的「第三代」從理論到作品的一次反思行為呢？而從內容上看，這樣的反思是無效的，因為這些標誌性的理論及作品已在近二十年來中國現代詩的發展進程中發揮了極其重要的作用，不以理論在實踐中導致的結果和作品在環境中產生的成效來談問題而重新陷於咬文嚼字的苛責之中，甚至置理論表述中特有的旨在矯枉過正的絕對語氣於不顧，所以無效。拿楊黎來說，我越來越同意韓東所說的這是一個嚴肅的詩人，回看他在此次論爭中的帖子也加深了我的這個印象，楊黎談問題時的嚴肅體現在他談出的是自己切身的體驗而非浮泛的思考，作為一個個體的詩人這非常之好，事實上他也是個十分自足的詩人，他的體驗和經驗對於自身的寫作而言足夠了。但與此同時，他體現在文化上的局限性又過於明顯，這也是我為什麼稱其為「偏將」的原因之一，我的一個形象化的直覺是：楊黎自言自語時句句都是真知灼見，他一對公眾（哪怕人數很少）發言則會帶來災難，比如「廢話」的提出，比如對「口水」的肯定，起碼的界定總該是有的，否則就不要站出來談，如此「理論」只會讓資質平庸的寫作者找到自己的保護傘。拿徐江來說，由於自身的成長與本土現代詩發展的這個背景無關，所以他也大力提倡的「敬畏之心」只面對西方大師而不面對本土前輩，但問題是有時候他好像是有意在強調和誇大這一點，強調和誇大一種情緒上的逆反，他針對楊黎所發的第一個帖子中在言詞上確實有些叫人不舒服的東西，這沒有必要，因為楊黎不是王家新——我不是因為歧視王家新才這麼說，回首一下：對王家新出手完全是被迫宣戰

後必須採取的行動，許你給「民間詩人」刷文革式的大字報，就不許我玩所謂的「地攤小報筆法」？因為有著那樣一個前提和背景，所以上一次的徐江起碼比這一次更有正義感和真理性。拿韓東來說，他是憑藉一己之力為中國詩壇乃至整個文壇做出公益事業最多的一個人，卻在網上遭致那麼多青年的不滿和懷疑，剔除那些以「領袖欲」、「稱霸文壇的野心」、「一統江湖的企圖」來妄加猜度者，剔除以韓東九十年代的詩作不靈為依據而妄圖全盤否定韓東成就者，更多的不滿情緒是針對韓東的讀詩標準和推人原則，韓東在各個時期力推的「新人」都是在不同程度上趨近於韓氏詩風、文風者，差不多也都是韓東生活中的「朋友」——如果文人的交友趣味可以論證這樣的「合一」是真實的，那麼這樣的「真實」自然也難以服眾。很多人不是對韓東的作品不服而是對韓東看待別人的標準不服，我所瞭解的徐江當屬此種。

　　最後，我想回到此次論爭的兩點問題上來：「網路詩歌」的認識問題雙方都已澄清，應該算作成功的交流。「怎麼寫」和「寫什麼」的問題，我以為蕭沉、徐江在這個問題上缺乏對歷史的足夠瞭解和起碼尊重，對「怎麼寫」的強調曾經在本土現代詩的發展中起到過革命性的作用，這已不是一個性情所至就可以隨意拉回到紙面上做空洞論證的問題。而楊黎、韓東——也包括于堅在內的典型的「第三代」詩人的問題在於：在他們一貫的認識中，「怎麼寫」與「寫什麼」究竟是皮和肉的關係還是血和肉的關係？如果是後者的話，「寫什麼」就不是那麼不可談的（楊黎稱之為「偽命題」），它真的無法反過來拉動「怎麼寫」嗎？五年前于堅曾從「怎麼寫」出發（認為我缺乏「怎麼寫」）批評過我，我的反問是我的「寫什麼」能出自賀敬之的「怎麼寫」嗎？是什麼在中間發揮了作用？指的就是它們血肉難分的內在關係。論爭，尤其是網上的論爭，不求解決所有的問題，只要有真正的詩學問題被提出，就算爭得其所。我以

為此次發生在楊蕭徐韓四位詩人間的爭論——它最大的價值體現還是在對「口水」這個概念的觸及，因為論爭中對這一重要話題的談論有限，急於得出結論也非明智之舉，在此我將不做分析，我以為這個問題還將不可避免地出現在詩人們今後的討論中。

韓于之爭

這一年的 7 月初，我在《唐》上貼出了自己前一個月的詩歌新作後，詩人于堅以跟貼的形式給我寫了一封公開信，他在信中說：「看到你的這組新作，為你的創造力的飽滿高興。〈一耳光〉寫得如聞其聲，如見其人。你的詩總有一個『模糊地帶』，在清楚中的不清楚，這是口語詩人學不會的。和你的膽結石有關。我喜歡你的一點是，你和我一樣，是在文壇的鐵板下面自己拚開血路殺出來的。九十年代你周圍有那麼多人麼，那時代的環境比今天惡劣得多，有誰扶植過你，而反過來，誰又把你伊沙扼殺掉了，這就是生命，就是創造者的力量，獨自，一個人，面對死亡，面對鐵板一塊的周圍，在鋼板上舞蹈。真正有力量的詩人，是不需要那種偽善的文學保姆的。詩歌不是什麼的成長，需要園丁，開始就是結束。中國喜歡當園丁的鳥人實在太多了。我這人有點殘忍，我以為，寫作是你自己的事情，是你一生一世的個人奮鬥，或者手淫。不是什麼扶老偕幼的鳥運動。新人？新人與我有什麼鳥關係。我就是不扶植新人。因為我不想當舊人，我也沒有那個鳥功夫，去當一隻假惺惺的老母雞。我以為對於那些真正的創造者來說，這是對他的侮辱！你常常說受到我的某些影響，那是你和我的作品的關係，如果說有什麼扶植，這就是扶植。我也在你的詩歌裏得到過啟發，這也是扶植。如果寫得出來，你就寫出來，寫不出來，再怎麼塑造，也是塑膠的。你不是塑膠的，你是自己長出來的，你是一根雞巴！當年駱一禾就這麼調

侃過我，說我的詩歌是精液，到處亂噴。這時代的詩人已經如此脆弱了嗎，尼采的超人在哪裏？只剩下江南才子了嗎？必須要抱成一團？或者捏成一團？」「如果中國有那麼多人熱愛當保姆，讓他們當好了。我不把這種人視為同志。我蔑視無論左派還是右派的作協主席。龐德先生也許算是一個老主席，但對於我，我會說，滾開，如果命運要我一輩子出不來的話，我會自覺自願待在黑暗裏。」「我對所謂『斷裂』其實是深不以為然的，難道它會比爆響在自八十年代以來的在我們許多人的詩歌中的咔嚓聲更有力？更具空間性和質感？」

　　當時我初讀此信時更多是沉浸在一位我所尊敬的寫作者對自己十年歷程給予充分理解的感動中，並未意識到于堅此信中有著一個具體明確的針對性，直到韓東在《詩江湖》上做出如下反應：「七十年代從來不是一個詩歌理論，它指的是七十年代以後出生詩人和作家群，它也就是你說的『新人』。新老作家是有區別的，這區別當然不在誰優誰劣上。知識從發表和被關注的角度說，新作家處於弱勢。他們的年輕，作品發表和被承認的困難都是一個物理事實。我對七十後的支持和呼籲只於此。我不覺得他們比六十後出生的作家寫得更好，當然，我也不覺得他們就寫得更差。當然，年輕一代的作家原則上不需要任何人的支援和呼籲。這種支持和呼籲幫不上他們什麼忙，但如果上這樣做會得罪什麼人，想必會是六十後或五十後出生的作家，是他們心中有鬼。支持和呼籲會得罪一些人，說他們寫得並不一定就差就更冒犯眾怒了。我是否應像有人要求的那樣，在此等事情上保持沉默？或者暗示年輕人的寫作不值一提？如果我能明確表態老年人寫得更好，那就更無可挑剔了？我並不想做什麼代言人，如果你討厭我這一點大可不必。像你一樣，面對詩人或作家我會說三道四，讚賞一些人而反對一些人。不同的是你贊同李白和麥城，而我讚賞的是烏青、豎、尹麗川、李紅旗、巫昂、朱慶和等等。」

接著是楊黎發帖，觀點針對于堅；于堅再度發帖回答楊黎；韓東再度發帖針對于堅；沈浩波、朵漁分別發帖針對于堅；于堅三度發帖回答沈浩波；韓東三度發帖針對于堅；何小竹發帖針對于堅，最後于堅貼出詩作〈成都行〉，論爭自動結束。我是不是可以這樣來理解這個過程和其內在邏輯呢？——不推舉新人者或者說這方面工作做得少者（于堅）認為不推新人有理；推舉新人或者說這方面工作做得多者（韓東）認為推舉新人有理；準備推舉新人或者說正在開展這方面工作者（楊黎、何小竹）認為推舉新人有理；新人或者說正在開展這方面工作的「老新人」（沈浩波、朵漁）認為推舉新人有理——是這麼回事嗎？如果僅僅是我們表面上所看到的這些，那麼我就認定這是本年度最無聊的一次爭論。面對新人，推還是不推？——這才是一個真正的「偽問題」。想推就推，不想推就不推，或者是能推就推，不能推就不推，或者是有條件就推，沒有條件就不推（難道沒有條件創造條件也要推嗎？）……還能怎麼樣？推了又怎樣？不推又怎樣？被推又怎樣？沒被推又怎樣？這裏面真有那麼多深刻複雜的大道理嗎？我怎麼就看不出來呢？

我以為此次論爭真正的導火索在於：早些時候韓東曾在網上對于堅等詩人接受王強（麥城）資助並為其詩集撰寫評論一事提出了公開的批評，使多年老友于堅感到憤懣和壓抑，也為後來的論爭爆發埋下了一個很大的「伏筆」。推不推新人不過是一個藉口、一個託詞罷了。于堅在此次論爭中拒不和論爭的主要對象韓東正面交鋒（這和于堅在「盤峰論爭」中的姿態大相逕庭），只是意在表明他對與韓東關係的失望和決絕。所以，此次論爭的主要背景不過是兩個詩人間的私人恩怨，尷尬有加的是其他幾位以為又遇到什麼原則問題而立刻跳出來表態的人，抓了滿手芝麻。

　　一年以前，「沈韓之爭」剛在網上爆發之時，孫文波等「知識份子詩人」竟在公開場合絲毫也不掩飾他們的幸災樂禍，他們以為這是與之對立的「民間」從內部開始分裂和瓦解的一個可喜信號，他們已經忘記了「盤峰論爭」中我一再說過的話：「『民間』不是一個組織，這和『知識份子寫作』有著本質的不同。」──他們已經不在乎「沈韓之爭」的爆發正是對我這句話的一個新鮮有力的佐證，他們在乎的是與之相對的這股勢力是否受到了削弱──一年來的後果令他們滿意了嗎？

　　回頭看來，在「沈韓論爭」中，由「下半身」詩人朵漁喊出的「民間不團結也是力量」也是一句沒頭沒腦的扯淡話──「民間」到底是什麼？「力量」到底是什麼？這「民間」要這「力量」幹麼？一個詩人沒有這種「力量」就不能活嗎？真是人算不如天算，雙方各懷的小九九都被這一年的時間報廢，一年下來「民間」的分裂至少已有上述四回了吧，就算「民間」的「力量」已經化解為零，那又怎麼樣？一年來，幾乎所有「民間」的現役詩人都紛紛上網，新作迭出，話語飛揚，使網路成為中國詩歌作品的原發地和中國詩人話語、輿論的原聲現場，詩人醉心於此，詩歌繼續前進。

　　「知識份子在幹什麼？」──這是詩人們在網上偶爾會問起的一句話。等待「民間」分裂的孫文波們已經遠離了這個現場，一年來甚至是三年來，中國詩歌新的生成和新的話語均與這些心術不正者無關，這就叫天譴！當我初次聽到王家新在湖州詩會上發言說「『盤峰論爭』是一個陰謀和陷阱」的那句話時，我驚訝得耳朵都掉了下來，我不在乎他怎麼評價「盤峰論爭」，我只是驚訝他還在喋喋不休地談論此事。至今耿耿於懷，暴露的是三年以來內心的空，他們不在現場，他們哪裏知道：中國的詩歌在此三年裏好似「輕舟已過萬重山」。

（2001）

第三編
獨語篇

餓死詩人，開始寫作

「餓死詩人」的時代正在到來。

這時代給我們壓力，「壓」掉的更多是壞的東西。遺老遺少們在感歎和懷戀……

從來就沒有過一個文學主宰的時代。憑什麼非要有一個文學主宰的時代？

有人講的「漢詩」是否真的存在？「漢詩」和「純詩」正在成為一種藉口和企圖。

我在寫作中對「胎記」的敏感，竭力保留在對自己種性中劣根的清除。「人之初，性本善」，我在詩中作「惡」多端。

意象和隱喻內在的技巧規律，使我同胞中絕大都數同行找到了終生偷懶的辦法。這種把玩，與在古詩中把玩風花雪月異曲同工。

到處是穿長袍馬褂的「現代派」和哭錯墳的主兒。口語被用來講經。

把語言折騰成「豔詞」，不是才能的表現。把一首詩寫得「像詩」是失敗的。「詩」和「詩的」是兩碼事。

沒脾氣的人，被認為是「純粹的詩人」。「心平氣和」成為一種風度——太監風度！

喜歡維持秩序的人，是既得利益者。他們怕「亂」。

我看到邪念叢生，冠冕堂皇，想當「大屎（師）」是最致命的邪念。

大師永遠是過去時的。一座墓碑上面寫著「到此為止」。

在細節上做永久性停頓再節外生枝，是我們祖傳的毛病，根深柢固。

中國人真是「嘴上說的與手上寫的不一致」的那種人嗎？

必須拋棄雞零狗碎的玩意！讓詩歌進入說人話的年頭。壓力不是壞事。

站在原地思考詩歌的「終極意義」是無聊的，到盡可能遠的地方去。到極端上去。

詩歌進入後現代，也仍然是和靈魂相關的東西。

詩歌是智力的，也是體力的。

在今天，詩歌和藝術是自我解放的最佳方式。

無法像人一樣生活，但可以像人一樣寫作。

如果叛逆是氣質上的東西，我對之迷戀終生。我不知道反對誰，只知道反對。

舉頭望天不代表你就能飛起來，鍋碗瓢盆也不是真正的「平民意識」。

所謂「真實」需要對真實的想像力。口語不是口水和故作姿態。

從「形而下」到「形而上」是一個過程。

我已「自在」，您認為我在「反諷」，我認為我在「反反諷」。

我不是在「改寫」著什麼，我是在「寫」。

「玩」從來都是嚴肅意義上的，是寫作的至高境地。有人永遠不懂。

後現代首先是一種精神，一種人生狀態。無章可循，無法可法，它排除不「在」的人，所以有人害怕。

有就是有，無就是無。不存在「有多少」。

在寫作中「淫樂」，玩得高興，別無替代。

我不為風格寫作，風格在血液裏。

　　割捨掉這個時代正在發生著的一切是愚蠢的。在這最後的居留地，逃絕沒有好下場。您又能「隱」到哪兒去？

　　「寫什麼」仍是重要的，因為對你所看重的「寫」來說，很多事無關緊要，都是皮毛。

　　甭扯「世間一切皆詩」，在最容易產生詩歌的地方——無詩。

　　把磁器打磨光滑的活計，耗費了多少中國詩人的生命。讓石頭保持石頭的粗礪或回到石頭以前。

　　把詩歌攪「活」。

　　走向後現代之路同樣是「追求真理」之路，但它可能不是有人說的那個「理兒」。

　　後現代已不「先鋒」。進入不了後現代就是進入不了當代。

　　到語言發生的地方去。把意義還原為一次事件。

　　我寫我現在進行式的史詩——野史之詩。

　　一首具體的說人話的詩。

　　我不為「人民」寫作，但我不拒絕閱讀。

　　我沒有耐性去等某些人的觀念跟上來。我相信我的詩同樣會對他們產生效果。起碼是生理上的效果。我不拒絕誤讀。

　　詩人和國王並舉的時代是糟糕的時代。

　　多麼來勁！詩歌與人們「柏拉圖」了很久之後，正欲「施暴」！

　　「餓死詩人」的時代正在到來。真正的詩人「餓」而「不死」！

　　也許，「後」不「後現代」是次要的，我只想滿足我自己也給你一個刺激！

　　　　　　　　　　　　　　　　　　　　　　　　　　（1993）

為閱讀的實驗

我們曾經將朦朧詩之後的詩歌稱作「實驗詩歌」。「實驗」是八十年代中後期中國現代詩的一個重要標誌。進入九十年代以來，詩人們面對「實驗」所持的熱情大大減弱了，這種「自斂」情緒的產生是否與對「運動情結」的清算有關？如今是大談「建設」的年代，作為對生理年齡異常敏感的種族，中國詩人們強烈地意識到了「世紀末」的來臨，面對詩歌則轉向對「成熟」的期許，急於「收穫」的心情溢於言表。這一代（俗稱「第三代」）詩人大都正處於「三十而立」到「四十不惑」之間，傳統經驗中年齡的鬧鐘在提醒他們：把個人的生理年齡與寫作乃至整個現代詩的發展進程結合起來，使之同步。這種做法的功利目的姑且不論，對創造力的自我閹割卻是有目共睹的。而對「建設」一詞的理解也被庸俗化了：似乎「結構」是「建設」的，「解構」就是「破壞」的；「抒情」是「建設」的，「反諷」就是「破壞」的。這種無知的曲解已成為普遍現象。似乎從未有人認真考慮過「建設」一詞的真正涵義，這裏不是在談「民用建築」，在藝術上「炸藥」與「鋼筋水泥」的意義從來都是一樣的，一切全看它們的當量。在今天，以道德的口吻來談論詩歌已經成為一種風尚，如果在詩中不使用一種聖徒的語言就會被視為「不潔」。「嚴肅」已經被演繹成一種單調的語氣，「實驗」早已被看作一場「玩笑」，一種「幼稚的表現」，似乎它只能是「運動」的產物，是青春期的「病」。

「第三代」詩人的精神氣質和對藝術的認知總體上是屬於現代主義範疇的，這從他們在八十年代中後期所做的「實驗」就能夠看

出來，這個根據是可靠的，因為「實驗詩歌」更多一些理性之光的反映。綜觀這一時期名目繁多的「實驗品」，可以發現它們近乎一致之處都在於：「實驗」是以犧牲「閱讀」為代價的，這造成了「實驗詩歌」與「常態詩歌」的分離。有人把這一時期的「旗號林立」歸結為「運動情結」至少是過於簡單了，這不是詩歌內部的「談法」。當一首詩失去了閱讀價值之後，如何體現它的實驗價值呢？只好依賴於理論的提示和符號的應用。這一時期影響最大的詩歌流派當屬「非非」，它的重要性更多體現在其理論的完備和實驗的展開上，而對一般讀者而言，「非非」詩人（楊黎等個別人除外）的可讀性極差。它正是以犧牲「閱讀」為代價來實現其「實驗」的極端性的。這一時期詩人的形象都是身著白大褂、埋頭在語言實驗室中的「實驗員」。這種「實驗」的自足性很差，詩人們需要靠兩隻手寫作才能取得平衡：一手寫「實驗詩」，一手寫「常態詩」，「實驗」的成果無法自己受用，作用於「閱讀」，而如果它僅僅是為了開啟後來者的心智，那「實驗詩人」就真的變成「實驗品」了。

　　我在 1988 年真正開始進入寫作的時候，首先面臨的正是這樣的困惑。一方面，「實驗」的誘惑力是巨大的；而另一方面，我又不希望自己的作品無法「閱讀」。我深知這離我最近的問題正是指向未來的路標。「為實驗而實驗」的寫作年代已經結束了，當「實驗」不再作為一種姿態而被人擺弄的時候，真正的「實驗」才有了可能。我力圖在生活／在生命中尋找「實驗」的契機，尋找理性轉化的契機，最終消除「實驗詩」與「常態詩」的界線，讓實驗／再現合一，1991 年，當我寫出〈結結巴巴〉的時候，我感到這種努力是完全可能的。

> 結結巴巴我的命
> 我的命裏沒沒沒有鬼

你們瞧瞧瞧我
一臉無所謂

「口吃」這一特殊的生理現象，使我看到了語言面臨的處境，這裏既有言說的困惑，又有因此而帶來的新的問題。舊有的業已習慣的語感模式被打破了，因「口吃」這一契機而形成的新的語感帶給人全新的體驗，這裏非但沒有拒斥閱讀，反而加強和刺激了閱讀的快感，有人發現了它對閱讀所持有的某種「強制性」：在閱讀過程中你就是那「口吃」者，多讀幾遍自己就真的有點「結巴」了！這是新的語言方式所蘊藏的魅力，令人上癮。詩評家陳仲義稱之為「搖滾詩」，我想它能夠給人「搖滾」的感覺全在於激發了語言自身的律動性與節奏感，是對「語感」強化的結果。一位搖滾歌手興奮地為它譜了曲，在我看來，這是語言對音樂的激發，可以視之為語言的勝利。這迥異為搖滾音樂「填詞」，「歌詞」是沒有靈魂的，「歌詞」的靈魂具體地附在音樂身上。〈結結巴巴〉的寫作首先給我自己帶來了莫大的快樂，我嘗到了寫作的自娛性，更堅信了「實驗」應是一件快事，語言的探索其樂無窮。

也是在這一年，在〈結結巴巴〉之後，我完成了〈實錄：非洲食葬儀式的挽歌部分〉：

哩哩哩哩哩哩哩
以吾腹作汝棺兮
哩哩哩哩哩哩哩
在吾體汝再生

哩哩哩哩哩哩哩
以汝肉作吾餐兮

> 哩哩哩哩哩哩哩
> 佑吾部之長存

　　該詩的寫作，回答了某些朋友的「斷言」:〈結結巴巴〉只能出現一次。我相信正如我對「口吃」的發現一樣，我也會在生活／生命中發現新的契機。非洲部落歌舞中單調的發聲和《離騷》的楚辭語體構成了我所展現的「食葬」，這裏的「形式意味」不用多談，而我確實經歷了一次語言的狂歡，這個「儀式」肯定是為語言所設計的，在「食葬」中吃下去的肯定是語言！長久以來，我對「第三代」詩人對「語言狂歡」的狹隘理解已經感厭煩——那又是一種對閱讀的拒斥嗎？蓄意製造混亂畢竟是太容易也太簡單。

　　北島的那首「一字詩」——〈生活〉（網）一直令我難以忘懷而又不能滿意，我試圖寫出一首「無字詩」，後來我寫成了〈老狐狸〉的初稿:除了標題，下面未置一字。我在重讀時發現了它的「尾巴」——人為的痕跡太重！於是，我在修改時在「空白」的底端加了兩行字的「說明」——「欲讀本詩的朋友請備好顯影液在以上空白之處塗抹一至兩遍〈老狐狸〉即可原形畢露。」這個「說明」卻令此詩取得了意想不到的「收穫」，不下五位讀者真的動用了顯影液，自然他們一無所獲，大呼:「騙人！」我的回答是:「老狐狸是不容易被抓到的。」何謂「行動的詩歌」？我想這就是吧。讀者的參與和我共同完成了它。文本自身的力量調動了人的「行動」。而在今天，在「拯救詩歌」的旗幟下，無知者對「行動」一詞的理解已經簡單到走上街頭去朗誦……

　　我不為讀者寫作，但我不拒絕閱讀，更不拒絕誤讀。我的實驗是為閱讀的實驗，目的在於啟動詩歌。無論是個人還是一個民族的詩歌寫作，勇於和善於實驗肯定是它的生機所在。躺在舊有的形式之上企圖通過「集大成」的方式來達到的「成熟」是瀕臨死亡的「成

熟」。今天，當我的作品被「指控」為「後現代」的時候，我未予拒絕的根本原因正在於我所理解的「後現代」首先是一種精神、一種人生和生命狀態，它所帶來的新的技巧、新的形式正是這種精神的具體呈現。在最後這首〈致命的錯別字〉裏，我想告訴人們的是，即使是「解構」（有人理解的「破壞」），也是需要智力的。我把它留給在今天對詩仍然沒有失去信心的讀者朋友，他（她）們與「快樂的閱讀」真是久違了！

> 我看見鹿群的狂奔
> 如喪家之犬
> 西沉的太陽突然停頓
> 雲彩墜落
> 一記山盟海誓的怒吼
> 來自河的對岸
> 來自草原深處
> 大地的中央
> 在小鹿顫抖的目光上
> 一頭獅子金髮飄揚
> 獸中之王正在起床
> 隨便打了一個哈欠

（1995）

史詩？2000？

必須承認，我是在虛榮心的驅使下寫作「史詩」的。

誰不想被認作是「大詩人」呢？

在今天，詩已經不能讓我們指望別的。獲取一點「名份」成了天經地義的事。

詩不為名，天誅地滅。你我都一樣，俗文人的幹活。

性情使然，我不敢圖謀〈杜依諾哀歌〉和〈荒原〉，我一直想〈嚎叫〉一番。

可嚎不出來。幾年來我為「史詩」所做出的一次次氣壯山河的努力都遭致了慘無人道的失敗！

是不是得牽一頭驢來？還得設法讓自個兒變「盲」？火車在跑，飛機在飛，我的「漫遊」該怎樣開始？

我在短詩的寫作中拋棄了這個時代的習慣寫法之後，面對「史詩」，我發現剩下的招數玩不轉了。

退回去！把扔掉的舊兵器再撿回來！把長矛大刀再撿回來！這是斷然不能接受的玩法。我的懷疑只好面對「史詩」本身。

這可疑的「史詩」，要我們非得付出人種退化的代價嗎？

我深知這個時代的習慣寫法非常適應這種「史詩」，像一個安插簡便的水龍頭。可隨手擰開水龍頭仰脖飲用自來水的人正在變得稀少。

在中國詩人那裏，浪漫主義激情隨時隨地充滿了瀉欲。現代主義技巧使癡人說夢變得容易了。誰說漢民族缺乏「史詩」的傳統？「漢大賦」的玩法最適合這「史詩」。

　　「史詩」變得容易了，它擁有一套現成的寫法，這套寫法有著巨大的慣性，一個對詩毫無想法的人卻可以振振有詞地進入「史詩」──這兒成了怎樣的一座垃圾場？！「史詩」正在蛻變成一種「口淫」方式！

　　「史詩」變得簡單了。簡單到只剩下一則傳達個人野心的「提綱」。說起來天花亂墜，玩起來卻捉襟見肘。「史詩熱」的始作俑者，已故詩人海子的詩學論斷誘惑了多少人？他隨手畫出的詩歌版圖讓我相信了「成吉思汗」的再生！而我們能夠看到的他的「大詩」──〈土地〉──那裏面有些什麼？單調得令人疲憊的詩句在那兒一味地抒情，結構的簡單反映出詩人內心的貧乏，一月、二月、三月……春夏秋冬……那實在是沒有招數的玩法，一個詩人二十五歲的孤獨、野心和衝動能夠支撐起他所嚮往的那種「史詩」嗎？

　　「史詩」已淪為這樣的一面哈哈鏡，有了它，「猥瑣」可以變成「偉大」，「笨拙」可以變成「風度」，「胡說八道」有了名正言順的理由，「妄自尊大」更是理所當然的，因為老子是「皇帝」，是「王」，而且「孤獨」。誰說中國的詩人不吸毒，「史詩」就是他們的大麻，吸了之後大夥都他媽會「飛」！

　　「史詩」的幻覺使我們再也不敢面對一首具體的詩，它的每一段、每一行所應具有的強度和整體上的密度。「史詩」的特殊藉口放鬆了我們對詩的要求，反過來也削弱了我們的能力。你可能寫得比我「好」，但我寫得比你「大」！──這真是精妙絕倫的思維方式，絕對是中國特色的。

　　我可以例舉波德賴爾、愛倫・坡、本雅明等「大師」對「史詩」終結性的說法來說明一些什麼。但我深知這種說法的助紂為虐，在四處飄揚著大師語錄的中國詩壇，任何引用的舉動都需要小心謹慎。因此我只想用我自己的嘴說出：我們所理解的那種「史詩」終

於撞見了它永恆的主題——死亡。它的種種藉口已經雞飛蛋打——詩，只能有一種「藉口」。

我的〈史詩 2000〉正是為此而開的一個「慶典」。

從九十年代初開始，嚴力在海內外多種報刊上發表他自稱為「詩句系列」的作品，並出了一個單行本《多面鏡旋轉體》——這來自迪斯可舞廳的意象啟示正表現出「詩句系列」這種形式所蘊含的新的審美：現代都市生活所帶來的快節奏和它的瞬間性。受嚴力啟發，1993 年春我在編選自己的第一部詩集《餓死詩人》時，面對 1988 至 1993 近六年時間所完成的近八百首短詩，除了選出一百五十首用於出版外，我把剩下的行將淘汰的詩作經過重新整理加工，構成了我的一個「詩句系列」——〈點射〉——大概是因為待在國內，所以我和嚴力的出發點和側重點均有所不同，我處於「史詩熱」的高溫地帶，首先針對的便是「史詩」。我以為這是一種行之有效的辦法，是「後現代」的「史詩」。

1994 年夏，嚴力來西安玩，一下飛機，在機場到市區的汽車上，他便談起看了我〈點射〉後所產生的一個想法：他約我寫出與其「詩句系列」並行的一組來，每一段都面對同樣的內容。至今我也未能全部領悟嚴力的意圖，但有幾點我抓住了：首先，這種寫作是直面強度的，你必須表現出自己的個性和風格來；其次，這種寫作本身就是一種二人參與的行為藝術，想到這樣玩可能比具體怎麼寫更為重要。用了一個季度，我完成了我的部分，這是一次從未有過的全新體驗，樂趣無窮。把兩人的合起來就構成一部詩集，取名《男子雙打》。

我在此處所展示的〈史詩 2000〉便是《男子雙打》中我的部分，我把它獻給嚴力，感謝他的好主意，感謝他以其優異的詩句給予我的壓力的激發。老實說，當我把它定名為〈史詩 2000〉的時刻，我的心中充滿了某種真實的幻滅感，我在向我也曾真誠嚮往

過的那種「偉大的史詩」告別，向一個其實早已結束的詩歌時代告別。

我珍視手上的這些「碎片」，正是這些「碎片」構成了一種新的「史詩」——那不能融入我們心靈瞬間的歷史就不是歷史，更不是詩。

而所謂「長詩」——它必須遵從詩的惟一標準，而不是另有「說法」，「長詩」只能到「詩」為止。它不是盛載個人文化野心的大缸，也不是兌了水的假酒，而是更多的大量的酒。請讓我簡單卻更純潔地說出「長詩」：它之所以被稱作「長詩」，只是因為它的「長」。而真正意義上的「史詩」在今天應該視為與長短無關。

正是這些「碎片」使「長詩」略去了那些過渡性和過程性的東西——那似乎是小說和散文的專長，「碎片」使長詩變得純粹了，使之重獲密度和輕靈，再生閱讀的快樂。詩不是用來研究的，而是用來閱讀的，「長詩」抑或「史詩」亦當如此。

我高興地看到：在與我和嚴力不同的「向度」上，王家新所做的實踐有著異曲同工的地方，他的〈持續的到達〉、〈詞語〉和〈另一種風景〉所呈現的盡是「碎片」，卻閃爍著光輝。這一路作品不但給王家新本人的寫作帶來了一個高潮，也給他所代表的那一傾向的寫作帶來了少有的生機。也許，王家新比我和嚴力更具說服力，在他的「向度」上本來應該對既往的「史詩」懷有更深的情結。

肯定仍會有一大批人對他們生存在這個「碎片時代」而感到委屈，仍將以無知與幻想同虛無較量，與時間做反向的賽跑，或赤足走在赤道上，讓太陽把腦瓜烤得發燙……讓他們去幹好了，願意燃燒就去自焚。這個世界除了會增加一些詩歌的屍體、生命的屍體或者灰燼之外，並未承受太多的負擔。

最後，我想談談「2000」。

　　多少人又開始倒計時了，中國人似乎對這事兒特別有癮，這源於我們的傳統，喜歡以隱喻的方式對時間做詩意的處理。全球似乎只有中國的文化人如此密集、如此一致地高談闊論著「世紀末」或「新世紀」、「黃昏」或「曙光」之類的字眼。若有所盼，這裏面包含著對「史詩」、「大詩」的期待。如此說來，我的〈史詩 2000〉是要把某些同志愚弄一把了，「2000」在這裏實在不具深意，它只是一個對現在而言未來的時間，或者只是一個數字、一個符號而已。對我而言，既然沒有經歷過那個「世紀初」，這個「世紀末」就毫無意義；而當我經歷了下一個「世紀初」時，下一個「世紀末」卻肯定地不會等我。也許，關於「2000」的意義我在詩中已經寫清楚了——

> 如何度過 1999 年的最後一夜
> 在情人的家裏
> 他造愛的動作準備跨越世紀
> 可是啊
> 由於企盼的心情過於激動
> 在新世紀的鐘聲敲響之前
> 他不幸早洩

（1995）

自賞自析（1988-1992）

　　談論自己的作品就跟在人前談論自己的老婆似的，有點彆扭。這事兒於我倒不算太犯難，由於臉皮厚——具體地說是由於我「老婆」的臉皮厚，不怕我說。曾寫過「達達的馬蹄是個美麗的錯誤」的臺灣旅美詩人鄭愁予批評我詩「難藏玄奧」。蓋因如此，它不怕人說。美則美矣，醜則醜矣，我的「老婆」是不戴面紗的。比起那些把詩歌活活弄成啞謎的傢伙，此刻我備感輕鬆。這是值得慶幸的事！正如我在作品中始終堅持說人話一樣，我在談論自己的作品時也將保持人的嘴臉。這是最容易裝神弄鬼的時刻，一個人稍不檢點就會鬼話連篇。

　　〈結結巴巴〉（1991）

　　　結結巴巴我的嘴
　　　二二二等殘廢
　　　咬不住我狂狂狂奔的思維
　　　還有我的腿

　　　你們四處流流流淌的口水
　　　散著霉味
　　　我我我的肺
　　　多麼勞累

我要突突突圍
你們莫莫莫名其妙
的節奏
急待突圍

我我我的
我的機槍點點點射般
的語言
充滿快慰

結結巴巴我的命
我的命裏沒沒沒有鬼
你們瞧瞧瞧我
一臉無所謂

　　一切似乎都只源自一個衝動：我要用結巴的語言寫一首關於結巴的詩。這衝動早已有之，令我著魔。

　　我要為漢詩打造一個獨一無二的「文本」，寫作此詩時這個念頭異常強烈，刺激著我。寫就之後卻毫無感覺，一切來得太容易了，這份「獨一無二」似乎已經不僅僅之於漢詩。

　　我珍視原初的衝動。「文本」永遠是後來的事。

　　蓄意製造混亂的「創新」與「實驗」已經令我感到厭煩，我要給混亂以秩序。

　　我要讓結結巴巴的語言成為一種「機槍點點點射般的語言」。

〈餓死詩人〉（1990）

那樣輕鬆的　你們

開始複述農業

耕作的事宜以及

春來秋去

揮汗如雨　收穫麥子

你們以為麥粒就是你們

為女人迸濺的淚滴嗎

麥芒就像你們貼在腮幫上的

豬鬃般柔軟嗎

你們擁擠在流浪之路上的那一年

北方的麥子自個兒長大了

它們揮舞著一彎彎

陽光之鐮

割斷麥稈　自己的脖子

割斷與土地最後的聯繫

成全了你們

詩人們已經吃飽了

一望無際的麥田

在他們腹中香氣瀰漫

城市最偉大的懶漢

做了詩歌中光榮的農夫

麥子　以陽光和雨水的名義

我呼籲：餓死他們

狗日的詩人

首先餓死我

一個用墨水污染土地的幫兇
一個藝術世界的雜種

那年冬天的詩壇，不談與「麥子」相關的事物便無以言。那年冬天我所見到的「詩人」都變成了一個個賊眉鼠眼的「麥客」。

我想罵人！幾年後，有人指出這是在對我們置身其中的時代命名：這正是一個「餓死詩人」的時代。我始料未及。

這是一篇「宣言」，又兼有「預言」的性質？

老實說，我無意預言什麼。今後也不再重犯。

〈車過黃河〉（1988）

列車正經過黃河
我正在廁所小便
我深知這不該
我應該坐在窗前
或站在車門旁邊
左手叉腰
右手做眉簷
眺望　像個偉人
至少像個詩人
想點河上的事情
或歷史的陳帳
那時人們都在眺望
我在廁所裏
時間很長
現在這時間屬於我
我等了一天一夜

　　只一泡尿功夫
　　黃河已經流遠

　生在紅旗下，長在新中國，我無意褻瀆我的母親河。
　只是一段個人經歷的真實寫照。
　那時我尚在北京讀書，每年放假和開學時都要「車過黃河」，可
每一次，我都未能仔細地看過它，總是被一些意想不到的瑣事攪擾。
　而這些「瑣事」似乎又是避不開的，甚至就是我身體的一部分，
比一條偉大的河流離我更近，也更要緊、更致命。
　這是一首「解構」之作？
　我想強調的是：「解構」的技巧不是來自知識，而是來自身體。

　　〈**中指朝天**〉（1991）

　　我的表達
　　正在退步
　　又回到最初

　　很多年
　　我對世界許下的諾言
　　比這世界更軟

　　他們拿走我
　　最後半碗剩飯
　　並沒收了我的餐券

　　憤怒──如何表達
　　其實我膽小如鼠

其實我從不敢摸老虎的屁股

但我仍要繼續扯蛋
但我仍要把蛋扯得更圓
一種超級流氓的手勢十二萬分炸彈
中指朝天
中指朝天
我的憤怒無邊從不傷及無辜

我在童年的胡同裏學來的下流手勢，我喜歡它並經常濫用。
我感謝我父親，他沒有責怪和制止我，只是說不要隨便朝人。
所以，「中指」只能「朝天」。
「中指朝天」是憤怒之上的憤怒。

〈諾貝爾獎：永恆的答謝辭〉（1992）

我不拒絕　我當然要
接受這筆賣炸藥的錢
我要把它全買成炸藥
尊敬的女士們先生們
尊敬的瑞典國王陛下
請你們準備好
請你們一齊——
臥倒！

和許多同行一樣，我亦有著不淺的「諾貝爾情結」。
兩瓶貓尿下肚，自我感覺良好的時候，我也會幻想自個兒有朝
一日人模狗樣的在瑞典皇家學院的大廳致辭。

　　彙編歷屆諾貝爾受獎辭的書已經被我翻爛，結果發現裏邊都是
道貌岸然之輩，什麼「我生在美麗的日本」之類，好玩的主兒一個
沒有。

　　放句狂話也摞句實話吧：由一幫國際知識份子老朽評選的此
獎絕對不給如我這樣貪玩的傢伙（正如艾倫‧金斯堡就永遠得不
了）。

　　那就跟它調調情，彷彿面對美人，愛她而又不能占有她。

　　這是歷屆受獎辭中最簡潔而又最幽默的一篇？

〈法拉奇如是說〉（1992）

> 人類尊嚴最美妙的時刻
> 仍然是我所見到的最簡單的情景
> 它不是一座雕像
> 也不是一面旗幟
> 是我們高高蹶起的臀部
> 製造的聲音
> 意思是：「不！」

　　這是對已故義大利著名記者法拉奇女士一段名言的戲仿。

　　我是在《非非》復刊號的扉頁上讀到它的。是一段不錯的話，
可就是太一本正經了。

　　我用詩的形式改寫了它。

　　我想證明的是：詩，仍然是人類語言中最具魅力的形式。

〈反動十四行〉（1991）

在這晌午　陽光底下的大白天
我忽然有一肚子的酸水要往外倒
比瀉肚還急　來勢洶洶　慌不擇手
敲開神聖的詩歌之門　十四行

是一個便盆　精緻　大小合適
正可以哭訴　鼻涕比眼淚多得多
少女　鮮花　死亡　面目全非的神靈
我是否一定要傾心此類
一個糙老爺們的浪漫情懷
造就偶爾的篇章　俗不可讀　君子不齒
或不同凡響　它就是表現如何的糙

進入尾聲　像一個真正的內行　我也知道
要運足氣力　丹田之氣　吃下兩個饅頭
上了一回廁所　不得了　過了　過了
我一口氣把十四行詩寫到第十五行

　　進入九十年代以後，「十四行」這種老掉牙的玩意兒突然在中國詩壇上熱了起來，讓人感到莫名其妙。

　　這跟里爾克一舉成為現代漢詩之神有關。

　　人人都有「一肚子的酸水要往外倒」，「比瀉肚還急」，而「十四行」正是「一隻便盆」，「精緻」，「大小合適」。

　　喜歡戴著鐐銬跳舞一直是漢詩的賤毛病，如今是借西方大師之屍還魂，更叫人噁心！

我的「十四行」是〈反動十四行〉。我發誓要把「十四行」寫
到第十五行！

嬉笑怒罵，皆成詩歌。

〈命名：日〉（1992）

太陽升起來
那男孩跑向天邊外
一路笑著　　他的笑聲
響徹了這個早晨
晨風吹著
太陽升得更高
那男孩手指太陽
給我們佈道
「這是──日
日你媽的『日』」
他的聲音
響徹了這個早晨
令我這跑來命名的詩人
羞慚一生

命名的使命感已把詩人們折騰得疲憊不堪、困頓不已，而什麼
是我們命名的依據？

我讓一個孩子說出「日」，那個孩子就是已經丟失的我。

埋頭在書房中的我正一天天把自個兒丟光……

詩人，已經喪失了命名的能力了嗎？

我不信。

〈**廣告詩**〉（1992）

擋不住的誘惑
是可口可樂

非洲兒童的饑渴
咬緊美國奶媽的乳房
拚命吮吸裏面的營養
裏面的營養是褐色的瓊漿

可口可樂新感覺
擋不住的誘惑

這是一個會說話就能當節目主持人，會認字就能做廣告的年代。
很多詩人都以「廣告人」的身份混飯。

可是，當我寫下這首〈廣告詩〉時，仍然受到多方咒罵：我敗壞了詩的純潔。

「詩的純潔」也是一層膜嗎？

評論家李震說可口可樂公司該為此詩給我頒獎，我說不來找茬兒就不錯了。

商業文化非但不可怕，還拓寬了我們的視野和詩的空間。
是為明證。

〈**梅花：一首失敗的抒情詩**〉（1991）

我也操著娘娘腔
寫一首抒情詩啊
就寫那冬天不要命的梅花吧

187

想像力不發達

就得學會觀察

裹緊大衣到戶外

我發現：梅花開在梅樹上

醜陋不堪的老樹

沒法入詩　那麼

詩人的梅

全開在空中

懷著深深的疑慮

悶頭朝前走

其實我也是裝模做樣

此詩已寫到該昇華的關頭

像所有不要臉的詩人那樣

我伸出了一隻手

梅花　梅花

啐我一臉梅毒

又是一首「解構」之作？

我的興奮點不在於解構了抒情、解構了梅花，而在於把「梅花」解構成了「梅毒」。

從「梅花」到「梅毒」，有些粗暴、蠻不講理，我利用了漢詩的特殊性。

這是一次出我意料的寫作，我在詞語的歷險中獲得了非凡的快感。

〈實錄：非洲食葬儀式上的挽歌部分〉（1991）

哩哩哩哩哩哩哩

以吾腹作汝棺兮

哩哩哩哩哩哩哩
在吾體汝再生

哩哩哩哩哩哩哩
以汝肉作吾餐兮
哩哩哩哩哩哩哩
佑吾部之長存

哩哩哩哩哩哩哩
汝死之大悲慟兮
哩哩哩哩哩哩哩
吾淚流之漣漣

哩哩哩哩哩哩哩
汝肉味之甘美兮
哩哩哩哩哩哩哩
吾食自則快哉

哩哩哩哩哩哩哩

在〈結結巴巴〉之後，我一直試圖再度炮製那樣一個「獨一無二」。

我想讓古漢詩在我的詩中「復活」。

《離騷》的語體在非洲歌舞單調的發聲中充滿了形式意味，我盡量把「拼貼」的技巧用得嚴絲合縫，不留痕跡。

我終於用古漢語寫就了一首「後現代」的詩，從此，我打造「文本」的癮應當適可而止了。

〈沒事兒〉（1992）

沒事兒
沒事兒之人站在風裏
愣是沒事兒
卸掉下巴
卸掉左膀右臂
卸掉大腿不容易
他在努力
把自己大卸八塊的感覺
說不出來
在說不出來的感覺裏
在風裏
沒事兒之人有事可幹了
他在努力

我從不迴避：詩歌也是一種競技。

至少在某種意義上會是如此，譬如，當我們手中的筆面對一些共同的東西——某種「高峰體驗」。

譬如無聊——我已經無法像其他人那樣再無聊一次了，我必須找到新的無聊方式。

不去創新的人連無聊一下都是不可能的，這就是寫作，競技的寫作。

露臉的時刻到了，或者露怯。

〈學院中的商業〉（1992）

全民經商
學院中的商業
如雨後春筍
莘莘學子
靈感無邊
我是倒賣避孕套的人
在午夜兩點
敲開男生宿舍之門
供不應求啊
我藉此成為全院首富
並在簡單的商業中
學會樸素的真理
人民要什麼
就給他們什麼
並且樹立崇高的信念
全民經商
匹夫有責

在某些中國詩人筆下，連現實也被「隱喻」化了。

我們經常看到用「文革」來隱喻中國當下的現實，是蒙老外（漢學家？）的伎倆。

我要寫出我的當下，寫出我置身其中的現實，寫出我的此時此地。

絕不迴避。

任何隱喻都已無法隱喻我們今天的現實。

〈老狐狸〉（1991）

（說明：欲讀本詩的朋友請備好顯影液在以上空白之處塗抹
一至兩遍〈老狐狸〉即可原形畢露。）

北島那首著名的「一字詩」——〈生活〉（網）使我念念不忘
又難以滿足。我一直想寫一首「無字詩」。

我寫了〈老狐狸〉：標題以下未置一字。

我在重讀時發現了它的「尾巴」——人造的痕跡太重。

後來，我在它的下端加注了兩行字，竟取得意想不到的效果。

有的讀者真的動用了顯影液，自然他們一無所獲，指責我是
騙子。

我回答說：老狐狸的尾巴是不容易被抓到的。

是讀者的參與和我共同完成了此詩。

詩歌中的行為藝術或曰「行動的詩歌」。

（1995）

獲獎感言

在我的詩寫成了我想讓它成為的那種樣子之後，我就再沒有過獲獎的紀錄了。所以此次在《詩參考》獲獎對我來說有著「第一次」的意義。

我想一項詩歌獎如果有三個以上的人參評的話，我就永遠不可能獲獎。如果在我之外還有另一個候選人在場的話，我也不可能獲獎。因為在一般正常情況下，三個人參評就會有兩個人反對我；有另一個候選人在場——不管他或者她是誰，也會輕而易舉地擊敗我，因為我首先會被評委們裁定寫的不是詩，而另一個人不管寫得好壞，他或她起碼寫的是詩。也就是說在這樣的評選中我是毫無競爭力的，誰都可以不廢吹灰之力地擊敗我。程序上十分公正的評獎，永遠不會將公正覆蓋在我的頭上。在這種情況下，參獎就成了一種自取其辱。

九十年代以來，我有過兩次自取其辱的經歷。一次是在九四年，我在身為組織者的詩人朱文傑的鼓動下以我的第一部詩集《餓死詩人》參選當年度的「西安文學獎」，結果在最終獲獎的十位詩人中沒有我的名字。據一位參評的老詩人私下透露說，其實我連進入投票的程序都沒有，是負責詩歌類評獎的詩人聞頻指出：如果伊沙獲獎，這個獎就不像政府獎了。奇怪的是在發獎那天他們也向我發了請柬，我什麼都沒想就去了，結果所有認識我的人都來安慰我，懷抱一個個像泡菜罐子似的獎盃到我身邊來坐一坐，還有人誇獎我說：沒獲獎也來，你這是大詩人的胸懷和氣派。操！你說當時

193

坐在那兒的我是該哭還是該笑呢？！另一次是在九七年，身為評委之一的詩人呂德安打電話給我說準備推薦我參選「劉麗安詩歌獎」，我聽了很高興就把作品寄去了，結果再無消息。後來一位詩人打電話給我說呂德安又去美國了，說他一直不好意思再打電話給我，因為他把我的作品剛遞上去就遭到另一位評委臧棣的拚命反對，據這位打電話的詩人說：呂德安當時都氣哭了。如此說來我還是沒有進入投票的程序。悉密在北大講我的詩，他也要站起來抗議。這個小臧棣，用他在「盤峰詩會」上說徐江的話說他：我可沒得罪過你呀！我想得罪你──我把你這麼個冒充詩人的學術混混兒得罪定了也是在「盤峰詩會」之後的事，你以為靠這麼個由西渡、桑克、王艾、胡軍軍等好些騾子混跡馬群的賑災扶貧獎就能攪一攪我的心情？呂德安是一位我十分看重的優秀詩人，我又一次自取其辱完全是出於他對我看重的看重，真是難為你了，德安兄！

　　這一次我是在沒有多少精神準備的情況下忽然得到了這麼一個獎的，「十年成就獎」，好像也用不著參選，十年裏你做了什麼應該一目了然。好像也沒有一個可稱為「評委會」之類的玩意存在，《詩參考》的主編中島一個人說了算，他說伊沙應該獲獎然後我就獲了獎。所以這個獎是中島本人給我的，既然在以往的評獎中，聞頻、臧棣可以一個人說了算，他們說：「不！」那麼中島也可以一個人出來說：「是！」我好像也曾一個人說了算過，那是 1998 年度《文友》文學獎──也是迄今為止《文友》頒發的惟一一屆文學獎，我說頒給食指，也就這麼定了。當時我惟一的一點小依據是：《相信未來》在我的《世紀詩典》欄目中發表後我接到了大量（也是最多）的讀者來信。我希望在中島那裏也有一點具體的依據，他的回答令我心定，他說：九三年有我作品小輯的那一期是《詩參考》歷史上衝擊力最強而且影響最大的一期。

　　一個人在他充分寫作的十年結束的時候，他的一位十分瞭解他寫作成果的朋友授予他一個獎項，他真是快樂極了。沒有獎金，沒有獎牌，沒有儀式，僅僅是一項純榮譽性的獎勵，被他引為十年歷程的一個標誌。他真是快樂極了。

（2000）

受獎辭：我追求空翻騰越的詩歌

各位朋友：

回到如火如荼的 8 月，我應邀給三家報紙同時撰寫有關雅典奧運會的日專欄。作為一名單純的看客，感官的享受良多；而作為一名寫詩的，收穫也是大大的。在萬般感受中，給我留下至深印象的是一位俄羅斯體操名將在體操單桿決賽中的遭遇：它直指我在寫詩生涯中所得到的一些人生經驗，促使我在當日的專欄文章中如此寫道：「這一夜太沉悶，收工時卻見涅莫夫那一出，竟看得險些落淚！那是人心在挑戰權力，那是真正強者的征服，涅莫夫是沒有得到金牌，但卻得到了一座誰都沒有的金礦……」

這個發生在奧運會上的事件讓我聯想起對詩歌所做的評判（任何評獎應該算這種評判的形式凸現），如果裁判之心原本就是黑的，在此反而失去了談論的價值，我可以也經常遭受來自於他人的道德審判，但卻不屑於在道德這種低層次上去審判他人，我拒絕審判。我以為裁判根據比賽規則所制定出的評分標準才是耐人尋味而值得一談的——或許這些個裁判是態度更為認真、要求更為嚴格地依照評分標準辦事的，他們備受觀眾嘲弄與抗議後的滿腹委屈在於：兩個桿上騰越就是十分起評，你個涅莫夫，空翻加騰越，幹麼要做六個呢？多做四個，做了也白做，反正我們不會給你更高的起評分，不但不給，你還需要做些自我反省，你是在盲目追求難度的那個年代成長起來的老運動員，而現在的規則與評分標準，是本著保護運動員的人身安全著想而重新設定的……啊哈！這多像盛行

於漢語詩壇的評分標準：六個桿上的空翻騰越動作——無論多麼驚險刺激，無論多麼瀟灑漂亮——都從來不會受到鼓勵，因為來自我們文化傳統的詩歌標準——具體說來是人為化的評分標準只是為滿足於落地站穩的平庸者而設定的。

用體育類比詩歌，難免會遇到技術上的尷尬，一樣的用詞卻有著不一樣的意義，比如說「難度」：在體操比賽中那是任何一雙平凡的肉眼都能夠感知的東西，而在詩歌中則大不然，我注意到在漢語詩壇上長期以來大叫大嚷「難度」並以此炫耀的一群人所追求的恰恰是最無真正難度可言的寫作，語文修辭層面上的難度——類似於小學生識字階段所理解的那種生字之「難」，恰恰是沒有靈魂、沒有血肉、沒有情感、沒有智慧的平庸者的障眼法與遮羞布。還有我姑妄言之的所謂「人心」，在一場體育比賽中或是別的什麼地方它有著多麼強大的見證的意味和力量，進入詩歌則純屬虛妄之言，是一個無用的「大詞」，體操館中的一萬名觀眾一眼便可以看出誰才是單桿上最棒的選手，並立即發現黑哨的存在，但如果讓這一萬名觀眾投票選出「最佳詩歌」和「最佳詩人」來，那麼他們極有可能選出的不是「最佳」而是最差。

所以，詩歌終究不是體育，我也可以在此明言：與體育相比，它是更為複雜、更為高級的存在。那麼，詩歌評判乃至評獎也就無法等同於競技體育比賽，結果也就不具有相同的性質。明白了這番道理我自然就是清醒的：今天，我作為一項詩歌獎的獲得者之一出現的這個場合中，但我絕對不是一個獲勝者。沒有理所當然的事，沒有捨我其誰的事，除了那存在於現世的俗人的肉身能夠得到些許的鼓勵和安慰之外，我的詩歌並沒有得到什麼——如果一定要說「得到」的話，那麼長期以來它所遭受的非議和咒罵，它與獎絕緣的遭際，已經就是很好的一種「得到」了！好的詩歌怎麼可能與獎盃、獎金這些東西發生正常的邏輯關係呢？在我的邏輯詞典裏是沒

有這種關係的，所以此時此地──說惶惑是言重了，我只是有點不大習慣。

所以，諸位朋友，請允許我做此理解：將此一項「雙年詩人獎」授予我的意思是授予了過去兩年中一個埋頭寫作成果稍多的「勞動模範」而已，這樣的話，我心裏就會感到踏實一分。還有就是：如果我的名字忝列在獲獎者的名單中，能夠鼓舞那些埋頭寫作、勇於創新、作品不斷、卓有成效的「勞動者」（而對那些混跡於詩壇表面的活動家、游走者、流竄犯、二溜子、會蟲子有所打擊），並能夠喚起人們對於此獎的側目、關注、尊重與信任的話，我會又感到踏實了一分。

請諸位原諒，我還沒有淺薄到因為一己之遇在一次評獎中的有所改善而立馬就去修改自己的人生觀和世界觀的地步，我仍然或者還會更加堅定地認為：對於有限的時空而言，公正是不存在的；而對於那些深通詩歌的長存之道並為此早就做好了準備的詩人，公正似乎也就沒有了存在的必要。「千秋萬歲名，寂寞身後事」──詩聖的良言已經成了很多當代同行們嚼在口中的口香糖了，可我總覺得誘惑他們的只是前頭一句，而在我看來：這兩句恰好構成了一個最為強大的至高邏輯：沒有後句，你能夠得到前句嗎？你真的準備好了接受這個邏輯並以身試法嗎？豁得出去嗎？捨得自己嗎？道理比誰都明白，至少比誰都講得明白，做起來卻是另外一套！這種人我真是見得太多太多了！有種的咱都朝著永恆使勁！跟時間去做一番較量吧！如此一來，詩人間的關係不也可以變得鬆快一點了嗎？道不同不相與謀，是的，但不妨可以做個酒肉朋友，做個表面上的也可以嘛！

公正是不存在的，但我還是要在此感謝在一個小小的局部不放棄為建立公正而努力工作的評委會，在詩歌中富有創造性的勞動成果是要靠獨到的創見才能被認知的，你們是看見的人──我將此理

解為愛──一種深情大愛！同時我也要感謝所有為此獎的創設而做出了非凡貢獻的人。感謝額爾古納的朋友們，將我領進這片美得驚心的人間仙境。給我獎掖者，為我知己；賜我靈感者，為我貴人。你們是有心的，畢竟在今天詩歌不屬於有利可圖的東西。謝謝大家！我想：作為一名獲獎者的我回報諸位、回報此獎的最好方法就是：在今後繼續為不得獎的命運而寫作，為追求六個空翻騰越而不考慮落地站穩的後果而寫作──這絕非一時的故作姿態，而是永遠的日常狀態！

謝謝！

（2004）

第四編
詩潮篇

為《一行》寫作

　　1988 年夏季的一天，尚在北京的青年詩人貝嶺留在我北師大宿舍中的兩本《一行》，確曾滿足了我對當時某些「精英詩人」的閱讀渴望，當年底我第一次向這份詩刊投稿，竟從此與之結緣。今天，當我面對它不同尋常的五周年時，我所感慨繫之的不是它於此於彼的所謂「意義」──而是它直接指向的某種「真實」。

　　對「意義」的挖掘會觸動很多與真正詩歌毫無關係者的脆弱神經，我只是暗自祈禱這夥人永遠地納悶與迷惑不解：在異國他邦操持著這個華文詩刊，嚴力們是吃飽了飯沒事幹？！而我所說的「真實」，也與這等白癡脫不了干係。這種「真實」是可怕的，駱一禾生前曾慨歎國內的出版狀況已到了「令人髮指」的地步！這是一個最簡單的道理，刊物與出版的權力不在詩人手中，儘管掌握刊物與出版權力的人可以藉此成為「詩人」。歐陽江河在目睹了一位已故詩人的寫作環境後說：「這是『不是環境的環境』。」而這種「不是環境的環境」又是何等普遍且司空見慣啊！我認識一位詩人，近四十歲的年紀，寫現代詩已有十多個年頭了，且在民間有不小的影響，但迄今為止沒有一首詩作得以公開發表。每個夜晚，他仍要回到他狹小的寓所那張簡陋的書桌旁，去寫他不為人知的現代詩。他說：他仍要寫下去，直到自然的死亡降臨。而我已目睹了那麼多人對一位詩人自殺的熱切「關懷」，和對一個個力圖活下去的詩人們的冰涼漠視。我曾讀過那位老哥們兒的大量創作，我認為他作品中那些被我們稱之為「缺點」的東西，都是因為缺乏與同代詩人的交

流所致。這種「真實」已經在傷害（甚至扼殺）詩人的創作，傷害一首可能的真正的詩歌！

《一行》所面對的正是這種「真實」，它的價值所在首先是對中國大陸數以萬計的寫作者而言，它提供了一種創造的可能，一個生存的空間。1987-1992 年，對中國現代詩的發展與走向有多種評價與說法，不是有人已在急不可耐地去找尋找它對於世界詩壇的「偉大意義」了嗎？但無可否認的一點是：近兩三年，現代主義在全面退縮，是外在壓力所致還是詩人們自身生命力與創造力的陽萎？抑或是前幾年面對文化西餐狼吞虎嚥造成的巨大反胃！總之，如今的詩人不必再撐著去裝「現代派」了——累！於是，他們內心隱藏與沉積多年的舊雜碎又一古腦兒地泛上來，甚至有人竟以對現代主義和後現代藝術的無知曲解與譏諷引為時髦，一桿子遺老遺少，造成目前國內詩歌生機全無、（情調意義上的）浪漫主義氾濫成災的局面，大大小小的詩人們醉心於意象、隱喻的無聊把玩，把改頭換面的英雄主義導入現代詩歌，有無必要？有人竟想替西方人去復甦希臘與羅馬，而不屑（實則不敢）於腳踏實地、冷靜地面對自身。1986 年前後，中國現代詩所顯示出的多種趨向、多種潛在的可能現在已變得十分單一、十分渺茫。一個詩人死了，一些人在別有用心地拚命造氣氛，誘使千千萬萬個無知的後來者扒下死者的衣服，穿在自己身上，以「未亡人」自居。當一些人對詩歌總體上喪失了靈感和想像力之後，便躺在「純詩」這塊遮羞布後面，把對詞句敲敲打打的活計奉為「詩歌內部建設、細節上的建設」。偌大詩壇，彷彿所有的人都在寫一首詩……

「在『主流』之外寫作。」是我近來反覆對自己所強調的。我深信不疑，《一行》對我這個飽遭拒絕的個體的接納和包容，正是對另一種詩歌的認識與呼喚！我更深信不移：一個人可以並且應該能夠完成一首詩，一個人就意味著一種巨大的可能——我想說的

是：他同時也需要一個自由空間。在僅有的空間裏，他完全可以表現得最好。

一個詩人，是否可以為他所獲得的空間寫作呢？尤其一個——中國詩人。

我說：是的。我將為《一行》寫作，這兒沒有旗幟，只有空間！

空間與人，都剛剛開始……

（1992）

編年史

彷彿每一個中國詩人（包括詩愛者）都曾真的目擊過那個場面：那年 3 月某日的黃昏，在中國河北省的某截鐵軌上，一列緩緩開來的貨車，成了臥軌自殺的詩人海子。這是中國詩界和中國詩人在這一年中所經歷的惟一事件，後來發生的一切反倒顯得無足輕重了。

這是你不能做出選擇的一年，正如你無法攔阻海子去意已決，瘋狂地求死。在西川近年的某篇回憶文章中曾提到：當日上午是西川的母親看到了行色匆匆奔赴火車站的海子，看到他的為什麼不是西川本人？這是「神的旨意」嗎？海子做出了自己的選擇，正像他在遺書中所寫到的：他的死與別人無關。

難道這一年所發生的一切都是用來懲罰詩歌的，懲罰它自八十年代以來的追風趕浪、心浮氣躁？顯然，這是一種自作多情的想法。但事實上，中國詩人們在這一年中對暴力的直接感知是來自海子之死。

這一方面源於中國人一以貫之的麻木，也再度證明中國詩人那來自屈原、杜甫的「傳統」是個偽的；另一方面，埋頭於文本之間的「建設者」們必須把頭埋得更深，以表明自己的立場：吾已不再是「政治動物」！

對詩人們來說，這一年興奮的焦點就集中在可憐海子一分為二的屍體上，帶著一種貪婪的姦屍犯的目光，外在的暴力使他們感受了沉重的壓抑，內心暴力的欲念卻由來已久，剛好也只能夠用來對付一具僵屍。這一年裏，海子的屍體肯定是先被人操了！

　　有人說「海子把中國詩歌拖進了麥子地……」——這種色瞇瞇的表述頗似在講一個黃段子，但卻直抵真實。而今天，我不願歸咎於海子的原因，正是洞悉了某些人的「姦屍」行為。

　　後來，這幫人揮舞著海子腐爛的雞巴衝著人群指手劃腳，而更令人觸目驚心的景象繼而出現：一代人竟甘願褪下褲子，撅著屁股，等著挨操！於是，一個海子倒下了，千萬個海子站起來，形似一幫得了海子「專寵」的小公公，齊聲合誦：海子，孤獨的王！

　　海子以其自身的暴力行為震懾了怕死的中國詩人；海子又以其暴力的言詞擊穿了中國詩人胸腔裏的那團軟肉。

　　「北大書生」與「農民之子」的奇妙組合恐怕是世界上最操蛋的一種混血。我從來就沒弄明白什麼是「北大精神」，那未名湖中滿溢的書生意氣的泡沫就是「北大精神」嗎？

　　假如不是，那在這據說是「最易於產生新思想」的土壤之上，為什麼只生產一種詩歌：戴禮帽穿長衫的詩歌，一種裝洋孫子的詩歌，純正到骨子裏的農民的詩歌？

　　北大盛產瘋子，那是「農民之子」的市俗野心在這裏破滅的結果，而這樣的結果一旦出現在詩裏，那詩歌將成為怎樣一頭紙糊的龐然怪獸？！大家已經看見了。我斷定海子就是這樣一個瘋子。

　　1986 年，中國現代詩完成了一次從北向南的遷徙；而這一年，中國現代詩從城市迅速向農村轉移，這是一次規模空前的可恥的大撤退！它的可恥之處在於沒有任何外在的力量強迫這樣！後來當我聽說有人把海子出生的安徽省安慶縣查灣當作中國詩歌的「聖地」而前往朝拜時，我沒有覺得這是一個笑話。

　　大都外行人想當然地以為 1992 年後商潮洶湧，給中國現代詩的發展帶來了多大的衝擊，其實不然，商潮只帶來了詩歌人口數量的減少，這未嘗不是好事，下海的都是二流以下的混子，稍微優秀者幾乎全在。而這一年，海子之死帶給中國現代詩的卻是質量的大大降低：語言風

格與表現形式的單一，多元向一元的轉化……「一元化」在這個時期至少在詩界是「再現輝煌」了，就這一點來說，海子確實夠個「王」！

之後的詩壇上充斥著形形色色的衛道士，以「海子治喪委員會」的名義，他們指手劃腳地要求我們寫出「正派的詩歌」，口口聲聲稱自己是真正的「建設者」，而一年後出現的「緊縮」正為他們的發言提供了方便：他們的玩意兒至少在面目上是「純潔」的：非常賣乖，在某些人看來，無害並且有益，淨化了祖國的語言。

之後的「先鋒詩歌」是一種面目的：農業意象+處子情懷。如果你能夠寫得「長」（篇幅上）寫得「大」（結構上）就可以輕易討得一個「大師」的諢名；如果你在詩裏一味使用哭腔，那麼你可能就會被認為「表現了時代精神」。

中國詩人的智力水平降到了「新時期」以來的最低點，它對萬事萬物只有一種反應：抒情！

海子使中國現代詩倒退了十年以上，在我看來這仍是一個十分保守的估價，直到目前，這種倒退之勢也並未終止，看來，中國現代詩也只好以這種姿勢背對二十一世紀了。

而那些身懷「使命」的人反而不急，他們正忙於從一群騾子中清點出「大師」：幾頭？還是幾十頭？當我看到一本叫作譯《後朦朧詩全集》的精裝書被編成了四川省各縣的「縣誌」，我便瞭解了這種「清點」的具體涵義。

可以料定，在不遠的將來那仍然庸俗可笑的文學史會這樣寫道：一個大師出現了，由於他在該年死去。不知是否有人敢站出來向後人道破真實：由於這個人的死，中國現代詩付出了幾乎傾覆的代價，個性泯滅，生機全無，卻與這一年的政治無關。

我期待著商潮的驚濤更激烈地拍岸，「餓死他們／狗日的詩人」！期待更多汪國真這樣的狗屎以「白馬王子」的面目問世，映襯那一絲不掛指夢為馬的「王」！

　　張承志質問道：「詩人，你為什麼不憤怒？」——他肯定問了一句昏話。讓可憐的中國老百姓快樂地形而下地生活吧！卡拉OK吧！我想質問詩人的：「詩人，你為什麼不快樂？」可我深知，無論是我還是張的發問肯定是徒勞無用的，中國的詩人們已經失去了「憤怒」與「快樂」的本能，他們只會哭！一幫不打就哭的孩子！

　　離家的中國人究竟能走多遠？臺灣現代詩在六十年代末的「回歸傳統」也與隨後到來的商家無關，之後二十年詩的發展狀況，連大陸三流的份子都會撇撇嘴以示不屑，而驚人相似的一點是：今天，他們也在忙於清點「大師」，小小的一座孤島上據說已「清」出了十幾頭「大師」。對此，我只想借用他們愛使的一個語氣詞來感歎一下：「哇」！

　　對時間異常敏感的中國人已經意識到了「世紀末」的到來，而且國畫潑墨般地將之描繪成一種蒼茫的氣象。我知道準備跨越世紀的中國詩人已經為2000年的鐘聲準備了一套極端流氓的說詞：九十年代沒什麼可談就談八十年代；五十年代沒什麼可談就談四十年代，三十年代和二十年代也可以談，五十年代和六十年代談臺灣。他們卯足了勁兒非得說出一個中國詩「輝煌壯麗的二十世紀」！屆時你就會明白什麼叫作「咬牙切齒」！

　　而我只願意道出這罪不可恕的一年。作為詩人我曾為此幸災樂禍並保持沉默。今天，當我站在批評者的角度，便忍不住要把它說破，說這是「責任感」也可以。

　　這是自我閹割的一年。到此開始，中國現代詩經歷了自己選擇的十年來最黑暗的時期，公公們當朝的歲月，一代寫詩者就此淪為海子亡靈的祭品——無數語言垃圾分行鋪排在神州大地之上。

　　海子無罪，作為一個人的海子已經終止於這一年。我祝願他在天上仍能享受人間凡俗形而下的快樂，與他「糊塗的四姐妹」早日歡聚，有很多錢，大魚大肉，真正的富有。

　　有罪的是那些飽藏邪念與私欲之心，是中國人骨子裏永遠不變的骨髓！

　　這是終未說出的一年，我怕那幾個神秘的阿拉伯數字令不明是非者想入非非，而恕了當事者的罪。

　　我說的是詩。

（1992）

詩壇呼喚愛滋病

　　一位哈爾濱的詩人來看我，是夏天以前的事。他途徑北京帶來令人吃驚的消息——是關於我的。他說那裏的詩歌圈子中風傳我得了愛滋病！！！我第一反應自然是驚詫不已，慌忙解釋，但很快的這種驚異就被一種近乎洋洋自得的情緒所代替……

　　我想這謠言產生的因由大致如是：

1. 我在一所外語學院混飯，那兒算是鬼子出沒的場所。
2. 我的（某些）詩容易使人聯想作者應該是個染指愛滋病的人，新近發表的〈和日本妞親熱〉等詩可能為這種傳說提供了證據。
3. 某些人對我懷恨在心，有意製造謠言，可我一貫待人誠懇，人緣不壞，幾乎沒有敵人呀！他們是在恨我的詩歌嗎？
4. 是一夥愛我的人兒在誇我哪！演繹我是如此這般的「先鋒」和「前衛」……

　　起碼，這件事到目前還沒有成為事實。

　　那麼，我那種莫名其妙的洋洋自得就頗值得玩味了。在現代詩的行當裏混了幾年，我算是個有經驗的人了。是我的經驗讓我看到事件發生的可能。總之——有戲！在我記憶中的那些年頭，我目擊了多少事件：先是「朦朧詩」論爭，1986 年「兩報大展」，後是海子之死……事件使事件之中的詩人們嘗盡甜頭，落在事件之外者便成為無法換回的個人悲劇。人們對事件的關注已遠勝過詩歌本身。整個詩壇都在呼喚事件，這由一堆無頭之人組成的所謂「詩壇」須

靠一次次的事件來充實、填滿！海子之死是個人事件的典範，令多少人心猿意馬，追悔沒有早悟，四川一位青年詩人說：「這種好事，怎麼讓那小子搶了頭彩！」顯然，做「海子二世」意思不大。那麼，下個節目該演什麼啦？喝酒、打架、玩女人、吸毒、自殺、蹲大獄……該玩的都玩過了，下個節目該演什麼啦？我想對我來說，是不是突然來了一個機會？——愛滋病！我身強體壯毫毛無損地「加入」愛滋病患者的行列，且是中國詩壇第一人——快哉快哉！好事好事！感到事件在身，也就離名揚神州的一天不遠啦！天降謠言於斯人，吉人自有天相。我滿懷興奮地醞釀著利用謠言的計劃，甚至想到了一幫新聞界的哥們兒和那些走南闖北的流浪詩人，借助他們，遠播四方……

1992：中國詩壇呼喚愛滋病！

中國現代詩發展的民間性，使這項事業註定帶有濃厚的宿命感，潛伏著諸多偶然，一首詩或一個詩人的成功已接近不可知。所以，它極度地依賴於事件的發生，無論是整個現代詩的事業還是詩人的個體寫作。詩壇沒有學術和尺度，有的只是陳舊的規範和一夥劃定秩序的既得利益者。製造事件成為打破僵局的惟一辦法。極端無聊但卻聲勢浩大的「朦朧詩」論爭才使得北島們最終擺脫壓制，走向民眾；如果沒有 1986 年「兩報大展」（儘管當時看起來有點故作聲勢），所謂「第三代」這撥人不知還要在地下寫多久；海子之死，我不能昧著良心說他是靠死亡提升了他的作品，但我也無法閉著眼睛說如果他現在還活著也能夠獲得出版全集的機會！如今，「朦朧詩」早已成為遙遠的過去，當年的幾個大腕至多是人們心目中的幾尊「佛爺」而已；後來成為詩壇中堅的「第三代」，他們的停滯與萎縮已不是近一兩年的事，對他們「再度超越」的期待已顯得有點不耐煩了；想當然的「第四代」其實並不存在，一位低能的「理論家」把在官方刊物上「崛起」的幾個二流貨色稱為「第四代」

的代表人物，可這幾位怎麼看都像是海子的表弟，更為有趣的是，在湖南，有幾個不上道的中學生湊在一起莊嚴宣告他們是中國詩壇的「第四代」……人們對事件的期待仍然是急迫的，但顯而易見，在未來的幾年中，不可能有一次集體性事件的發生，這種期待也就逐漸轉向個人。而詩人們的覺悟幾乎與這種期待同步，一位出自浙江的流浪者（其實是個不壞的詩人），在寄給一家官方刊物的詩稿中，在作品末尾寫下了自己勇鬥歹徒救少女的英雄事蹟，但這種雷鋒時代的好人好事太不過癮了，他惟一征服的就是那個發表此詩及其事蹟的老編輯。死亡玩不轉了，戈麥（我沒有說他在玩死亡）投湖自殺後，周圍一片巨大的冷漠就足以證明。參照那些走在前面的西方人，同性戀和愛滋病似乎還行得通。但同性戀那玩意著實需要一些先天的「才能」，由此看來，只有愛滋病可以試試。

　　由此看來，我是撿了一個大便宜，可以健康快樂地藉愛滋病在詩壇揚名。坦白說，這種十分幼稚可笑的想法在某些瞬間在我心頭非常的真實和陰險，我甚至認為這是歷史選擇了我，這是人生的關鍵時刻！面對謠言已經生發的危害，我處之泰然，視作「必要的犧牲」，接近我的朋友都瞭解我在私生活方面基本上是個素食主義者，如今做大吃一驚狀：「噢！原來你小子是全方位的『前衛』！」我爹媽本來就對文學事業持懷疑態度，現在視之為「墮落」和「魔鬼」的代稱，並對我已經絕望。而我還在擔心這謠言傳播的速度不夠快，範圍不夠廣，還不夠危言聳聽！我還在想那些推波助瀾的手段，還在想當周圍不再有人理我之時，就是我功成名就之日……

　　當然，當我提筆寫下這篇文字的時刻，如上諸種念頭已全部放棄。大概還是有點心虛吧，想做名不副實的「英雄」，我自己都有點噁心自己！也許更主要的是我正值年輕氣盛的好時光，小子不知天高地厚，絕對相信自己作品的純然實力。我也曾頗有阿 Q 意味地想到：愛滋病的謠言選中我，也是拙作中的那股勁使然，換了

旁的人，還無此殊榮哪！我仍然認定，在目前的寫作生活中，還是需要一些謀生手段，或視為「奮鬥的技巧」，這也是一種玩法——與我們在寫作中的玩法一樣——高手會把它玩得分外精彩，妙趣橫生！「從來都沒有救世主，也不靠神仙皇帝」，詩人們，自己救自己！

　　和所有健康善良的人們一樣，我也在想：希望今後的詩壇不再給任何節外生枝者提供出名的機會。但同時我也意識到：這簡直不可能！那是另外一個背景下的詩壇和寫作，那是明天。而今天，面對如此操蛋的局面，我們所能做的是倡導並實施「奮鬥的技巧」。本週之內，我已對十位寫詩者說過，並將繼續說下去——

　　「想出名嗎？在這個世紀末，你必須對見到的每個人都說一遍：『我得了愛滋病！』」

（1992）

創建詩歌教

　　近一年來，我發現自個兒的寫作生活已不太「單純」，我的一部分注意力「走」了。好像自己已經是個「人物」，該思考一些問題了。不害臊地說：我他媽太想「拯救」中國詩歌了！

　　我真懷念早兩年的寫作心態，目睹詩壇的那副鳥樣兒，真是幸災樂禍，振奮不已！中國詩壇，你不認老子，老子還不認你呢！少年壯志不言愁，真他媽的「牛B」啊！

　　漸漸地，我發現自己是不是弄錯了，所謂「詩壇」不是指那幾本用馬糞紙裝訂起來的破刊物啊！漸漸地，我認識了一些人，一些還不錯的主兒，他們早已形成的圈子給了我掌聲和良民證。漸漸地，我想替誰負點責，就像一個臭流氓突然逢上一位好姑娘，他在滿城打聽：「在哪兒領結婚證？在哪兒領結婚證？」

　　我想替誰負點責。我是否能一招救中國，一招救詩歌？你看我滿面愁容，心事重重；你看我苦思冥想，夜不能寐；你看我抽空了一盒又一盒一塊兩毛錢的劣質香煙，咳著嗽背影有點像耶穌……

　　我想到近年來我國詩壇上的兩大「奇觀」：1.尋死的多。2.騙子多。我想到這兩大「奇觀」形成的因由。尋死的多至少說明在中國有文人敢死了，這是詩人開的風氣之先，說明有人敢殉咱們這個「道」啦！騙子多，也是早年詩壇「傳統」進一步「深化」的結果，眾所周知，中國的詩人愛「躥」。那是在張揚「流浪意識」的年頭，那是在他們學會「堅守家園」以前。那時候只要你稍有一點名氣，就可以到全國「免費旅遊」，吃住不愁，車票有人代買，運氣好的

話還有文學小妞相隨，五湖四海皆兄弟姐妹。如今詩人不「躥」了（回家收麥子去了），騙子們粉墨登場，冒名頂替，招搖過市。僅我一人，就曾接待過假丁當、假陳東東、假尚仲敏。不提他們騙去了你什麼，也不提他們糟蹋了詩人的名譽，讓我們胸懷寬廣，從最積極的角度去理解這些騙子吧：他們也是詩歌事業的「聖徒」，他們對詩歌的虔誠與狂熱並不亞於你我，多麼令人感動！當我看到他們口若懸河、唾沫翻飛、大段大段背誦出當代中國詩人的作品，我請他們喝兩瓶酒、吃兩頓飯再湊一些上路的盤纏，真不算「上當受騙」！

我想到近年來雖然遭遇了所謂「商品大潮的衝擊」，雖然很多人罷筆不寫、棄文從商了，但留下來的卻都是最好的。有一次我跟島子聊，一致認為：現在各個城市裏寫詩的人數得過來了，這是好事。中國現代詩的地下狀態，淘汰了一批耐不住寂寞的人；當商品誘惑剛拋來一絲媚眼，又淘汰了一批耐不住貧窮的人，再淘汰掉那些早該淘汰掉的靈魂和智力的殘疾人，那些官方報刊的寄生蟲和混世者，我們的詩歌隊伍變得純潔和精銳了，我們的信仰變得單純而統一了……

我想到在這個國家裏，有這麼多人仍在「窮寫」，這恐怕是地球上獨一無二的景象吧？人類藝術史上前所未有的奇觀，我們時代的神話！我不知道西方的大爺們怎麼看，但我敢說，這麼多人如此瘋狂地投入一件事，總不會一點兒名堂沒有吧？！

我願意把以下的環境寫成廁所，那種極樸實的公共廁所——正如我在詩歌中一再反對的那樣，我不會把那種時刻描繪成皓月當空，一顆彗星襲月——那時就算我蹲著（解手），手中攥著空煙盒準備用作手紙，一個念頭突然躥出了腦門兒，我甚至來不及提上褲子，連哭帶笑就衝上了大街，我衝所有人高喊：

「創建詩歌教！創建詩歌教！」

這是 1993 年的春天，由我來倡導詩歌教的創建。

我沒有經驗，我甚至不曉得道教是怎麼回事，但我相信，詩歌教定會取而代之成為國教。我沒有統計過。在這燈紅酒綠的世界上，熱愛詩歌的同志多還是受得了食色禁忌的同志多？但我知道，詩歌教的信徒一準兒少不了。讓我們詩歌中表現出的哪怕一丁點兒的基督徒精神還原為詩歌教精神。對「主」和「上帝」的呼喚轉換為直接面對詩歌的狂熱激情，在我們前面，除了詩歌沒有任何東西能使我們雙膝跪地。詩歌教倡導面壁十年的寫作。讓你的陋室成為廟宇。立地成佛。同時也主張必要的雲遊。這是聯絡和聯合的手段。古今中外所有優秀的詩章都是我們的經文，誦經不是目的，誦經是為了寫出新的經文。在共同的教義下，要消除門派之見，但提倡關於學說的爭鳴。所有僧侶都可以召收門徒，但必須以傳授詩歌為惟一目的……終有一天。彷彿是走在赴麥加朝聖的路上，會有大隊人馬朝我們走來，這裏是中國長安——詩歌教的聖地，我們夢回唐朝，回到詩歌王朝之都……

不！不！我不是那個「王」，不是神聖詩歌教的教主，但我知道他是誰，將會在何等人中間產生，我知道往東走走幾年、走多少里路就會尋到他，但你千萬不要頂禮膜拜，三呼萬歲，他可能就是你自己！

而我——我和我的詩，只是想過這樣的「癮」，給我一個機會，讓我像馬丁·路德·金那樣痛快地演說一把：

> 在北京，在上海，在多山的四川和多水的江南，所有在貧窮和壓抑的環境中致力於詩歌寫作的人們，讓你們聽從詩歌教神的旨意聯合起來，團結在神聖詩歌教的門下。我們的教義是讓信仰成為我們自己的信仰，我們的禁忌是禁忌那些禁忌了我們的一切，我們的理想是讓我們居住的星球詩意地旋轉

下去……孩子們，除了詩歌還有什麼東西能叫我們如此傾
心？除了詩歌還有什麼東西能叫我們以命相抵？請你們回
答我並把這種回答告訴世人！

（1993）

群架好打

　　當年，章明以其〈令人氣悶的朦朧〉一文率先發難，挑起了那場著名的聲勢浩大的「朦朧詩論爭」。然而，無法否認的事實是：章氏無意間所做的「命名」構成了距我們最近的這段「詩史」。中國詩界的智力水平也由此可見一斑了。

　　今天，連「後朦朧」的稱謂我們竟也平心靜氣地接受了。曾經，它被稱為「第三代」、「新生代」、「于堅、韓東們」──後者更是1989 以前的「黃曆」了。我們的傳統決定我們還是喜歡「朦朧」一詞，這正是章明的「偉大」之處。

　　「後朦朧」這個名字比其界定的詩歌要更顯「朦朧」一些。在我看來，它徒有「生理年齡」意義。所謂「後朦朧詩」（姑且用之）的發展，至少應該分作兩個階段來看：「1989 前」與「1989後」。

　　1986 年，我們通過「兩報大展」認識的這群人，雖是「魚龍混雜」、「烏合之眾」，但其中給人印象深刻的「代表人物」，如于堅、韓東、李亞偉等，至少明顯地區別於所謂的「朦朧詩群」，他們的出現給中國現代詩的發展注入了生機與活力。在他們筆下，中國自發狀態的「後現代」詩歌已經顯形。但理論界反應之遲緩、可憐的短短三年時間以及過早成為「主流」的失重感都抑制了他們繼續拓展。缺乏「天時、地利」，沒有「人和」，中國現代詩失去了從「現代主義」向「後現代主義」轉型的黃金時機，只有留待遙不可測的「爾後」。

　　接著是大復辟的年代，自 1989 年海子的亡靈「登基」開始。
這個「孤獨的王」成全了活下來的「王爺們」，其中一位說：「海子
是為我們而死的。」──這「感恩」的話語道破了「天機」。正如
某些「穩健派」理論家所期待的一樣：回到「現代主義」的領域內
使之在中國得以充分發展，其結果我們已經看到了，是「浪漫主義」
的廉價香水四處氾濫。我們再也無法回到北島，回到北島使我們回
到了北島以前；這期間，中國最著名的詩人叫「汪國真」，但汪氏
與現代詩的發展無涉；其次就是海子，他也是「後朦朧」中大名最
響一位了，甚至有人已把他稱作「大師」。我們把海子的詩與「朦
朧詩」的「欽定」代表者北島的詩放在一起，你說中國現代詩這十
多年來是「進步」了還是「倒退」了？有人會掐頭去尾地引用艾略
特語錄來進行「自衛」（這是當年的老玩法），所謂「藝術並無進步
可言」，他們更願意站在「讀者」的角度來看待藝術，我還有什麼
好說的呢？！

　　「後朦朧」中沿襲江河、楊煉的一支（所謂「新古典」）已經
偃旗息鼓，不知所終。這是早就註定的敗局。當江（河）郎才盡，
楊煉的玩意兒今天也只能蒙蒙南半球的三流漢學家和在傳統文化
的乾癟乳房前嗷嗷待哺的臺灣人時，「注經者」們看到自己前景不
遠，近在眼前。

　　今天是否已經到了可以總結的時候？是「後朦朧」的詩人們自
己先急了，人多嘴雜，座次不穩，「詩史」未著一墨，蒙漢學家的
機票也不似「前朦朧」那般容易了，使他們陷入了空前的「焦慮」。
「後朦朧」的陳舊選本經書商們的重新包裝後粉墨登場了，搶汪國
真沒有搶去的一小撮讀者，連《後朦朧詩全集》都出了，儘管它像
我在另文中談到的那樣：「被編成了四川省各縣的『縣誌』。」

　　今天是否已經到了可以展望的時候？海子二世、三世們註定將
成為世界性的笑柄：有人企圖用漢字復活荷馬與但丁？「黃種人／

你倒是操的哪門閒心？」而當年頗具「後現代」傾向的一支，在歷經 1989 後的沉沒之後，大都已撤離了詩歌，直接消費生命去了；倖存者躲進了書齋，也揣起了「大師」的邪念，這一點，與海子的偽親戚們驚人的一致。當我看到其中（前面已經提及）的一位為了獲得「後」的追認，而用時髦的「0」去引誘頭腦簡單的理論家時，我釋然了，這可疑的「0」喻示著這代人中年發福的身體，已經力不從心，而「後現代」的「狗洞」也不是那麼好鑽的！

　　群架好打但真英雄難成，這是我少年時的經驗。大腹便便的母親產下了一窩崽子，你能指望他（她）們的個體是棒的嗎？

　　此乃「後朦朧」。

（1994）

221

我看今日之詩壇

——在《詩歌報》「金秋詩會」上的發言

一、翻譯界充斥著太多的譯匠，無法宏觀地把握國際詩壇的真實狀
　　況並替詩人做出選擇。他們與國外的交流往往是旅遊團觀光客
　　式的，手中的外國文學史是他們的導遊圖，接觸到的都是學院
　　和學會認可的一些「大師」。他們總是在譯已經成為傳統的東
　　西，對正在發生的無從瞭解。這種狀況導致的結果令人悲哀：
　　中國的現代詩歌將淪為西方傳統詩歌漢語譯本的摹本。我懷疑
　　那些非詩人的譯匠，並對他們的譯介保持警惕。在翻譯界的選
　　擇之後，詩人們的再度選擇又令人失望，流淌在血液中的傳統
　　決定我們只會選擇適合我們胃口的軟東西，撞擊和刺激便消失
　　了，一切又回到原先的和諧之中。於是西方便成了我們重塑的
　　西方，世界成了我們臆造的世界。

二、目前詩壇的泛道德傾向和狹隘的文本主義嚴重阻礙著現代詩
　　的多元發展，十年前曾經顯現出的多種可能性如今已變得非常
　　單一。「非非」今何在？「整體」都跑到哪兒去了？「莽漢」
　　還莽嗎？如果說這是流派消失的結果，那代表上述寫作傾向的
　　個人又在哪兒呢？一個詩人的自殺竟會使以他為代表的那路
　　詩一躍而成為詩壇的主流，這是新聞事件對詩歌發展的導引。
　　世紀末的詩壇上充斥著現代面具下的低吟淺唱，詩人們嚷嚷著
　　「詞」、「詞語」，卻不知道如何去找它發生的所在。從文化到

文化，從典籍到作業本，這一代詩人完成的極可能僅僅是過渡、文化的傳承，難道一代書生的木訥面孔就是我們的宿命？創造力的喪失和生命力的萎縮比那令我們心猿意馬的生存壓力更加可怕，「挺住」絕不「意味著一切」！只有進攻的姿態才有創造發生的可能。不要一提「後現代」就哆嗦，我想對那些「恐後症」患者說句話：所謂「後現代」絕不僅僅意味著主義和流派，當一種思潮發生了，呈現在大家面前，而我們自身的環境也正在一天天的改變，我們的寫作不可能毫無變化吧？這種變化難道僅靠意象的置換就可以完成嗎？文本主義的時代正在過去，我們的身體漸漸暴露於詞語的外衣被扒掉後的陽光中。

三、詩歌理論界的窘迫令詩人們難以獲得應得的自足感。有人提到小說家們的從容自得，並不完全是影視光顧與市場掛鈎的結果，在某種程式上它得益於小說理論界迅速的甚至是倉卒的反應，你說它亂貼標籤也好，濫造新詞也好，他們的工作起碼是在進行之中。詩歌理論界像一張表情曖昧的臉，這種曖昧不知是有所悟還是有所惑，每個人都像是指點江山的戰略家，詩人們在爾等眼中不過是一粒粒棋子，走不走你這個棋要看有沒有戰略上的需要（與你的詩寫得好壞無關）。連總結都做不好的詩歌理論界更不要提預見和導引。詩人兼做的理論家們更多只是一些山頭主義者，像「中年寫作」的提出，難道幾個人的寫作方式和狀態可以當作一種理論向詩壇推廣？「中年寫作」者們是否經歷過他們指責的「青春寫作」？從未「青春」過的人抱住了「中年」這個意味成熟的詞。理論也是寫作，理論家也是作家，成熟與否首先是要看他是否找到一種個人的批評文體，而不是靠說出什麼可能是所謂「新的」見解。

（1996）

一個俗人談昌耀

我知道我可以談于堅，談韓東，甚至可以談魯迅。但如果我要談海子，談昌耀，就會有人認為我沒資格。資歷與身份那層特俗的因素尚在其次，他們的意思極其嚴肅。昌耀是「聖徒」，我是「流氓」，甚至還不夠，是「渣子」，是「混混」。我怎麼有資格談昌耀呢？我自己好意思嗎？有人屁沒放出來我就知道他們想說什麼，因為我實在是太瞭解爾等屁門的構造。但是當我在《南方週末》等處看到那些自以為有資格的人所寫下的文章——那些文章大概是當年用來紀念海子的，現在換成了昌耀的名字吧，我就想說點兒什麼。沒有資格成了我的動因。

我不認識昌耀，在他生前也無甚交往。我曾試想過，如果我去西寧，會不會去拜訪昌耀先生，答案是否定的，因為去西寧拜昌耀是詩壇流俗。我去西寧也就是找馬非喝喝酒什麼的。我問馬非：昌耀愛不愛談詩，馬非說不談。所以我斷定即便在公開場合相見我們也不會很深地結識。今年春節過後我接到他的一封信，是 2 月 12 日由其口述，由其夫人代筆寫的，他在信中說：「我其所以要感謝你，正在於『理解』二字，我一直視你為我的『知己』，而知己在世上至為難得，所以中國文人為此竟要說出『士為知己者死』這樣的豪言壯語，其道理莫不在於一個人抱負、志趣、理想之難於被人理解……謝謝你在《文友》雜誌點評欄中對拙詩的稱譽和對我健康的祝福。」對，一切都是我在《文友·世紀詩典》中所說的隻言片語引出來的。我究竟說了什麼？我第一次選他〈斯人〉時說昌耀是

五六十年代中國現代詩碩果僅存的一條白色走廊。我第二次選他〈一百頭雄牛〉時發牢騷說：別老提昌耀的什麼「精神高度」，他就是中國當代最牛 B 的詩人之一。這兩次昌耀都讓人向我轉達他的謝意。去年 11 月他剛查出病時昌耀託朋友向我和秦巴子告別，我想在陝西省他可能覺得還有此二人值得一別吧。我第三次選他〈良宵〉，我很怕他看不到，但終於還是看到了，看到了然後寫來了那封信。我真的沒說什麼驚天動地的話，我說出的都是詩界常識，我只是感到昌耀先生不反感我說話的方式，也許他還喜歡那些落到實處的話，好聽的話他後來已聽得很多，但落到實處的話其實並不多。也許是我這「流氓」的稱讚讓他感到意外和新鮮？「知己」之類的話我真是擔不起，所以我準備好好給昌耀先生回封信，因為太鄭重其事所以反而沒有在第一時間寫出來，我不敏感，沒有想到自己已失去機會了。

以上就是我和昌耀先生的一點點關係。說出它還是因為心虛吧。接下來我想談談我對昌耀的評價。也許還是沒有資格，但我擁有這樣的自信就是昌耀本人愛聽，我的話讓他踏實，因為他是人，一個詩人。精神方面會有無數的人談，靈魂上誰的圖解都是徒勞，我說的是詩歌綠林中的好漢昌耀。去年夏天我和徐江、秦巴子有一趟艱苦而快樂的陝北之旅，有一晚在延安的賓館中我們談起了詩，既然西川已經把我等說成是「黑社會」了，所以我們談詩的方式也不妨可以公之於眾。我等三人分別談出了各自心目中中國當代詩人的前五名並且各述理由並且引發了一場討論。我列的前五名是：1 北島、2 昌耀、3 海子、4 于堅、5 西川。另兩人的排名與我出入不大，惟一的爭議就是西川能不能排進來。我在此想要說明的是：這種方式很江湖但內容完全是廟堂式的，三人不約而同地都站在文化的傳統的角度來選人，不如此反而沒意義。王家新是宋江的排法就很江湖，昌耀甚至不在那個榜上。我用這種方式無非是想說出昌耀

在我心中的位置，那種把他往「精神導師」那兒一推了事的做法我不喜歡，你讓他們承認昌耀比他們寫得好，有些人就會頓失顏色，所謂「詩壇」就這麼陰險。昌耀是在歷史剝奪了天時地利的情況下完成了他一生的寫作的（他本該有一個屬於自己的時代），後來他是在北島甚至于堅的時代裏取得了如此之高的成就的，對比海子他所有的長詩竟然都成立了而且具有成年的品質，他真的非常了不起！作為同行後輩我崇拜他！

　　拿到他《總集》的當晚我失眠了，他的詩我早已熟讀，是他給SY 女士的二十一封信讓我悲從中來。我暗自慶幸自己選擇了殺死女神的寫作，我理解海子、昌耀（豈止是他倆啊！）式的內心之苦。詩人啊！用你們的身體去愛你們想愛的女人而不要交給她們靈魂，人間平常無辜的女子不堪其重。

（2000）

抒情與反抒情

　　相聲或小品演員興致好的時候也會調侃一下詩人，他們會令人噁心地一聲怪叫：「啊！大海！」用句北京土話來說：我真想抽丫的！

　　我之憤怒絕不是來源於那種下三濫的戲子噁心了我等詩人（要噁心詩人的話，我比他們要來得狠而且準），而是來自他們的愚昧，愚昧成那樣還洋洋自得。

　　詩人＝「啊！大海！」——這是來自中國百姓的常識。因之我們成為詩國；因之我們的這個詩國是可疑的，不開化的。

　　中國百姓的詩歌知識兩千年沒有變過。作為詩人我們面對著同樣強大的傳統勢力。這傳統也同樣頑強地流淌在我們自己的血液裏。

　　因此我必須硬著頭皮說：「我是個徹底的反抒情詩人。」沒有餘地。我是在對自己強調。

　　浪漫主義的傳統抒情，現代主義的冷抒情，後現代主義的反抒情，這是我對文學常識的簡單歸納。我知道不論是冷抒情還是反抒情也都是新的抒情方式。我知道詩歌的本質很可能永遠都是抒情的，詩的現代化所伴隨的智性趨勢也不可能從根本上改變這一點。但我仍要高聲強調反抒情。因為我更知道太正確的理論往往沒用，而有用的說法又不那麼正確——這也是常識。

　　拋開知識說點兒有意思的事兒吧，我用傳統抒情的方式和女孩打交道，她會說：「酸！」我用冷抒情，她會說：「漢子！」但玩不

227

好她就什麼都看不出來，以為我「木」。我用反抒情，你猜怎麼著？
——你應該具備這樣生活的知識，她說「酷！」

　　「酸」太傻，「漢子」太累，老繃著也了無生趣，我還是「酷」
點兒吧，作為一名時代的詩人。

（2000）

「新世代」的《詩參考》

　　那大概是 1990 年 3 月的一天，我在西安外語學院的公用停車場等車，準備去辦一件公事。天空下著小雨，我漫無目的地朝著前面的一個方向看，看著看著就看見瘦小的中島頭髮濕漉漉地出現在雨中，這人總這麼神，他的出場方式似乎就該如此。那次中島離開家鄉出來溜達的原因我至今也沒搞清楚，可能他說過，但我忘了。總之他來了，一住就是小半年。我後來再沒問起過那小半年對中島本人來說究竟意味著什麼：一場在當時當刻還算美好的戀愛？在西安大學生中展開的一系列詩歌活動？幾乎每日都寫相當多產的創作？他在西安孕育了《詩參考》的誕生？我不知道哪件事對他來說最為重要，但我想他肯定不願否認其中的任何一件。因為在每件事裏他都搭進了自己青春的熱情。那年他二十七歲。

　　當時在西安有個叫「藍鳥」的「詩歌活動家」，有次他跟我談起一個想法，說想辦一份名叫《詩歌參考》的地下詩報，他的靈感來自於《參考消息》，他說就辦成《參考消息》那個樣子，有「內參」的意思。我覺得他的創意非常不錯，就說把「歌」字去掉，叫《詩參考》。他也說好。但這個藍鳥永遠屬於有創意而無行動的人。當時我也是無意識地把這件事給中島說了，可說者無心但聽者有意。那年 11 月的一天晚上，中島的女朋友小 Z 敲開了我的房門，懷報厚厚的一摞報紙，她說已離開西安四個月的中島回來了，他讓她先來送報，他因辦事隨後就到。我翻開那摞報紙，發現在報頭的位置赫然寫著三個紅字：詩參考。那紅字有點太紅了，一點都不符合我的想

像，但我已來不及遺憾了，我完全陷於巨大的驚喜之中。此前此後，我所瞭解的中島始終是一個行動主義者，他身上幾乎是與生俱來的行動精神與行動能力是我們那代人所普遍缺乏的。那天晚上我們喝了酒，在我們常去的師大餐廳，除了我們倆還有南嬡和我同宿舍的一個人，那天晚上我竟然喝醉了，半夜酒醒了起來寫了首詩。那一醉是為《詩參考》的誕生而醉吧，說句非酒鬼的庸俗話：是值得的。

做我小輯的那一次中島也來了西安，本來那個小輯是為西安《創世紀》雜誌做的，終審時未通過，一堆退稿在我手裏，中島就決定搬到《詩參考》上做。那是我惟一一次參與《詩參考》的選稿，此前我只是在信中向他推薦一部分名單。在我的小屋裏我們倆埋頭靜靜看稿的情景真是如在昨天。事後令我高興的是：那一期成了《詩參考》歷史上的一個轉捩點。大概在民間詩報刊中第一個動用專業美編來設計版面的正是《詩參考》，在硬體方面中島歷來是敢為人先的。《詩參考》開始產生較大影響也正在這一期，五千份報紙很快散盡賣光（中島辦報一直都很重視賣）。時間過去了很久之後，還有人來信寄錢來購賣和索要這一期，這種快樂中島嘗到了，我也嘗到了。

以上便是我和《詩參考》的關係中親身經歷和親眼目擊的部分。我要說我有幸目擊了它的誕生和一次極為重要的轉折也說明了我和它的緣分。身為作者我和它的關係是從始至今的。也曾有家詩報在那個時期給過我非常關鍵的推助（是〈餓死詩人〉的首發者），後來因為其主編聽從了其他個別作者妒意十足的意見而拋棄了我，那是我想留都留不住的緣分啊！所以我說我和《詩參考》是有緣的，正像我和《一行》的緣分一樣。作為一個在十年創作的展示方面始終受惠與蒙恩於它的人，我是否可以說出它的意義？如果不合適，我就不從意義上談。

在 1993 年以前，地下詩報刊如果能夠拉出一份像樣的名單並能按名單把詩約來，它就能在民刊的汪洋大海中浮出水面。那一時

期的《詩參考》就是這麼做的。而什麼叫「像樣的名單」呢？指的是朦朧詩的倖存者和仍在寫作的第三代詩人，就是說你只要具備中國現代詩的基本立場和品質就足已顯出你的優秀。這樣的優秀者在當時也不是很多。所以說《詩參考》的大方向在一開始就確立了，但又不滿足於此。從 1993 年開始，《詩參考》更為引人矚目和叫人興奮的地方是它不斷推出的新人，自我那期之後有侯馬、徐江、宋曉賢、余怒等均以小輯或頭條的面目在《詩參考》中出現過。所謂「新人」是針對八十年代已成名的第三代詩人的帶有自謙意味的稱謂，其實他們從寫作的數量上，從連續寫作的時間上，個人風格的完整性和成熟度上以及對於中國現代詩發展的先鋒性上都全面超過了第三代詩人，他們之所以長時間的被當作「新人」對待，是因為再沒有一次「兩報大展」這樣一夜成名的機遇在等著他們，再加上九十年代以來那零度以下的詩歌環境已經陡然加大了一位詩人的成長難度——對其中的優秀者來說僅僅是成名難度。正因如此，《詩參考》的作用才殊為重要。第三代的中年人以為，等他們熬成「大師」或以別的手段把自己包裝成「大師」（比如說「知識份子寫作」和「中年寫作」），中國的詩歌就發展了，哪有這樣的事？！每個年代都有每個年代的年輕人，每個年代都有每個年代的詩歌生力軍，不論從藝術的發展還是時代的發展這都是不可違抗的。真正建樹了九十年代詩歌的這一代青年未能獲得一個完整的命名，這是理論界的悲哀而不是他們自己的，而對其中的優秀者來說這無所謂，李白就叫李白，杜甫就叫杜甫。重要的是他們是否寫出了無愧於時代也無愧於歷史的優秀之作。我為這代詩人面對作品所表現出的專注而自豪，因為我也身在其中。作為一本刊物（1998 年由報改刊），同樣表現出了一種面對作品的專注，它的精神形象與這代人十分吻合，它的十年歷程與這代人的成長保持同步。在這一代人充分表現的十年結束的時候，我想替那些總是滯後永遠滯後毫無原

創命名力的理論家做一個遲到的命名，我把作為當代詩壇生力軍存
在的這一代人命名為「新世代」，物理的時間給了他們跨越世紀的
機遇，他們自身創作所處的繼續向前的良好態勢也給了他們跨越中
國詩歌新舊世紀的機遇，這樣的機遇千載難逢。做出如上命名的初
衷也許僅僅只是為了防範因為無知和無能所帶來的對這一代人的
忽略和漠視。當老朦朧和第三代（含「知識份子寫作」）中的大都
數已在吃他們那點可憐的圈子名聲的時候，當剛剛邁出海子與「知
識份子寫作」的雙重陰影才寫了兩天先鋒詩的所謂「七十後」借助
兩個寫小說的小丫頭所帶來的商業炒作熱潮莫名其妙地甚囂塵上
的時候，這種由來已久的忽略和漠視開始變得明目張膽。在此我想
說出我眼中的《詩參考》是屬於這一代人的，《詩參考》是「新世
代」的《詩參考》。就像《今天》與朦朧詩的關係，就像《他們》、
《非非》與第三代的關係，《詩參考》是「新世代」的靈魂刊物。
正如中島所說：「《詩參考》不是哪一派的刊物，《詩參考》也不是
同仁刊物。」他是一代人詩歌精神和詩歌藝術的重要見證。

　　而對它的創辦者和主編的中島來說，真是十年辛苦不尋常，除了
偶爾遇到的一點贊助，都是由他獨資承辦。中島多年漂泊其實並不
富裕。當它還是一張報紙的時候，就在《亞細亞詩報》的讀者評選
中當選為九十年代十大民刊之首，今天它已被洪子誠教授寫進了他
的《當代文學史》。一位老哥善意地對中島說：「你夠本了！」中島
淡然一笑，又開始盤算起它的下一期。中島私下對我說，他會永遠將
《詩參考》辦下去，他在《詩參考》就在，就算周圍的朋友都跑光了，
他就和他的《詩參考》在一起。這話聽來有些悲壯，我相信這個行
動主義者所說的。而我對我自己，對「新世代」的兄弟們想說的是：
拿出我們不斷前行、不斷超越的心血力作，給《詩參考》，也為歷史
給予這代人的曖昧與含混做一次徹底回報與清算性的證明！

（2000）

我所理解的下半身和我

我理解對下半身的強調本質上是在強調雞巴。

不是胯，不是腿，不是腳，也不是對這半截整體的強調。

強調下半身是由於中國詩歌對雞巴的取消——甚至不是遺忘而的的確確是取消！不僅沒有下半身而且沒有上半身——中國詩歌何曾有過一個強健的胃？何曾有過一對能發出狐臭的胳肢窩？它有肚臍眼嗎？

中國詩歌不僅取消雞巴而且取消身體，或者說取消雞巴是取消身體的一個結果。中國詩歌要的是沒有身體依託的頭顱和沒有胸腔盛裝的心臟——這又是怎樣的頭顱和他媽的心臟？

建設一個有身體的寫作必須直搗雞巴，說得好聽點兒就是回到生命的根部出發——中國詩歌在這一點上需要從頭再來。

對雞巴的強調不是不要頭腦而是要雞巴在時的頭腦；對身體的強調不是不要靈魂而是要身體在時的靈魂。我這是在唱高調？我這是在苦口婆心地想讓不理解的人聽懂。

可我對尋求溝通早已心生厭倦。那些在雞巴寫作或身體寫作內部不需要說明的常識卻需要對外人說得面面俱到、四平八穩。

包括先鋒的意義，包括下半身寫作之於目前中國詩歌的先鋒性，這些都需要我們自己去一一說明，太累了！問題是這些說明會讓我們喪失銳氣和降低水平。因此我準備放棄溝通。

先鋒不需要溝通，或者說先鋒不需要自我承擔這種溝通。在中國的詩歌內部不可能再有先鋒的詩潮和運動發生時，先鋒成了個別

人的事情，先鋒必然導入或被埋葬地下或被侮辱踩躪的命運——它因置身其中的資訊時代以其天然的爭議性易被導入輿論的外在熱鬧並不能改變其命運的實質。

對此我深有體悟。多年來我沿著自己選定的道路孤身挺進，獨自深入，我的重要性來自自我抉擇和身負的才情，這種重要性並不是在九十年代詩歌的腐朽背景（海子和知識份子寫作）的映襯下顯現出來的，而是來自起初——來自先鋒詩潮主導的八十年代的那個被迫而無奈的終點。所以我的牛 B 哄哄還可以再牛 B 一些也無妨的原因在於：我因選擇了前行而比同時代那些優秀的才子們永遠重要，並且絕對可以不以詩壇的承認來作為內心的依據。

長期以來，作為社會人的那一部分的我喧鬧著，折騰著；作為詩人的我孤絕異常。先鋒成了一個備受嘲笑的詞，獨被我愛，嚥在肚裏。中國詩歌繼續著它超前消費的小資風尚，詩人們心平氣和又賊眉鼠眼地徘徊於「大師」和「經典」這兩個鳥詞之間。中年的氣味瀰漫詩壇。

這時有一個叫沈浩波的青年在南方的海邊對我大談先鋒，我彷彿一下子遭遇了十年前的我。十年來，中國的詩歌因為有我而沒有淪為土鱉一隻，我總是想不論是它抑或是我都不該這麼慘：一方面它拚命拒絕著我的自作多情；另一方面我成了一個孤獨的胖子。

和一代又一代年輕人中的天才一起幹，是我對自己人生的一項設定，也頗符合我性格與命運中的一些東西。我不是老塞尚的那付心境，他在臨死的時候對年輕人說：「我生得太早了，本來我是屬於你們這一代的。」因為我從不認為自己屬於哪一代，屬於「代」這種鳥東西。在成都，朱文對我說：「你能夠成為這一代的代言人。」我說：「我能代表誰啊？這一代都這麼乖，他們反對我還來不及呢！」

被朦朧詩和第三代的老傢伙們反對，也被我的同代人反對，所以我就被扔到下一代來了嗎？——那被稱之為「七十後」的一代

人？不，不，他們一樣地反對。我生來就是被人反對的！你看到我反對別人只不過是被人反對的結果。

我在沈浩波們身上所看到的是：有那麼幾個年輕人不甘於在「七十後」的商業符號下寫作，不甘於與「七十後」的芸芸眾生走共同富裕的道路，不甘於你好我好他也好地成為「朋友們」，不甘於在「第三代」後的美學溫室中成為無法辨認的花朵，他們拉出來然後跳出來，組建和創辦具有鮮明追求和先鋒傾向的《下半身》——對此，我不敢說我支持，就算我是他們的前輩和兄長也不敢說出這樣的鳥話，而「老詩人」的反對則永遠是屎——對此，我只能說我在尋求加入。

我知道我的寫作為我供給了與青年詩人的天然緣分，如果說我和沈浩波、南人、朵漁的師兄弟關係還不足以說明問題的話，那麼我對馬非、盛興、朱劍的現場第一發現也會足以說明一切。此種緣分，是我的財富。

就算他們目前已經創造的文本還不足以衝垮一切，但我深信中國詩歌在二十一世紀最初十年最生動、最富生命質感的風景是屬於他們的——以藝術的嚴酷法則說：屬於他們中的個別人。而我又特別地不願意在風景之外閒待。

——重提先鋒。

——讓中國的詩歌回到雞巴那兒重新開始。

這是中國詩歌在 2000 年裏遭遇的必然，正如它在 1999 年遭遇「盤峰論爭」是一種偉大的必然一樣。一場革命所帶來的悄然的變革與進化，不一定要說與人聽。

（2000）

拒絕命名的焦慮

　　1998 年我開始在《文友》雜誌上做《世紀詩典》這個欄目，在每首詩下的評點文字中涉及到第三代以降的那批詩人時，僅僅是出於言說的方便，我先用了「第三代後」這個稱謂（其實從更早的時候開始我已經在口頭上習慣於這麼叫了），後來我是越用越彆扭——就像我看到「後朦朧」這個詞替「第三代詩人」所感到過的彆扭一樣，我就想重新給出一個稍顯正式的命名，這便是後來一直沿用的「新世代」——老實說這個詞我是從臺灣偷來的，是「新生代」的一個別稱，我喜歡它是因為夾在中間的那個「世」字，我給了它以「世紀」的理解，而這代詩人從大體年齡（六十年代中期到六十年代末期出生）來判斷，他們註定將以創作的盛年來跨越世紀，也註定會在兩個世紀裏都留下自己創造的印跡。

　　因為有著如上的一個背景，因為近年以來「新世代」這個命名已在徐江、侯馬等一部分同代詩人的文論中得以沿用，所以我在得知「中間代」這個名字的時候感到十分詫異——關鍵是我不明白我也身在其中的這代人何以「中間」？七十後詩人黃禮孩說：「我個人認為，七十後詩群戲劇性地閃亮登場是快速催生『中間代』的重要原因。」——如果我理解無誤的話，他指的是「中間代」這個命名的催生而非其他。因為有了先確立的「七十後」，還有一個更先確立的「第三代」，所以我們就只好「中間」了——這不等於因為上有漢下有宋，所以唐就不該有自己的名字，而應該叫「中間」嗎？出生於 1969 年的女詩人安琪說：「為沉潛在兩代人陰影下的這一代

詩人作證」、「他們介於第三代詩人和七十後之間」——實際上也是對某種「先確立」的承認和接受。而我大不以為然的地方在於：「第三代」屬於「先確立」，可「七十後」是什麼？——它屬於詩學上的「先確立」嗎？我怎麼沒有聽說過？試想：與「九十年代詩歌」掛鈎的是哪一代詩人？「第三代」的剩餘者？「七十後」的早熟兒？那麼還有呢？我想這是一個根本不需要回答的問題。一代人在長達十年的時間裏寫出了他們應該寫出的作品之後，沒有獲得一個公有的命名，這不是挺爽的一件事嗎？

　　如果倉卒而做的命名是出於歷史可能對公共符號之外的詩人所做忽略的一種恐懼，我想那就不必了。但如果是出於這代人詩學建設的嚴肅考慮，我想那就可以從這個略顯荒誕的命名開始。上個世紀末，我和很多人曾陷落在近乎瘋狂的「世紀總結」的焦慮中，「盤峰論爭」就是一個佐證，這也是世紀末焦慮症之一種。新世紀早晨的心情則完全不同，我本人已再無興趣對任何東西心懷焦慮，包括目下可能發生的命名的焦慮。迎著晨光，每天的新詩都在那裏等你，這樣的幸福還不夠嗎？我的同代人。

（2001）

樸素抒情

——韓東〈你見過大海〉簡論

　　被譽為「中國龐德」的韓東，他在中國當代文學版圖中舉足輕重的地位，首先來自於在過去的二十年間，其在詩歌、小說、文論諸領域內具有里程碑意味的文本建樹。他在 1983 年創作的名詩〈你見過大海〉（包括以此為代表的一系列佳作），正是被稱為「第三代」風起於上個世紀八十年代的中國青年先鋒詩歌運動的成果標誌。

　　在中國國內，評論界對此詩的解讀近乎一致地集中在它可能蘊含的文化「解構」意味上——普遍認為此詩是帶有「後現代性」地針對傳統美學及詩學趣味的一種「消解」——在此，「傳統」被界定為具有中國古典的和在此詩寫作當時正風靡中國詩界的西方「現代主義」的兩個部分。在某位論者的筆下，甚至將韓東兩首名作的「解構對象」定位得十分具體：此詩針對舒婷名作〈致大海〉，〈有關大雁塔〉針對的是楊煉名作〈大雁塔〉。由此，所謂「後現代主義」與所謂「現代主義」便在評論家那裏「歷史性地」完成了「對接」。這種普遍採用的對韓東（包括以之為代表的中國「第三代詩人」）的解讀方式，或許有其存在的合理性，因為在中國日常的生活場景之中，作為傳統大眾藝術形式的相聲——它的演員在表演中都可隨口譏諷詩人為「啊！大海」——這幾乎可以概括傳統詩人在大眾心目中的具體形象。後起的「先鋒詩人」當有打破如此陳規重建詩歌精神的自覺。

　　即便如此，面對詩人寫作的複雜、微妙和隱蔽性，這種過於文化的解讀方式——不說是粗暴也顯得簡陋了，以致顯得十分荒謬和滑稽。如何能夠回到詩人寫作的內部來談論詩歌——一直是中國詩歌評論界普遍存在的最大問題。在此詩寫作前後的一段時間內，韓東曾面對中國詩界發出對「樸素」的呼喚，而在九十年代初的一篇對話錄中他又提出「第一次抒情」的理論——筆者以為，在此兩點構成的一線上才有韓東詩歌的本質：他所謂「樸素」是指回到個人感覺的真實，他所謂「抒情」指的是詩歌的本質，他就是要在這個狀態裏完成他永遠追求的「第一次」。就寫作而言，〈你見過大海〉正是「樸素抒情」的產物，所謂「解構」、「後現代性」大概只屬於韓東文化修養的範疇、屬於這一代詩人身後的文化背景——或者乾脆只屬於論家的閱讀。當革命、運動轉化為日常生活，隨著置身環境的日漸轉變，韓東詩歌「樸素抒情」的特徵也越加明顯，此為後證。

　　還必須指明的是此詩及其創作者在語言上的巨大貢獻，漢語中具有言說意味的「口語詩」——它大大豐富了漢語古典詩歌徒有吟唱意味的單調性，從而也大大加強了漢語詩歌的承載力——正是以此詩作為發軔標記的。有人將其視為語言的「純詩」，也不能算是誤讀。

　　筆者近譯美國詩人查理斯・布考斯基（Charles Bukowski），發現在布氏詩作中也有一首以非傳統的方式寫到大海的，題為〈遭遇天才〉，全詩如右：「今天我在火車上遇到了／一個天才／大約六歲／他坐在我身邊／當火車／沿著海岸疾馳／我們來到大海／他看著我／說／它不漂亮／／這是我第一次／認識到／這一點」——此詩寫於上個世紀五十年代的美國，在漢語世界中出現乃至目前，所以它不可能「影響」中國詩人韓東，而這種不謀而合正好說明東西方文化的關聯從來都不是建立在外表所謂「思潮」的「影響」上的，而是各自國家和地區的創造者在不斷深入地表達人性的探索上所達成的異曲同工——這種努力從未停止。

〔附錄〕

你見過大海

韓東

你見過大海
你想像過
大海
你想像過大海
然後見到它
就是這樣
你見過了大海
並想像過它
可你不是
一個水手
就是這樣
你想像過大海
你見過大海
也許你還喜歡大海
最多是這樣
你見過大海
你也想像過大海
你不情願
讓海水給淹死
就是這樣
人人都這樣

（1983）

＊ 韓東，中國當代著名詩人、作家。1961 年生，山東大學哲學系
　畢業。現居南京，職業作家。著有詩集《吉祥的老虎》、《爸爸
　在天上看我》，小說集《西天上》、《我們的身體》、《我的柏拉圖》，
　長篇小說《扎根》，詩文集《交叉跑動》，論文集《愛情力學》
　等。曾創辦並主編中國最早的民間文學雜誌之一《他們》，發起
　意在顛覆中國文學現行秩序的「斷裂」行為，參與《橡皮》、《他
　們》先鋒文學網站的籌建工作。

（2003）

我做故我說

　　「口語詩」這個概念在漢語詩歌的語境中頭一次富於尊嚴感和挑戰性地被提出來，是在上個世紀的八十年代，在風起雲湧的「第三代」詩歌運動中。此前，外在勉強具備這一徵候（內在追求實則南轅北轍）的作品，要麼被當作「百花齊放」的最後一朵，要麼備受歧視地被當作「歷史個案」來對待，因此我從來都拒絕用所謂「白話詩」、「民歌體」或遠溯王梵志的方式來攪這個嚴肅的局。

　　「口語詩」這一概念首次被提出的背景正是「第三代」主要詩人所帶來的第一次口語詩熱潮，它由 1982-1985 年詩人的地下寫作實踐，通過 1986 年「兩報大展」以及在此前後主流媒體對其做出的「生活流」誤讀而給予的肯定從而占得輿論的上風，1986-1988 是口語詩寫作迅速升溫終至氾濫的兩年。九十年代，「口語詩」實踐中的激進份子藉理論界盛行的「後現代熱」來和「死亡崇拜」、「歷史崇拜」所帶來的「知識份子寫作」做輿論上的對峙，1999 年爆發的「盤峰論爭」正是十年對峙所積壓的矛盾外化的一大表現。此後，以「口語詩」的實踐者們為實體的「民間寫作」再度占得輿論的上風，「口語詩」的風格特點和「口語詩人」的存在方式也十分自然地與新世紀到來後的「網路時代」相交，由此帶來了「口語詩」寫作的第二次熱潮。現在，我們正是坐在這第二次熱潮的浪尖上來談論「口語詩」的發展。

　　據說，「第三代」是在八十年代在對「朦朧詩」的反撥中來確立自己的，可是韓東在當年就曾呼喚「樸素」；據說，「後現代」是在

九十年代對「前現代」的解構中來確立自己的，可是我在當年就曾強調「人話」——這麼表述我是試圖打破人們一談及「口語詩」時那種不走腦子的「後置」思維，似乎永遠是先有什麼然後我們針對什麼才做了什麼似的。今天我們所談論的這個範疇內的「口語詩」從來就不是一種僅僅應用於寫作的策略，而是抱負、是精神、是文化、是身體、是靈魂和一條深入逼近人性的寬廣之路，是最富隱秘意味和無限生機的語言，是前進中的詩歌本身，是不斷挑戰自身的創造。整整二十年來，漢語中的「口語詩」走過了自發軔到漸趨成熟的過程：前期的帶有歐化譯體特徵的拿腔拿調的敘述已經走入後期的氣血迸發脫口而出的爽利表達；前期的以文化觀念來解構文化觀念的笨拙解說已經走入後期置身於生活與生命原生現場的自由自在；前期的日常主義已經走入後期的高峰體驗；前期語境封閉中的軟語和諧已經走入到後期詩風大開中的金屬混響——漢語詩歌也正是由此獲得了一個強健的「胃」，由「口語」的材料鑄成的一個嶄新器官，它的消化功能開始變得如此強勁：一條由「口語」原聲現場出發，增強個體的「母語」意識，通過啟動「母語」的方式而將民族記憶中的光榮拉入到現代語境之中，從而全面復興漢詩的道路——已經不是說說而已的事，它已在某些詩人的腳下清晰地延伸向前。這是一條偉大之路，它由所謂「口語詩人」踏出出自藝術規律的必然。

　　我曾發問：既然我們「口語」老被「另」出來談，那麼「非口語」又是什麼形態的語言？書面語嗎？那好，如果一個人的寫作是無視並且迴避語言的原聲現場，我至少可以說這是一種抱負低下的寫作吧。理論上辯不清的反對派通常會拎出幾個門都沒摸著的文學青年的淺陋習作來作為對「口語詩」的攻擊，此種方式堪稱下流。最終的結論貌似「霸道」但現實卻明擺在這裏：也只是在平庸的輿論和生態環境中，「口語詩」才與其他的什麼「多元並存」。

（2004）

第五編
論爭篇

世紀末：詩人為何要打仗

關於「導火索」的問題

　　現在我手邊放著兩本書：一本叫《1998 中國新詩年鑒》（以下簡稱《年鑒》），楊克主編，花城出版社出版；一本叫《歲月的遺照》（係洪子誠、李慶西主編《九十年代文學書系》之詩歌卷），程光煒編選，北京社會科學文獻出版社出版。

　　在剛剛過去的「盤峰會議」上，正是這兩本書被論爭雙方反覆提及、相互攻擊，構成此次會議的兩個刺目的焦點。會後，《中國青年報》在一篇題為〈十幾年沒「打仗」詩人憋不住了〉的引人關注的報導中，稱其中的一本（即《1998 中國新詩年鑒》）為此次「盤峰論劍」（陳超語）的「導火索」。採寫這篇報導的該報記者田湧並未到會，他的根據大概是對某些（大概主要是在京的）與會者的採訪吧？那麼，事實的真相究竟如何？

　　先說《歲月的遺照》。在這本厚達 513 頁的詩選中，共選入張曙光等五十五位詩人的詩作，入選詩作最多者依次為張曙光、王家新、翟永明、西川、臧棣五人，均為十首（含長詩、組詩）。引人注目的是于堅、韓東作為「另類」的代表，作為一種明顯的點綴只入選區區兩首小詩（而且根本不是這二人的代表作），而在九十年代仍保持創作活力的北島、嚴力、多多、舒婷、王小妮、小安、楊黎、莫非、默默、梁曉明、何小竹等均未入選，而真正崛起並活躍

247

於九十年代的伊沙、阿堅、侯馬、徐江、余怒、賈薇、秦巴子、楊鍵等均告落選。編選者程光煒在該書導言〈不知所終的旅行〉中，對自己的取捨標準和詩學趣味未加絲毫掩飾：「但我『非非』式的，或者說準八十年代式的詩學趣味，一夕之間完全變了。1991 年夏，詩人陳東東從上海寄來《傾向》第 3 期……」「《傾向》的〈編者前記〉暗示的，正是九十年代詩歌所懷抱的兩個偉大詩學抱負：秩序與責任。在八十年代的朦朧詩、第三代詩那裏，對此要麼做了錯誤的理解，要麼給弄顛倒了。」「《傾向》以及後來更名的《南方詩志》對《今天》、《他們》、《非非》藝術權威的取代，不是一般意義的一個詩歌思潮對另一詩歌思潮的頂替，它們之間不是連續性的時間和歷史的關係，而是福柯所言那種『非連續性的歷史關係』，它們是兩種不同文化背景下的『知識型構』。」「在我看來，這個同仁雜誌成了『秩序與責任』的象徵，正像彼得堡之於俄羅斯文化精神，海德格爾、雅斯貝爾斯之於二戰後德國知識界普遍的沮喪、混亂一樣，它無疑成了一盞照亮泥濘的中國詩歌的明燈。」既《傾向》的「明燈」照耀，那麼黑暗的《今天》詩人北島、嚴力、多多們的不選便成為理由，黑暗的《非非》詩人楊黎、何小竹、小安們的不選也便成為理由，那麼，同樣黑暗的《他們》詩人于堅、韓東、朱文們幹麼要選呢？乾脆「趕盡殺絕」豈不更光明嗎？

再論《1998 中國新詩年鑒》，在這本同樣厚達 520 頁的詩選中，共選入魯羊等九十七位詩人的詩作和沈奇等十四位評論家的十三篇評論，入選詩作最多者為北島，十一首（不含長詩、組詩）。自稱為「知識份子寫作」、「中年寫作」的《傾向》詩人的主要代表西川、王家新、歐陽江河、蕭開愚、臧棣、西渡等人均告入選，並在六卷詩作中專占一卷（第 3 卷），也被「知識份子寫作」認作其代表人物的柏樺、翟永明、張棗、桑克等也在其他卷中出現。總結該書，如果談到缺憾的話，那麼最大的缺憾當屬嚴力（並非《傾向》

詩人）的遺漏（楊克來信告訴我是非藝術原因），其次便是余怒（也非《傾向》詩人）的落選，但據我所知，是在北京時余怒當面告訴我的，說《年鑑》主編楊克已寫信向他致歉並約了下一年的稿子。在〈不知所終的旅行〉中，程光煒寫道：「我選擇張曙光作為第一個批評對象的理由很簡單，我能與他進行直接和開誠佈公的對話。」其實他是在為把張曙光列為頭條尋找藉口（一個多麼拙劣的藉口！既貶低了張曙光也貶低了他本人的質量）。而在《年鑑》中，魯羊被列為頭條，被編在第一卷中的詩人依次為魯羊、伊沙、朱文、阿堅、黎明鵬、北村、徐江、張執潔、唐丹鴻、朱朱、侯馬、桑克、紀少飛、魯西西、江城、非亞、楊鍵等，主編楊克在〈《中國新詩年鑑》98 工作手記〉中寫道：「第一卷所呈現的是九十年代『進入』詩壇的實力詩人方陣。」據楊克介紹說，作為編委之一的韓東堅持一定要這麼做，態度十分決絕，他說寧肯自己的詩不發也要推這批「新人」。韓東的做法令我等小輩為之動容。什麼叫大將風度和人格魅力？這令我想起《傾向》詩人竭力推崇的龐德，這些「知識份子」懂什麼龐德？！楊克寫道：「我們首先想到要為這個急劇變化的時代留存下有價值的文本，它們是中國新詩八十年來有歷史延續意義的部分，是中國當代詩歌的真正精髓。」「我一直相信真正的藝術必須具有原創性，生存之外無詩。漢語詩歌的資源，最根本的還是『中國經驗』，是當下日常具體的生活。」「這是一部不同於官方機構編纂的年鑑，不是誰有名就選誰的，方方面面都照顧到的那種四平八穩的選本。它更多是代表民間的，體現的是我們看詩的方法。詩歌寫作不能成為知識的附庸，並非能夠納入西方價值體系的就是好詩。詩應是可以獨立呈現的，直指人的內心的，也是訴諸於每個讀者藝術直覺的。韓東概括說：『詩歌在民間，真正的詩人在民間，真正的詩歌變革在民間……』大家一致認定：藝術是詩歌的生命，也是這部年鑑惟一的編選標準。當然，作為『年鑑』，它也

要『多元化』地適度表現這一年度不同的詩人在寫什麼。但最關鍵的，是必須關注詩歌新的生長點，不能編來選去都非常無聊地總是那麼三幾個人。今後的年鑒都應給新湧現的詩人以應有的位置。」

兩部關於中國當代詩歌的選集在不同的時間出版了，等待它們的命運也不盡相同。前者的版權頁上雖標明印數一萬，但在各地書店中都極難見到。而後者卻在近年詩集發售的頹勢中創造了一個不小的奇蹟，主渠道、二渠道齊發，出版數月約兩萬冊書已全部批發到位，出版人楊茂東已決定加印，投資迅速回收已為來年《年鑒》的出版創造了一個良性循環。《年鑒》是第一本成功打入二渠道發售的當代詩歌選集，出版人陳子寒推出伊沙詩集《野種之歌》是個人詩集的第一本，詩集在今春的圖書市場上有了回暖的跡象。前者出版後在第一時間即受到各方抨擊，《北京青年報》在其「一句話書評」中是這麼寫的：「沒有選入伊沙的詩成為這部詩選的遺憾。」接著，沈浩波〈誰在拿九十年代開涮〉、徐江〈烏煙瘴氣詩壇子〉、沈奇〈秋後算帳〉、于堅〈穿越漢語的詩歌之光〉等文章對該書進行了激烈批評。後者的出版，則引起《南方週末》、《羊城晚報》、《中國圖書商報》等眾多媒體的熱烈反響……

還是那個問題：誰是「導火索」？程光煒在會上說：「我有編選的自由。」我當面回答他說：「讀者和詩人都有評說你編選好壞的自由。」其實根本就不是這個問題，真正的問題是：一本《傾向》詩選──準確點說是《傾向》擴大詩選，編成什麼樣子也許壓根兒就無人關心，但你不要「盜用『九十年代詩歌』的名義」（于堅語）！與此同時，《他們》在走完它十年的歷程時，由小海、楊克編了一部詩選──名字就叫〈《他們》十年詩選〉（灕江出版社，初版售光，已再版）。在會上程光煒等「知識份子」口口聲聲「科學精神」，那麼誰才是它真正的體現者？

在會上程光煒為自己辯護時說：「詩集編得很隨意。」令人感到大不以為然，我在會上有一個問題但沒有來得及問他：為什麼要

在《遺照》中選入曹禺？顯然，作為劇作家的曹禺既不屬於《傾向》，也不屬於「知識份子寫作」和「中年寫作」，更不屬於「九十年代詩歌」，是不是有點「隨意」得太離譜了呢？

也許還需補充的一點是：《年鑒》的出版時間是 1999 年 2 月，《遺照》的出版時間是 1998 年 2 月——請大家參見兩收的版權頁。

還是那個問題：究竟誰是「導火索」？

關於「誰先發難」的問題

還是那篇《中國青年報》的報導稱：「在會上，民間寫作詩人首先發難。」

「民間寫作詩人」是「盤峰會議」的一位主持人根據《年鑒》宗旨「藝術上我們秉承：真正的永恆的民間立場」而得出的與自稱「知識份子」者立場相對的一批詩人的指稱。

那麼，這些「民間寫作詩人」究竟是如何「首先發難」的？這是不是事實？令人痛惜的是，負責錄音的某報記者由於技術上的原因而使這次會議的原聲沒有得以保存下來，否則的話，民刊《詩參考》主編中島將會把它一字不落地整理出來並一字不落地公之於眾——這一定是讓許多與會者感到心驚肉跳的舉動，可惜已無法實施。而文字紀錄濾掉的東西實在是太多了！拍案而起看不到了，摔門而去看不到了，老羞成怒看不到了，氣急敗壞看不到了，怒目相向看不到了，舌戰群儒看不到了，群起而攻看不到了，文字紀錄只會留下幾條乾巴巴的觀點，而我在會上就已說過：「詩人開會，不是比拚觀點的；而是展覽性情的。」性情的真偽讓人見出詩人的真偽……

作為與會者，我感到自己有責任為大家描摹出本次論爭的基本脈絡，我以詩人的人格擔保它的客觀性和公正性，同時我也深知我無法提供偽證，因為歷史的見證者不止我一個。

4月16日下午兩點，會議開始。

主持人吳思敬做了一個簡短的開場白。

楊克發言。大談《年鑒》的銷售業績，在鄭州書市上的良好走勢。談得過於具體（像個商人？），態度也不夠謙虛，有得意洋洋之嫌，引起了「知識份子」們的不滿情緒。

程光煒發言。老實講，這次會議將開成什麼樣子，能否吵得起來或吵到什麼程度，程光煒的態度將會起到舉足輕重的作用，原因不言而喻。程的態度並沒有想像的激烈，只是紅著臉為自己辯護，為《歲月的遺照》辯護。

伊沙插話。就程光煒攻擊沈浩波〈誰在拿九十年代開涮〉（原文刊於《文友》1999年1月號）「罵人」、「人身攻擊」之詞，我以責編身份談了不同的看法。

西川發言。談笑風生，很超然。從表面上看，西川在此次會議上是中立者，至少他想讓「民間寫作詩人」覺得他中立。

陳超發言。講了一則老生常談的寓言：一個林子裏不能種一樣的樹，不然就會得病，老虎如何、羚羊如何，不要相互指責。後來又掏出小本，就「烏托邦寫作」、「寄生性寫作」、「集體寫作」、「運動性寫作」等幾個概念有針對性地談了自己的看法。其針對性所指明眼人一望便知。

徐江發言。全場第一次有了笑聲。說其妻怕其好逗口舌之利而遭打，他說不會的，因為對方都是「知識份子」。徐江說這次開會他帶來了兩句口號：「向知識份子學習！向中年寫作致敬！」全場爆笑。徐江進而指責「知識份子寫作」是「當街手淫」，是「買辦主義詩人」寫的「國內流亡詩」。他的後一句話激起了下一位發言者。

王家新發言。口口聲聲「本來不想發言，不想開這個會」的王家新是開著私車來的，並運來了一萬多字的發言稿。他發言的題目叫〈知識份子寫作何罪之有〉。文章的主要線索是圍繞于堅為《年

鑒》所撰的序言〈穿越漢語的詩歌之光〉進行反擊。令全場瞠目結舌而哭笑不得的不是王家新的觀點而是他的語言,在其詩和隨筆中滿紙唯美意象、文化掌故和大師引言的王家新,在他的批判(不是批評)文章及現場發言中竟然使用了恍若隔世的「文革」話語:諸如「何罪之有」、「你們這是在搞運動」、「誰也沒有搞住誰」,間或,還令人啼笑皆非地甩出「知識份子」原本十分不屑的市井幫會語言:「二十年後,咱們走著瞧!」王家新還對在《南方週末》上發表的〈內在的詩歌真相〉一文的青年評論家謝有順「缺席審判」,他竟然非常低級地把「謝有順,一個從來沒有聽說過的人」做了謝有順的「罪證」。王家新開始發言時,于堅憤而退場以示抗議,中間回來發現王的發言仍在繼續便再度告退。所以,王家新對于堅實施的也是「缺席審判」。王家新,本次會議上情緒最為激動的人把論爭雙方完全帶入了「打仗」的氛圍。

4月17日上午,會議繼續進行。

謝冕主持並首先發言。想起了二十年前的「南寧會議」,現在的爭論是在詩歌內部的爭論,這是歷史性的進步。交流就是目的,理解高於一切,依然不試圖得出結論。

于堅發言。這是真正的詩人的發言,語言的魅力發揮到了極致。如果我們不把這一切看作「打仗」,而僅僅如我所願視其為展覽性情、揮灑語言的話,那麼于堅就該獲得本次會議的「最佳表現獎」。有鑒於唐曉渡在他發言時攻擊于堅的發言為「表演」,我和徐江在飯桌上決定授予于堅「人民藝術家」的光榮稱號。真的,他給全場(那幾個「知識份子」除外)帶來了莫大的快樂,你能想像一個詩人在一次研討會上的發言所博得的讓人前仰後合的藝術效果嗎?于堅的發言並未把對王家新的反擊作為線索,顯得大氣磅礴,他即興隨筆式地談著自己的狀況、遭遇和對詩的看法:「在雲南,我悲天憫人啊!替你們著急啊!」「在鹿特丹,一個美國詩人問我

為什麼不學英語，我臉都氣腫了！」「上帝說有光，於是就有光。
太初有道，莊子乘鶴西去。」現場發言的于堅和文本的于堅完全是
一致的：幽默、智慧、揮灑自如。于堅的霸氣由於天然地與他的性
情結合在一起（他懂得自嘲），所以表現得煞是可愛。所以，我更
加不懂為什麼在于堅發言時，唐曉渡會始終陰沉著臉。

臧棣發言。臧棣在這次會議上始終繞不過去的問題是：他不明
白為什麼徐江會罵他傻（在〈烏煙瘴氣詩壇子〉一文中）。他兩度
非常納悶地說：「我又沒得罪你！」他的邏輯是：我選了你的詩，
你為什麼還要罵我？總是在細枝末節上打轉嚴重影響了臧棣總體
上的發揮，本來如我等都很想一睹這位北大博士舌戰的風采。

伊沙發言。我談了這次來開會的感受：「我喜歡的人沒有辜負
我的喜歡，我不喜歡的人也沒有辜負我的不喜歡。」我談了自己十
年來的寫作經歷：「廣泛地受爭議成了我個人成就感的一部分。」
「相對而言，我是較有讀者，但我也是被誤讀最深的一個人。」「我
尊重閱讀，哪怕是誤讀。」也許是因為有關懷我的前輩謝冕、吳思
敬在場，有我的老師任洪淵在場，有推助我的兄長沈奇、陳仲義、
于堅、小海在場，有我兄弟般的朋友徐江、侯馬在場，在內心深處
我還是不願意把這次會議完全視作「打仗」，我談得很真誠、很實
在。沈奇在會下評論說：「一個最不講學理的人講起了學理。」

孫文波發言。該兄口拙，發言內容幾乎聽不清楚。

車前子發言。他主要是對「知識份子寫作」這一提法提出異議。
其實車前子在飯桌上面對一條魚時的感歎更形象地說明了他的立
場和觀點，這位蘇州詩人（現居北京）說一條魚怎麼能做得這麼沒
有味道呢？像「知識份子寫作」。

西渡發言。主要針對徐江在頭一天的發言和徐江在《文友》上
所列「詩集推薦榜」。我知道他們是朋友，所以這叫朝朋友「兩肋
插刀」。徐江、西渡、戈麥、桑克四人曾在九十年代初共組《斜線》，

有過一段同甘苦共患難的經歷。「盤峰會議」後，遠在哈爾濱的桑克以一個實際行動表明了自己的立場，在會外站好了隊。這叫什麼呢？「生命誠可貴／友情價更高／若為打仗故／二者皆可拋。」

沈奇發言。他意味深長地說：「有必要提醒大家：人群之外還有一個人群，房子之外還有一所房子。」但沉浸於「打仗」氛圍中的詩人們未必能理解他的真意。

侯馬發言。真誠地回顧了自己十年來的寫作歷程，力主詩歌要爭取各行業優秀心靈的共鳴。對王家新發言中涉及到的諸如謝有順的資格等諸問題提出了批評。

王家新插話。承認自己頭天的發言情緒激動，在某些提法上有不妥之處。

4月17日下午，會議繼續進行。

《北京文學》副主編興安主持。

唐曉渡發言。唐曉渡的發言與他九十年代以來為數不多的幾篇文章中的觀點一致，但與想像中他本來應該扮演的角色則大為不同，而且相當激動。唐說：「謝有順扮演一種揭穿真相的角色，這個玩笑開得比較大了。謝的文章顯然是被操縱的，人人心裏都有一口惡氣……權力社會下，人人心裏都有一口惡氣，也就人人心裏都有一種皇帝，我們自己是否也存在著意識形態批評呢？打著民間立場的道統，詩歌的目的是消解權力，對自己過分地張揚，對其他的排斥，當龍頭老大……」他從對「民間立場」的批評開始，就「詩人和批評家的關係」（針對于堅上午發言）問題，就「知識份子寫作」問題談了他的看法。因在發言中說出了他與于堅交往中的隱私性事件而使會場的氣氛陷入了空前的尷尬之中。

伊沙發言。我之所以要再度發言，是國為在聽唐曉渡的發言時有一種不得不說的衝動，因為這位「老江湖」說出的東西並不真實。我的反駁分以下幾個方面展開：

1. 操作——「在今天，各行各業的操作都屬光明正大的行為，操作不等於陰謀。相反，以隱喻為最大特徵的『知識份子寫作』倒是天然地與陰謀結緣，修辭的陰謀，可以四面討好，文字表面的清潔，很容易在某些主流刊物上流通。」

2. 誰壓制誰——「九十年代以來，『知識份子寫作』對其異己的壓制從來都是戴著學術面具進行的，到《歲月的遺照》開始變得明目張膽。」

3. 知識份子寫作——「所謂『知識份子寫作』讓我想起了『女性文學』的提出，我對『女性文學』的感受同樣適用於『知識份子寫作』：作為男人，我平時很少想起也根本不用強調自己褲襠裏究竟長了什麼東西。」

4. 中年寫作——「為自己可能出現的生命力陽痿提前做好的命名。金斯堡從來不說什麼『中年寫作』、『晚年寫作』，只要能操得動詩就能寫得出來。」

5. 隱私——「這超過了〈絕對隱私〉，你犯規了！」

4 月 18 日上午。

吳思敬主持。

持中立觀點和徹底迴避了交鋒話題的與會者發言：任洪淵、小海、張清華、劉福春、陳仲義、林莽等。

楊克發言。想替屢遭「缺席審判」的謝有順做個辯護，遭到臧棣、王家新、程光煒圍攻。其間，西渡、臧棣、程光煒還向沈奇發難。因為他們「人人心裏都有一口惡氣」（唐曉渡語）。

吳思敬做總結發言。讓人覺得在座的都還是人，這種遊戲也還是有意義的。

會議在午飯後結束。「知識份子寫作」一行七人（西川於 16 日晚早退）分乘王家新、孫文波的兩輛私車回京，「民間立場寫作」詩人則和來時一樣與其他與會者、組織者一道乘會議專用的大巴返回……

　　當天晚上，「民間立場」和阿堅、莫非、王一川、殷龍龍、江熙等在京詩人、評論家應邀到北師大參加了一個大型的詩歌朗誦會，據傳「知識份子」則去了其中一位的家⋯⋯

「盤峰論劍」的大背景

　　被陳超稱作「盤峰論劍」的這次由北京作家協會、《北京文學》編輯部、《詩探索》編輯部、當代文學研究會、中國社會科學院文學研究所等單位聯合舉辦的「世紀之交中國詩歌創作態勢與理論建設研討會」在二十世紀最後一年的春天於北京平谷縣盤峰賓館舉行。

　　這次會議的召開絕不是偶然的。據林莽介紹：此會在會前已被傳聞成「北伐」和「鴻門宴」，何謂「北伐」？何謂「鴻門宴」？「民間立場」大都居於外省，而「知識份子」大都住在北京，故有如此兩說。

　　《中國青年報》的那篇報導評論說：「此次爭論的激烈和白熱化程度近十幾年詩壇罕見，可稱自朦朧詩創作討論以來，中國詩壇關於詩歌發展方向的一次最大的爭論。」

　　僅僅是一本書（《歲月的遺照》）引出了另一本書（《1998 中國新詩年鑒》）和幾篇批評（〈誰在拿九十年代開涮〉）就引出了這麼大的一次爭論嗎？弄得十幾號人在會上唾沫橫飛，情緒激動，連揭隱私的不道德事都幹出來了？都是成年人幹的，事情哪有那麼簡單？這裏有一個相當複雜的背景。

　　以北島為首的朦朧詩和以于堅、韓東為首的「第三代詩」橫貫了中國現代詩的八十年代——程光煒稱之為「胡鬧的」，而我稱之為「偉大的」八十年代。需要說明的是：美學上「第三代詩」的鮮明標誌是《他們》（于堅、韓東、丁當等）、《非非》（楊黎、小安、何小竹等）、《海上》（王小龍、藍色、默默等）、《莽漢》（李亞偉、胡冬等）。社會學意義的「第三代」才包括後來組成《傾向》的那

批人。也就是,《傾向》在八十年代是無所作為的,因為缺少藝術上的革命性,所以,他們才要抓住九十年代不放。

那一年海子的死和「歷史強行侵入」(西川語)為他們提供了千載難逢的契機,海子形式滯後的詩歌藉海子之死的輿論打通了他們的美學之路;文學表面的清潔,混沌的「詩言志」所傳遞出的仿杜甫式的道德感、責任感和使命感,又輕易討得「龐然大物」(于堅語)的放行甚至庇護;而隱喻設置的修辭的陰謀,使糊塗的西方漢學界真的以為他們敢於面對中國的現實。以接受「朦朧詩學」為習慣的漢學家們很容易接受《傾向》的詩學,因為儘管中間相隔了十多年,其實並無變化,從創作的實踐結果來檢驗,後者明顯地等而下之。另一方面,我們也必須承認,八十年代後半段獨領風騷的「第三代」詩已經風流雲散,美學上的準備不夠、流派(集體)寫作中養成的性喜喧嘩的習慣、比書齋詩人更旺盛的生命力滋生出的對其他行業其他領域的擴張欲,使得他們中的大部分人在九十年代到來的時候選擇了「下崗再就業」。倖存者的東西又很難「浮出海面」。在這種情況下,《傾向》這支「逆流」以「知識份子寫作」、「中年寫作」為旗一躍而為詩壇「主流」。

以我來說,真正的寫作開始於九十年代,我尊重詩壇現存的格局劃分,承認他們作為「主流」的存在,儘管我非常蔑視「它們之間不是連續性的時間和歷史的關係」(程光煒語)這樣的肉麻說法,這叫討了便宜還賣乖。我當然清楚我完全自覺的寫作,「這種以顛覆和拆卸為主旨的寫作,只能是以具備拆卸對象為前提的寫作。對於一個時代而言,它也只能是一個支脈,而無法成為主流」(燎原語)。其實早在燎原說這番話的七年前,我已在文章中寫過:「在『主流』之外寫作。」我不是「後現代」嗎?「後現代」怎麼可能成為中國詩壇的「主流」?在一個追風趕浪、日新月異的時代結束之後,在一個藝術上充滿偉大變革的時代結束之後,傳統居於「主流」的現象是正常的,尤

其是在這個太古老的國家。但事情根本沒那麼簡單，我不斷聽到有人說：「他們想滅你！」「XXX對你似有忌憚！」然後我便不斷看到「人欲滅我」的事實，真是我欲圖安靜而不由己啊！多年以來咱甘居一條「支流」犯著誰了？那些自認為能夠「指點方向」和「引導詩人」、「提供秩序或尺度」、舉著「明燈」的「當家人」，中國詩歌多我這麼一條「支流」難道不是好事嗎？不管怎麼說也豐富了你們家的「水系」吧？

可見小鬼難當家。當我在「盤峰會議」上見著這幫人的時候，真是感覺好極了：那麼多心中有愧或者有鬼的中年男人在向我解釋什麼、說明什麼、暗示什麼、爭取什麼。王家新在發言中說我的詩也是「知識份子寫作」，真令我哭笑不得！我當然不會覺得唐曉渡、陳超這些「權威」欠了我個人什麼，他們在九十年代的遲鈍與倦怠是有目共睹的，我聽說唐曉渡下成都，「第三代」竟然奔相走告，那也算種瓜得瓜。九十年代，在與「知識份子」的同行中，你們又種了幾粒豆子？程光煒、臧棣，俺跟你倆有話：俺也在學院教書，身為講師和學士，俺從來都很尊重教授和博士，尤其是名牌學校的，以往之事俺不深究，以後幹事（只要是衝俺來的），請你們幹在當面，文章可以明著寫、話可以公開講，事不要背地裏做。俺實在是不喜歡你們那種「知識份子」的小猥瑣。

他們是逼著我非得說出中國詩歌在九十年代的真相——唐曉渡怕「真相」一詞，我在會上告訴他說：「所謂真相就是真正的創作態勢。」

《今天》的兩位最大的倖存者嚴力和多多，像青年詩人那樣勤奮寫作，二十年如一日，詩藝上的「傑出匠人」。

「第三代詩歌」的集大成者于堅、「後朦朧詩」的集大成者（也是惟一的真正的個人的知識份子寫作者）西川，已在文化的意義上略現「大師」的徵候。

表現優異的女詩人王小妮，「知識份子」力捧的翟永明與她的境遇形成反差，而她的作品與翟永明形成了另一種反差。

　　韓東、楊黎、孟浪、呂德安、小安、默默、邵春光、何小竹、柏樺、楊克、車前子、莫非、梁曉明、柯平、小海等八十年代的詩人於無聲處繼續前進。

　　而真正崛起於九十年代的詩人的傑出表現才是真正的詩在九十年代的「新的生長點」：以伊沙、阿堅、侯馬、徐江、賈薇、岩鷹、朱文、蕭沉、楊鍵、杜馬蘭、宋曉賢、唐欣、劉亞麗、張志、歐寧等為代表的「後口語詩」是真正的「時代的詩歌」，他們生動而有力的作品使中國的詩人無愧於二十世紀的最後十年，他們中的傑出詩人已提前進入了二十一世紀，代表了新人類的聲音。而以余怒、秦巴子、李岩、葉舟、南嫫等為代表的「後意象詩」則以直面現實與人生的姿態，使意象的營建更趨於複雜而又透明的中國質感。「七十年代以後出生的詩人」：馬非（1971）、宋烈毅（1973）、沈浩波（1976）、盛興（1978）……他們與「知識份子寫作」中的小孩子相比，都沒有天生一張書生的老臉……以上三支力量是中國詩歌在二十一世紀最初十年的生力軍！這毫無疑問。

　　我們在這一年裏回首即將逝去的九十年代，發現「知識份子」連做主流都是偽（萎）的，是一種聲勢上的假象（太可笑了！「知識份子」自吹自擂或相互吹捧的文論與隨筆比他們的作品要多）！他們自稱的「知識份子寫作」，實質上不過是一種「泛學院化寫作」。如果一個國家遍地都是「學院化寫作」，你就可以推想這個國家的詩歌已經「面」到什麼程度。「盤峰會議」真有意義，那麼它真正的意義是：以「知識份子」為鏡，照出了真正的詩歌一族；以「中年寫作」為鏡，照出了新人類的寫作一族！唉！回想起來那多少透著無聊的兩日也算「崢嶸歲月」，在「知識份子」的包圍中，我們恣意玩耍著親近的語言，在這方面我們都是高手和專家──因為我們是真的詩人！

（1999）

兩本年鑑的背後

　　我不知道唐曉渡編選的《1998 現代漢詩年鑑》（中國文聯版）如果早一點出來的話，那麼在 4 月的「盤峰會議」上會不會起到給怒不可遏的所謂「民間立場詩人」敗火消氣的作用。現在，它姍姍來遲。作為這一年中出現的第二種《年鑑》（據說臧棣還編選了第三種《年鑑》）擺在我們面前。它是公正的嗎（這是首先也必然會遭遇到的問題）？這要看與誰比和如何看。如果和程光煒編選《歲月的遺照》（「盤峰論爭」導火索）相比，那麼任何人所編的任何一種選本都可能是公正的。考慮到唐曉渡的美學胃口在九十年代已經定型，這位自我感覺中的「江湖老大」統領詩壇的戰略也早已全面轉移：不再如八十年代那般四面討好、八面玲瓏。所以，我認為老唐在態度上仍然是認真的、嚴肅的。但我仍要說，這位在八十年代曾編選過《中國當代實驗詩選》、《燈芯絨幸福的舞蹈》等多部經典詩集的編選家的這部《年鑑》編得平庸至極，毫無個性，一如作為詩評家的他在整個九十年代的平庸表現，把已有定評與公論的幾個詩人食指、芒克、海子、翟永明等再祖論性地說一遍，委身於平庸詩歌的大本營──那自稱「知識份子寫作」和「中年寫作」的泛學院化的一夥人，對九十年代真正的新創作與新詩人視而不見，裝聾作啞。這是詩評家與編選家的唐曉渡毫無貢獻的九十年代，一部平庸的《年鑑》為他作結。

　　楊克主編的《1998 中國新詩年鑑》（花城版）在大家的印象中已經不算是一本新書，這本在近年詩集發行的頹勢中創造了商業奇

蹟的《年鑑》，已讓大家感到眼熱。與唐曉渡《年鑑》的「精緻」相比，它多少顯得有點粗糙，也多少留下了一些因匆忙編定而留下的倉卒的印跡。但它所展示的生機與活力，它的出版所表現出的對於前進中的中國詩歌的必要性與重要性，卻是大鍋飯人人一碗（誰可以盛飯、誰不可以盛飯也小有心機）的唐氏《年鑑》所無法比擬的。本世紀最後一年誕生於中國南方的這本詩集，由並非「老編家」的詩人擔任主編，民營出版人投資出版，重點推出並充分展示九十年代崛起的新詩人為其最大特徵，它自由廣場式的編選方式為群體之外的個人，為「另類」與「異數」的出場帶來了無窮的可能性，這才是真正替中國詩歌的發展與前行著想的做法。

對於一個國家的詩歌而言，多出一些詩集，甚至多出幾本《年鑑》，當然不是壞事，在詩集出版難的今天，詩人們為之歡呼雀躍還來不及呢！我希望唐氏《年鑑》與楊克《年鑑》共存，臧棣《年鑑》能早點出來，甚至楊匡漢的老《年鑑》、呂進、毛翰的那本破《年鑑》也可以繼續出。但有人並不這麼想，一個多月以前，我置身於「盤峰會議」的飛沫四濺中，當時的許多情景仍歷歷在目；唐曉渡憤怒的面容，語氣決絕霸道至極：「誰賦予你的權力？」「一本外省編的詩選。」他難道就真的不想自己是由誰賦予的權力來做一本首都編的詩選？一位持中立態度的與會者目睹此景頗為心寒，他在會下對我說：「我還是不發言了，他們連第二種聲音都聽不下去，還能容忍我這第三種聲音？」會議最後一天的上午，氣急敗壞的「知識份子」上演了最後一幕醜劇：臧棣、程光煒、王家新三人對楊克展開圍攻之勢，多次蠻橫地打斷楊克的發言，僅僅因為他是《1998中國新詩年鑑》的主編並為其朋友、〈漢語詩歌的真相〉一文作者謝有順辯護。

在「盤峰會議」上，唐曉渡在其發言中稱「詩人與評論家應該是一種對話關係」。此話真是不錯。我想當然也應該包括詩人與詩

人之間的關係，這部分詩人與那部分詩人之間的關係，甚至，因為作者（詩人、評論家）之間的關係，兩部《年鑒》之間也應該是一種對話關係。

（1999）

究竟誰瘋了？

　　作為「盤峰詩會」的參加者，我清楚地記得在那個會上有一位非常超脫的人。這個人在會上的發言中談笑風生還頗懂幽默，在會下曾來我和侯馬的房間與我、徐江、侯馬、于堅做過一個中午的交流。此人在「盤峰詩會」第一天的晚上神秘地消失，據我所知是趕另一場「學術會議」去了。當天的會議休止於王家新紅衛兵式的咆哮（孫文波在文章中說他不記得有人咆哮）：知識份子寫作何罪之有？！那個當晚消失的人沒有機會看到第二天于堅的發言、我的發言以及我對唐曉渡的反詰。於是他想當然地以為就那樣兒啦，「知識份子」們已經搞定了一切，儘管自稱有「五條路線鬥爭」加身，他也照樣，可以玩把超脫。開會回來跟友人秦巴子說起此人的表現，善良的詩人稱之為「大師風度」。

　　直到有一天我們讀到了今年 7 月號的《北京文學》，上面有一篇「西川」的署名文章〈思考比謾罵更重要〉。讀罷我不敢相信該文的作者就是我在會上遇到的那個超脫的人，就是我認識已久的詩人西川。王家新在他的一篇文章說：「于堅瘋了！」我想他是腦子發熱說錯了人，請看這一個——在「盤峰詩會」至今雙方的論爭文章中我還從未讀到過如此嚴重的瘋言瘋語：

　　　　——「說到底『民間』立場並不存在。與其說有個『民間立場』，還不如說有個『黑社會立場』，而詩歌黑社會立場中的頭一條原則就是利益均沾……」

——「我真不願意點到他們的名字，因為我這是幫他們出名。如果他們對我不心存感激，我會在將來把這篇小文章收入我某本小冊子時刪掉他們的名字，讓他們少一個出名的機會。」

西川兩口咬住了自個兒的舌頭，在上引兩段文字中他確如自己指責別人的那樣「恨不能多丟點醜」。西川把我等認定為「詩歌黑社會」，那他把他自己——把他們那幫「知識份子」當成什麼了？詩歌政權嗎？嗚呼！西川還教會我關於「出名策略」的新知識，就是說藉他也可以使我出名，就是說在今天還可以藉一個詩人出名，本來我以為只有藉劉歡這樣的歌星才能出點名呢！但既然他這麼說了，說得又是那麼真誠（一點都不幽默調侃），我想這一定來自他寶貴的人生經驗。唉！一個藉亡靈出名的如今已有了多麼好的成全別人出名的名人感覺啊！

正像在「盤峰詩會」上陳超抖露了于堅早年致他的一封信，唐曉渡抖露了「張家港詩會」前他和于堅的一次通話（電話），西川雖然「超脫」亦不能免俗，他拿出我早年給他的書信，是為了證明我曾「受益於舒婷和傅天琳」，從而進一步說明我也曾受過他人影響——真是此地無銀三百兩，西川有無搞錯，我可從來不否認他人對我的影響——這在公開的文字中已經談得很多，比任何一位「知識份子」都談得多。但我知道不能在道理上和他們較真兒，因為我太知道這些「知識份子」的下流趣味和自以為是的陰損，可你們忘了我不是你們的同類，此類陰招對我全然無效。我實話告訴你吧，西川！在你面前我就是覺得我的詩牛 B，別的裝點我可以一概不要。再說了，我受益於舒婷、傅天琳寫成現在的樣子，而你受益於李白、聶魯達、博爾赫斯、龐德寫成了你的樣子，恕我直言，你的智商可不夠高！

　　〈思考比謾罵更重要〉──西川的意思是不是：你們老實思考，我來謾罵？在此處我只是把他的滿嘴瘋話還給他。他的瘋態和他們的窘像真令我滿心歡喜，這一回大夥可以看明白了：當面具摘除，風度失去之後，他們的心態、嘴臉何以惡劣至此？王家新斷定在盤峰有人「落馬」，因為陳超在會上已做了「盤峰論劍」的命名，究竟誰「落馬」了？請王家新在夜深人靜的時刻回到他夢魘般的那三天。在「盤峰詩會」上經常處於張口結、舌語不成句狀態的孫文波如此描述他的感受：「我本來以為通過這次會議，像于堅、沈奇、徐江、伊沙等人會收斂自己，重新審視此前不負責任的態度，說話、寫文亦會平和一些。但是，讀了他們的一些文章後，卻發現事情並非如此……」讀了這番話，我感到孫文波不是在裝善良就是在裝幼稚，以他把于堅、徐江誣為「江湖潑皮」來看，他不準備裝善良，那就是在裝幼稚或真幼稚！我們的文章始終如一，倒是孫文波突然失態，哪壺不開提哪壺地提到了文本，他如此攻擊于堅和我的詩：「你說你已經成為『整合』了漢語的『巨匠』，但不過是寫隻『啤酒瓶蓋兒』、『命名了一隻烏鴉』，不過是在『黃河上撒了一泡尿』、『摸了髮廊女的屁股』。這就能叫人信服？那不是太低看這個時代的智力？愚眾者只能自愚。」我想問問孫文波（這位在九十年代以來「知識份子寫作」的學術炒作中受益最大的平庸詩人）：給老婆寫上一本《儷歌》，然後「在地圖上旅行」，這算不算「愚眾」或「自愚」的行為並且「太低看這個時代的智力」？！

（1999）

三段論

　　作為一種策略的寫作出自一幫酷愛策略的人。這幫人是初級階段的一代書生，天生不是詩人。他們從來不敢自信他們的文本——那生命力全無的文本確實讓他們無法自信，他們是一夥拜託說法的人，說法比文本更重要。他們的問題不在於我寫了什麼而在於我說了什麼，這就是他們的策略。從歐陽江河到臧棣，都是這方面的「專家」，唐曉渡、陳超、程光煒不過是拾其牙慧者。

　　作為一種陰謀的寫作，出自保守而拙劣的修辭寫作的形式。這一形式的操持者因為不具有詩學上的革命性，而在八十年代顯得並不重要。西川、歐陽江河、陳東東、王家新在當時詩壇所處的地位，無法滿足他們的個人野心，孫文波、臧棣、張曙光更是沒沒無聞。他們利用海子之死所帶來的美學的後退，藉「歷史強行侵入」而在修辭的寫作中把自己裝扮成道德家與承擔者。文字表面的清潔，使他們在「龐然大物」的刊物上暢通無阻，修辭寫作的隱喻性又使糊塗的西方漢學界想入非非。這正是他們的陰謀。

　　作為一種權力的寫作，出自這種寫作的主流欲和既成事實。九十年代以來，當權力話語由協會向學院轉移，這幫實質上是泛學院化寫作的一幫人便糾集起來，濟濟在堂。唐曉渡式的「身在曹營心在漢」在八十年代是一段佳話，在九十年代則變成了一種噁心，在「盤峰論爭」中由他出面指責于堅出席「張家港會議」，真是一種莫大的諷刺！永遠在詩歌中做「燕園紀事」的臧棣副教授，想圖什麼、想成個什麼也是路人皆知的事。更可怕的是，新主流的排異性

可以強烈到連老主流「百花齊放」的面子也不講。我們看到的事實是：幾十年《詩刊》的合訂本堆起來也不如程光煒編的一本《歲月的遺照》來得露骨！

　　如此中年的「知識份子寫作」。

（1999）

北京的文學民工

梁曉聲著《中國社會各階層的分析。在首都北京有那麼一個階層——我不知道這麼說對不對，還是改稱「一批人」為好。幾年前，我的朋友詩人侯馬曾對此做過一個命名，叫「文學民工」，我當時還有點不以為然：是不是太把自己當城裏人了？

幾年過去，這個命名竟流傳開來，說明它的公認性，而不大認可這一命名的我也頗得了些教訓。去北京出差或開會，總是有這樣那樣的飯局，赴約之前有朋友提醒我：這是「文學民工」的局，我不聽就去了，結果總是自討沒趣地回來，文人飯局之意不在飯，也不在酒，關鍵在於話，話說不到一塊就是白搭。

我是在這個世紀的最後一年，在親身經歷了詩歌界的一件大事——「盤峰論爭」之後才真切感受到「文學民工」的真實存在的。「盤峰論爭」的雙方，自稱「知識份子寫作」和「中年寫作」的那夥人大都居於北京，而被介定為「民間立場寫作」者則大都居於外省各地。一個有趣的現象是，雙方先是在4月的平谷會議上吵，接著是寫文章在多家報刊上吵，再往後這些報刊登出了看客的發言，一般看客都做高蹈狀，真正的詩歌該如何如何，真正的詩人該如何如何，雙方再各打上五十大板，誰也不得罪，最多再表明一下自己是「第三種聲音」。除此之外的一種表態便是擁護「知識份子」，持這種態度的人幾乎全都是外省各地客居北京的寫詩者，即所謂「文學民工」——是他們近乎一致的反應讓我認定了這一概念得以存在的內在依據，他們無條件（對這類寫詩者來說毫無成熟的個人的藝

269

術立場可言）地擁護北京幫僅僅是出於「我愛北京天安門」的兒時情結嗎？向北京有勢力的本土詩人獻媚，不是靠文學作品而是靠文壇特有的生存運作方式想在北京混下去、混好的這幫詩歌品質低下的人，不是文學民工是什麼？

「咱們北京詩人……」把這話掛在嘴邊的是一位來自山東客居北京的詩歌愛好者，名叫于貞志，在這次向「知識份子」的表白中此人堪稱「文學民工馬前卒」。他在一篇文章中說我「欲挺進中原，結果盤峰落馬又兵敗母校」，在另一篇文章中他稱「伊沙是不是詩人還是一個問題」，于貞志對我的名字這麼有興趣說明他不在「知識份子」的組織程式裏，因為據孫文波私下透漏，「知識份子」此次「論劍」的戰略是：「圍攻于堅，不提伊沙」。看來于貞志是獨自瞎打，王八拳頻出，這也算一種境界，他只是在自己站立場，向「知識份子」的傻大哥們表態。他是這麼來讚頌西川的：「隱身於荒郊野地的桂頂修士。」容我設身處地地想想，如果我是西川，就算我懷抱希臘和羅馬，心藏中世紀，也可一眼瞧出這絕對是民工水平的頌詞。而我對于貞志詩作的惟一印象，就是一首獻給西川的詩。簡甯在黃亭子酒吧辦詩歌朗誦，辦得頗有聲色，于貞志照本宣科，也搞了一個名叫「藍色老虎」的，結果成了三流詩人和文學民工的集散地，愣是把酒吧弄成了工棚。

如此北京的「文學民工」，「知識份子」這塊文化腐肉上正在蠕動的生物。

（1999）

擂臺邊上的戰書

　　盤峰之爭，硝煙散盡。

　　在此我要向仍然不明真相的人重申：「知識份子寫作」與「中年寫作」是自謂（慰），緣起於歐陽江河等人九十年代以來一系列用於自我吹捧與自我炒作的「學術文章」，其旨是意在鼓吹與鞏固因海子、駱一禾之死並借助八九十年代相交時的特殊氣候而風行一時的泛學院化詩歌，並趁機將讀者的目光從死者的遺體拉回到自己身上。而所謂「民間寫作」的稱號則完全來自他者，楊克主編的《1998中國新詩年鑑》的封面上有一行字：「在藝術上我們秉承永恆的民間立場」，盤峰會議主持人藉此對捲入爭論的另一方做了如此簡單而粗暴的命名。因此，圍繞「知識份子」和「民間」的字面上的爭論不具有任何關乎詩歌的意義。而耐人尋味的是：恰恰是「知識份子」在這場論爭中寫下了大量的這種無意義的文章，並在事後將這堆文字垃圾集成了一本「綠皮書」，進而愚弄公眾。

　　在此我要向仍然不明真相的人澄清：「知識份子寫作」與「中年寫作」的主流詩人都是當年「朦朧詩」（中國意象派？）的學徒工，不論他們在理論上如何標榜自己，他們在詩藝是真正做到了二十年（甚至更久）不變，而在詩歌的成色上卻是嚴重的等而下之。當「朦朧詩」成為傳統，「中國意象派」是目前學院詩的標準模式，成了才智平庸、心志不高、匠氣十足、在詩藝上缺乏獨創性與進取精神而又妄圖在詩歌上撈得一票人的庇護所。而「民間寫作」的主要構成：一、八十年代中後期活躍於詩壇的第三代詩人中繼續前行

的倖存者（以于堅、韓東、楊黎為代表）；二、九十年代以來充當
著詩壇生力軍並使先鋒詩歌得以高度發展的「後口語」詩人（以伊
沙、侯馬、徐江為代表）；三、新舊世紀之交躍上詩壇的七十後出
生的詩人群中具有相應的時代精神和藝術革命性的一支（以沈浩
波、馬非、盛興為代表）。與老幼不分彼此地共生一張中年的木瓜
臉的「知識份子」的呆子們相比，構成「民間寫作」的三代詩人用
他們有力的作品清晰地描繪出自「朦朧詩」以來中國詩歌不可阻擋
地前行與發展的生動軌跡。因此，我堅定地認為所謂「盤峰論爭」
絕不是先鋒詩歌或者說純正詩歌陣營內部的口頭爭論，而是中國詩
歌得以持續不斷發展的承擔者們與反動的保守勢力的一場面對面
的較量，拿什麼較量？當然是作品。

　　我一直渴望著這場較量的來臨。去年我曾向《天涯》的李少君
建議而未果，現在終於迎來了這個遲到的時刻。我從來相信才華是
一種明晃晃的東西，正如擂臺之上拳手之間那清晰有效的「得點」。
親愛的讀者，只要你不心懷陳規與成見，就請睜大眼睛吧：一方是
僵死的知識、機械的技術、空洞的思想堆積而成的毫無生命血色與
水分的詩歌木乃伊；一方是靈動、睿智、親切如風而又充盈著嚴酷
現實與鮮活生命的質感、充斥著絕對的力量與勃勃生機的詩歌之
拳。你將會欣賞到一記記重拳將那些木乃伊打飛的壯觀景象。請記
住：這是中國詩歌的真相真正大白於天下的經典時刻！

（2000）

中場評詩

　　一切都如我料想中的。西川寫〈停電〉，王家新寫〈日記〉，歐陽江河寫〈落日〉。三個匠人的詩歌練習。對于貞志這樣的「知識份子小球迷」來說，這個陣容夠豪華的吧？絕對屬於他心目中中國詩歌的「鐵三角」，但這一回他將親眼目擊這個脆弱的「鐵三角」是怎樣的有來無回。痛哉？快哉？

　　順便提一句，以上三人也正是天府鄉紳楊遠宏推舉的三位大師，楊鄉紳說：「歐陽江河更像一個技藝精湛的詩歌寫作專家，西川更像一個寧靜致遠的現代隱者和高士，而王家新則更像一個現代詩歌的仁人志士。」是嗎？

　　我們先看時不時要在電視上露上一面的西隱者，看其〈停電〉我愣是想不明白，他怎麼就敢用「一個發展中國家」這樣既無生氣又無質感的詞兒，還有這種不過腦子順嘴流出的公共感覺：「一個有人在月光下讀書的國家／一個廢除了科舉考試的國家。」我發現「知識份子」儘管外表嚴肅，滿嘴詩藝，其實對自己的要求並不嚴格，那麼明顯地放任自流。當然，這不是初次發現。然後他聽到了一些平淡無奇的聲音，然後他看到了一個吃著烏鴉肉的胖子（請注意：這個意象可能暗藏哲理，是什麼？管它呢！），然後是母親，然後是氣味，反正都是臆想，「停電，我摸到一隻拖鞋／但我叨念著：『火柴，別藏了！』」這可能就是此詩僅有的一點詩意吧，或者還有：「在燭光裏，我看到自己／巨人無言的影子投映在牆上。」似是而非的感覺，莫名其妙的語境，寥寥草草的構成，應付差使的

詩人，讀者們，你們感覺吧！真是愛誰誰了。感覺永遠不能到位，感覺永遠不能穿透，這就是「知識份子詩歌」。在「大師」面前我也犯不著假裝謙虛了，我在一首長詩的一段中寫到過停電：「今夜停電／城中一片黑暗／即使在黑暗中／我也感到／眼睛的作用／我看見蠟燭在抽屜裏／抽屜在櫃子中／櫃子在房間的一隅／我走向蠟燭並拿到它／在返回的路上／卻摔了一跤／沒什麼絆我／是我自己／閉上了眼睛」其實口語不口語都是扯淡，我從不因此而歧視誰（而「知識份子」恰恰相反）。關鍵是於詩而言，我發現了而他沒有，我抵達了而他沒有。

再看在偽造詩史方面有著傑出成就的王仁人，關於此人我不想多說，對他二十年來詩裏詩外的表演我已寫了專文，請讀者關注。對其這首〈日記〉，容我一言以蔽之：一篇散文，一篇結構上類似楊朔的散文。沒什麼好奇怪的，其詩受十七年的影響太深；其人中文革流毒太深。

歐專家的〈落日〉比上兩人的表現稍好一些，這是他一貫的欺騙性在起作用。上一回我沒搞懂什麼叫「少女赤裸而多腰」，這回我搞不懂「兩腿間虛設的容顏」和什麼叫「對沉淪之軀的無邊挽留」。而從「落日」到「咽喉」再到「糖果」的意象積木堆積遊戲我是看明白了──這便是歐專家的看家本領，太小兒科了！然後再生發一些似有實無的形而上意義：「萬物的同心圓」、「沉沒之圓」、「吻之圓」，足以把那些永遠摸不著正門的文學青年嚇得半死，也僅此而已。

時間到了，彼人的中場評球到此結束，請看下半場。

（2000）

什麼是陰，什麼是暗？

去年6月在成都，參加一個「電影與文學」的研討會。于堅、韓東、朱文也應邀而來，再加上楊黎他們一大幫本地寫詩的，挺熱鬧、挺高興的一次相聚。

有一天四川大學來拉人去搞講座，我和老于或者是因為善講或者是因為愛講而被推出去當代表。講座結束以後，帶我們去講座的人說有一個人想見我們，但因為此人是東道主楊黎十分討厭的人，所以最好私下裏見。人家既然想見那就見見吧，也沒什麼大不了的，我們便同意了。

午飯時那人來了，一副赤誠相見的樣子。那時「盤峰論劍」剛發生不久，他熱心地問起會上的情況，我們就談了許多，他又表現出一副要主持公道、主持正義的樣子。

那天的天氣非常陰暗，成都的天氣似乎日日如此。

我回西安之後的一天晚上忽然接到此人的電話，他說想在成都的《讀者報》上組織雙方論爭的文章，他想請我來組織「民間立場」一方的。我就照辦了。文章發出來我有些奇怪和不舒服，我的文章原叫〈三段論〉，發表時被改成〈如此三段論！〉，那不成了我自個兒罵自個兒嗎？這就是此人的編輯風格和水準嗎？我不相信。我知道他是在向什麼人透露資訊和變相表態。

他在「知識份子綠皮書」裏的話是他真正想說的：「伊沙切斷了第三代詩歌對平庸腐朽的公眾趣味反叛和革命的脈息，而把第三

代某些詩人哄鬧、陰謀、運動和操作的惡習，以及媚俗甚至同流合
污的時髦策略發揮到極至。」

　　我以為這個人說我什麼都可以，這是他作為我的讀者的神聖權
利。他惟獨失去了資格提及的詞就是「陰謀」，因為他這是「哪壺
不開提哪壺」。因為我還清楚地記得在去年 6 月那個成都的陰天
裏，此人與我頻頻碰杯，大談我詩的時代意義是歷史無法抹殺的。

　　此人大號「楊遠宏」，寫四流的詩和三流的評論。也是一把年
紀的人了，他的年紀是我所不能理解的那種年紀，與一個已逝的時
代相關。

（2000）

「人話」終於吐出

我一直以為「知識份子」詩人是不說人話的，他們在自己的作品中不說人話，用的是中國人唱義大利歌劇的那種美聲腔調，真是把人噁心死了！而在他們比作品還多的「學術論文」中，總是不厭其煩地羅列：里爾克說了什麼，帕斯捷爾納克又說什麼，所以什麼。他們從來不說：我說了什麼。

我的成見終有被打破的時候，那是在不久前的一天，我在《閱讀導刊》上讀到了孫文波就「盤峰論爭」的一個簡短發言，短短三百來字的發言卻是說人話的，人味十足的。但這是什麼樣的「人味」啊！

孫文波說：「要我現在再來談談對盤峰詩會的看法，我只能說：沒有看法。那些由它所起始的詩歌論爭，用我今天的目光看，除了給愛嚼舌頭的人提供了一些話題，又能說明什麼呢？」

我的疑問是：既然孫文波對「盤峰論爭」持這種虛無的態度，那麼他幹麼還要在論爭結束後夥同王家新將「知識份子」一方的論爭文字彙編成冊出版，並再次盜用「九十年代詩歌」的名義？照他的說法，出版的目的不是讓更多的人嚼舌頭嗎？真是人愛掌嘴你攔不住。

孫文波說：「時至今日，我對我寫了一些報紙小文很不以為然。我知道，如果盤峰之爭發生在今天，我肯定不會說一句話。」

這是反思嗎？他以為人們會相信他反思的真誠態度嗎？「盤峰論爭」也就是一年前的事，那時的孫文波比現在是小了一歲，但也

是成年人啊！他那些「報紙小文」不是他自己寫的嗎？誰逼他了？他現在是看結果悔當初，他不罵人他的平庸就不可能被揭露，難怪連一位「知識份子」的主將也在私下裏說：「在盤峰論爭之後，孫文波的平庸成了盡人皆知的事。」

孫文波說：「論爭，如果論爭就能產生詩人，那我們才要嘿嘿一笑了。」

我記得孫文波還在某篇論爭文章的結尾處談到過這麼一個意思：讓「民間立場」的人去論爭吧，他們論爭文章寫多了就顧不上作品。真是可樂！這完全是高考前那些笨學生的心理。我在一篇文章中說他「哪壺不開提哪壺」就是指他這個以作品平庸著稱，靠「知識份子」十年來的學術包裝起家的人，卻整天口口聲聲作品作品的，讓人頗覺滑稽。王家新說：二十年後再看。看什麼？我要沒理解錯的話，他大概也是指的看作品。他們真以為只有他們才有作品嗎？我把話擱這兒：我用我今天的作品和你們今後二十年累積起來的作品比，我今後二十年的作品另有比處（不是你們），就這麼著了。

孫文波說了那麼多，最後通向哪兒？他這三百來字沒有標題但有題眼——「我要告訴別人的是：我已忘記那雞巴毛的論爭。」

「雞巴毛」——這就是孫文波的「人話」嗎？抑或是「知識份子」所理解的民間語言（以其對付「民間立場」）？「人心裏所充滿的，口裏就說出來。」青年評論家謝有順引用《聖經》的話來針對「知識份子」的某些無稽之談，還不包括「雞巴毛」之類。而現在，我像一個過路的人，面對路邊的這堆垃圾，我的疑惑是：這是從哪個垃圾站運來的？

（2000）

作為事件的「盤峰論爭」

——在衡山詩會「九十年代漢語詩研究論壇」上的發言

　　在九十年代，從漢語詩歌的內部嚴格來說，真正能構成並被稱之為事件者惟有「盤峰論爭」。如果說「朦朧詩論爭」、「兩報大展」是八十年代漢語詩歌的標誌性事件，那麼九十年代漢語詩歌的標誌性事件則無可爭議地屬於「盤峰論爭」。

　　近二十年來的歷史表明，事件的發生對於漢語詩歌在中國的發展有著明顯的無庸置疑的推動作用，這是由本土化的漢語詩歌極具中國特色的存在方式決定的，也是由詩歌在當前社會大的文化環境中的位置所決定的——它的民間性，它的地下運作的方式，決定了它在常態之下保持沉默的面孔。它因事件而開口說話，它因事件而使人們得以瞭解它存在的真實，它因事件而顯示出這兒的空間從來不是死水一潭。事件成為漢語詩歌向前一躍的跳板，或者它一直跳躍著，是事件的鏡頭讓我們一次看到了它所到達的遠度。對更多的人來說，是事件讓本不該成為秘密的東西揭開了。

　　「朦朧詩論爭」是三個真人與上百白癡的論爭，現在我仍然願意滿懷尊敬地提到這三位真人的名字：謝冕、孫紹振、徐敬亞。他們因此而德高望重屬於名至實歸。我在大學做相關論文時查閱過大量資料，這上百白癡的名單中不乏後來成為著名教授和著名學者

的，可在漢語詩歌的那個歷史關頭他們也就是小丑一堆。「朦朧詩
論爭」的結果是朦朧詩被普及化了，是它最終走向傳統教科書的開
始。這是事件的作用，是真理掌握在少數人手中的活例，是真正的
藝術最終將奪取人心的見證。我清楚地記得，在1986「兩報大展」
發生之後不久，一位屬於北京圓明園詩社的青年詩人有過一番誠實
而感慨萬端的自白，他說他們當年組建圓明園詩社的時候想的是要
高舉《今天》的大旗，準備將《今天》未竟的事業進行到底，他們
沒有想到在外省主要是南方詩歌的發展如此之快，中國的詩歌已經
走到了比《今天》更遠的地方。這還是業內人士，如果沒有「兩報
大展」，他根本就不知道南方的同行在幹什麼。這番話恰好是徐敬
亞論斷「先鋒詩歌的重心已經南移」的性感注解。當時尚在北京讀
書的我由此覺悟到：在中國漢語詩歌的版圖上連首都都是孤島。由
此你也就可以理解，為什麼「兩報大展」——僅僅是數十家民間社
團流派一次抽樣性的作品展示，就在漢語詩歌的發展進程中起到了
那麼巨大的作用。

　　中國人習慣於膜拜歷史，好像只有那過去的銘刻在碑的東西才
是值得尊敬的，我不是常常也有望著先賢發黃的照片發呆的時刻
嗎？而對眼前的現實又極度缺乏歷史的敏感。我在去年春天的那個
早晨在北京保利大廈門前等車的時候，我根本不知道我即將捲入一
場言語的爭鬥，我必須以戰士的姿態來做一次歷史的抉擇，我也並
不敏感：中國新詩史上一個最適用於世紀之交的經典事件正在向我
和我身邊的人走來。當這群主要是來自外省的散兵游勇觀光客般探
頭探腦地保持著初到北京的新鮮勁兒的時候，王家新正開著自己的
私車將洋洋萬言的批判材料運抵平谷縣「盤峰詩會」的現場。今天
已從這段歷史中走出來的我，無法克制內心的感動要向如下人等表
示我的敬意，他們是于堅、徐江、侯馬、沈奇、楊克，他們只是到
了現場才被主持人臨時指認為「民間立場」一方的（像是為了主持

的方便），他們面對詩歌強權與腐朽勢力來勢洶洶、氣焰囂張的挑戰，只是憑著詩人的直覺做出了自己的反應，大概除了我，這裏沒有天生的「好戰份子」，我知道他們多少都克服了自己人性中柔軟的東西，理智地選擇了針鋒相對，在這個複雜而微妙的時刻，是他們挺身而出扛住了漢語詩歌正在下落的閘門，讓流水前行。與他們共同扛住了這道沉重大閘的是在會場之外會前會後奮而投筆的沈浩波、謝有順、韓東、宋曉賢、唐欣、中島。歷史一樣會記住這些名字，因為是他們自覺承擔了對於詩歌的道義和責任，憑著他們的藝術良知，在本土化的漢語詩歌該不該向前發展獨立前行、中國漢語詩歌的真相該不該大白於天下的歷史關頭。

在盤峰，「民間立場」有三張鐵嘴：我、于堅和徐江。這三張鐵嘴對付只會照本宣科毫無語言風采的「知識份子」三十張嘴也綽綽有餘，有位同情「知識份子」的詩人說我們「主要是口才好」，在盤峰我們僅僅占據的是口舌的上風嗎？在後來，論爭移至報刊媒體，一位急著在會外站隊的「知識份子」小詩人在事後總結說：「知識份子」不該用「民間」的方式和「民間」玩。他的意思是「知識份子」不擅長寫檄文式的論爭文字。也許他說得很對，但在後來我們僅僅取得的是筆墨的勝利嗎？別騙自己了！我的「知識份子」的傻哥哥們。「盤峰論爭」之前的日子多好啊！引進外資給他們自己發獎，引進外資在最權威的官方出版社出他們的書，不論何種形式的出國都是出訪，「流亡者」也可以想回來就回來，用只有偽詩人才會酷愛的所謂「學術論文」的方式相互吹捧自我炒作了長達十年，他們說什麼人們就信什麼，他們想誰就是誰，那種主流感，那種惟一性。懷念吧，永遠地懷念吧，那一去不復返的好日子。他們內部正要分封割據的時刻忽然有遭劫感，難怪西川要一聲怪叫「黑社會」。此番他們失去的恐怕不止是半壁江山和他們自以為可以獨霸的歷史，此番他們遭遇了一個讓他們坐臥不寧的堅硬的詞——那就是「真相」。

　　穿過迷霧，「盤峰論爭」最終抵達的是九十年代漢語詩歌的全部真相，並使這真相大白於天下，這是那麼多的詩人用十年寂寞的奮鬥共同鑄就的並不喧囂但碩果纍纍的九十年代，是標誌著漢語詩歌在二十世紀輝煌高點的最後十年，誰也不能以一己私欲而任意抹殺！「盤峰論爭」的適時發生，真是天意！如果不是這樣的話，《傾向》的「明燈」將真的像某些人所希望的那樣照耀我們，照耀《今天》，照耀《非非》和《他們》，照耀《詩參考》和《葵》，《鋒刃》和《詩鏡》，《朋友們》和《下半身》，我們在座的所有人都是這「明燈」照耀下的一片「泥濘」，這不是我的比喻，我想不出這麼背時而腐朽透頂的比喻，這是程光煒教授在其編選的《歲月的遺照》一書序言中的莊嚴宣告。是的，我們是「泥濘」，就算我是「泥濘」也要飛起來糊住你那自封的「明燈」，這是我的脾氣。而我在兒時的做法是：「我用彈弓打滅所有的燈盞／儘管我也並不喜歡黑暗。」

　　「盤峰論爭」的意義並不僅僅在於提供了一份全面準確的總結，讓漢語詩歌的真相大白於天下，它更重要的意義是對於今後的。在作為基本立場的民間性、存在形式的本土化和作為藝術追求的先鋒性被確立以後，漢語詩歌在新世紀的道路變得寬廣開闊高邁起來。與幫氣十足、趣味一致、非常組織化、富於山頭主義色彩的「知識份子寫作」相比，「民間立場」從來就不是一個宗派和組織，甚至不是一個狹義的藝術流派。它是中國詩人別無選擇的存在空間和對自身宿命的積極確認，是具有自由主義藝術家這一特徵與稟賦的詩人們的集散地。「知識份子」永難理解為什麼作為「民間」重鎮的《詩參考》主編中島會激烈抨擊「民間」的另一重鎮《1999中國新詩年鑑》。「知識份子」也永難理解在「盤峰論爭」之後由「民間」詩人于堅、楊克參與編選的《作家》、《上海文學》「兩刊聯展」中會沒有我、徐江、侯馬、韓東、唐欣、宋曉賢、中島的名字和作品。「民間並非是一個內囿性的自耗場所，雖然它堅持的是文學的

絕對標準、絕對價值和絕對意義（在此並無妥協商量的餘地），但它的視野應該是開闊的，並不內斂，它的方式是多樣的，並不單一，它的活動是廣大的，並不狹隘，它的氣氛是歡樂的，並不陰鬱，它追求的是絕對永恆，並非片刻之歡。」我想不出比韓東更博大而精微的語言來描述這個偉大的「民間」了——我們身在其中無意自拔的民間，我們惟一的民間。

　　在網上寫出〈詩壇英雄排行榜〉的百曉生有兩句話曾叫我心跳，他說：我獨愛這個江湖，我只心繫這一個江湖。這完全是俠士的肝膽、劍客的心腸，這完全代表我的拳拳之心。所以我來了，來到這裏，在中國民間一個更加廣闊的天空下，在無限自由的空氣中，在南嶽衡山與各路英雄抱拳相認。幾年前我在致上海詩人默默的一首詩中曾寫到過「四海之內皆兄弟」的話，今天曾經滄海的我仍然信奉它。不論此次我們在此經歷的是外界盛傳的「衡山論劍」還是「衡山會盟」，我相信所有來到這裏的朋友都會在「同在民間」、「永在民間」的基本事實和永恆立場面前找到一個共同的方向——我相信那正是漢語詩歌在新世紀的中國不斷前進的方向。

（2000）

附錄：伊沙文學年表

1983

就讀於西安市第三中學，開始詩歌寫作。

9月 在《陝西日報》發表詩歌「處女作」〈夜〉。

1985

3月 在《語文報》社舉辦的「我們這個年齡」全國中學生徵詩比賽中獲獎。7月，高中畢業，參加高考，考入北京師範大學中文系。

1988

4月 和同學組建「感悟詩派」。

9月 自己印製（油印）個人詩集《寂寞街》。

10月 在《飛天》雜誌「大學生詩苑」欄目發表〈伊沙詩抄〉（10首），引起強烈反響，成為大學生詩群的重要代表人物。

1989

3月 和中島組建全國高校文學聯合會，出任秘書長，在北京舉辦全國高校文學研討會暨「圓明園詩會」。詩作在《青春》雜誌舉辦的大學生詩歌大賽中獲獎；詩作在《大學生》雜誌社舉辦的首都高校詩歌大賽中獲獎。

5月 在《萌芽》雜誌舉辦的青年詩歌大賽中獲獎。

7月 大學畢業，分配至西安外語學院宣傳部做院刊編輯，返回西安。

12月 詩作在《詩神》雜誌社舉辦的詩歌大賽中獲獎。首次發表詩歌評論。

1990

1月　應詩人嚴力之邀擔任美國《一行》中文詩刊中國代理人。

2月　詩作在《詩潮》雜誌社舉辦的詩歌大賽中獲獎。

5月　詩作在《大河》詩刊社舉辦的詩歌大賽中獲獎。

1991

3月　詩作在《文學港》雜誌社舉辦的詩歌大賽中獲獎。

12月　作品首次被譯為英語發表。

1992

2月　應邀成為《詩研究》同仁。

3月　作品首次被譯為世界語發表。

4月　策劃《一行》創刊5周年大型詩歌朗誦會，在陝西省農業展覽館成功舉行。

6月　應邀成為《傾斜》詩刊同仁。

7月　應邀擔任《當代青年》雜誌社青年詩歌大賽評委。

　　　應邀在《女友》雜誌社舉辦的文學夏令營授課。

10月　應詩人、詩評家周倫佑邀擔任復刊後的《非非》編委。

11月　被《女友》、《文友》雜誌推選為「讀者最喜愛的當代十家詩人」。

1993

1月　應邀擔任新創雜誌《創世紀》總策劃。

5月　作品首次被譯為德語發表。

7月　應邀在《女友》雜誌社舉辦的文學夏令營授課。

11月　由院刊編輯調往教師崗位任教。

1994

3月　詩集《餓死詩人》由中國華僑出版社出版。

7月　應邀在《女友》雜誌社舉辦的文學夏令營授課。

1995

1 月　應邀成為《鋒刃》詩刊同仁。

6 月　詩集《一行乘三》（與嚴力、馬非合著）由青海人民出版社出版。

7-8 月　與妻子老 G 合作首次將美國詩人查理斯·布考斯基的詩作譯成中文。

9 月　應邀出席詩刊社在北京舉辦的第 13 屆「青春詩會」。

11 月　作品首次被譯為日語發表。

1996

8 月　應邀出席《女友》雜誌社舉辦的「陝北筆會」。

10 月　發表短篇小說「處女作」《現場》。

11 月　發表中篇小說「處女作」《江湖碼頭》。應邀出席《詩歌報月刊》社在浙江湖州舉辦的首屆「金秋詩會」。

12 月　應邀出席《女友》雜誌社在濟南舉辦的長篇小說策劃會。

1997

7 月　應邀出席《女子文學》雜誌社在河北舉辦的筆會。

8 月　應邀出席《喜劇世界》雜誌社在太白山舉辦的筆會。

12 月　當選《國際漢語詩壇》雜誌評選的「中國當代十大傑出青年詩人」。

1998

1 月　出任《文友》雜誌策劃。

2 月　獲《女友》雜誌社創設的路遙青年文學獎。

6 月　長篇小說《江山美人》由太白文藝出版社出版。為《文友》雜誌策劃並執行轟動一時的「中國十差作家評選」活動。

7 月　到北京第三精神病福利院為詩人食指（郭路生）頒發首屆「文友文學獎」。

9 月　在《文友》雜誌發表〈世紀末呼籲：解散中國的作家協會〉一文，驚動朝野，備受壓力。

12 月　詩及相關評論集《伊沙這個鬼》由《詩參考》編輯部出版。

1999

1 月　《伊沙作品集》三卷本——詩集《野種之歌》、小說集《俗人理解不了的幸福》、散文隨筆集《一個都不放過》由北京朝花文化機構策劃、青海人民出版社出版。

2 月　應邀擔任《女友》雜誌社青年文學獎評委。

4 月　應邀出席《詩探索》編輯部、《北京文學》編輯部、北京作家協會、當代文學研究會、中國社科院文學研究所等數家單位在北京平谷縣盤峰賓館聯辦的「世紀之交中國詩歌創作態勢與理論建設研討會」，在會上捲入與自詡為「知識份子寫作」一方的激烈爭論，會後撰寫多篇文章繼續在紙媒體上與對方展開論爭，即所謂「盤峰論爭」。

6 月　詩集《我終於理解了你的拒絕》由青海人民出版社出版。主編《零點地鐵詩叢》（16 卷）由青海人民出版社推出。應邀出席《電影作品》雜誌社在成都舉辦的「世紀之路：電影與文學研討會」暨「眉山詩會」，應邀出任《中國詩年選》編委。

8 月　隨筆集《藝壇偶像》（與孫郁、孫見喜合著）由中華工商聯合出版社出版。受邀澳門國際詩歌節，因故未能成行。

11 月　應邀出席《中國詩年選》編委會在四川舉行的評審會。應邀出席由《中國新詩年鑑》編委會和《詩探索》編輯部在北京小湯山龍脈溫泉度假村聯辦的「1999 中國龍脈詩會」。

2000

1 月　在北京獲《詩參考》詩刊頒發的「10 年成就獎」，詩作〈結結巴巴〉獲「10 年經典作品獎」。

6 月　應邀擔任《中國新詩年鑑》編委。

8 月　應邀出席在湖南衡山舉行的「九十年代詩歌論壇」。

10 月　隨筆集《時尚殺手》（與徐江、秦巴子合著）由花城出版社出版。
　　　 11 月，與詩人崔恕創辦《指點江山》網站（論壇），出任版主。

12 月　與詩人黃海創辦《唐》詩刊，出任策劃一職。出席《中國新詩年鑑》在大連舉行的審稿會。獲《山花》雜誌年度詩歌獎。

2001

2 月　詩人黃海將《指點江山》網站改版為《唐》，應邀出任版主。

3 月　詩評集《十詩人批判書》（與徐江、沈浩波、秦巴子、張閎合著）由時代文藝出版社出版。

5 月　澳大利亞昆士蘭州詩人 Paul Hardacher（保羅‧哈德克）編輯的《紙老虎》第 1 集 CD 詩歌集出版，與其他三位中國詩人共同入選。凡斯主編的《原創性寫作》第 2 期出版，成為封面人物。澳大利亞墨爾本 La Trobe 大學《子午線》雜誌「全球化特刊」出版，是兩位在上面發表詩作的漢語詩人之一。

6 月　由歐陽昱翻譯的〈鳥俑〉一詩在墨爾本日發量數百萬份的英文大報 The Age《年代報》上發表。

7 月　編著《語文大視野（初中二年級）》（與秦巴子合編）由山西人民出版社、書海出版社聯合出版。

8 月　隨筆集《明星臉譜》（與徐江、洪燭合著）由中國文聯出版公司出版。

9 月　編著《剖開球膽——中國足球批判》由遠方出版社出版。

2002

4 月　在網路文學大賽中獲獎。

6 月　澳洲《原鄉》文學雜誌 2002 年第 8 期中國當代詩歌英文翻譯特刊（歐陽昱編輯、翻譯）在墨爾本出版，有 2 首詩作入選。

7 月　應邀出席在西安舉行的第 8 屆亞洲詩人大會。應邀出任韓國《詩評》雜誌「企劃委員」。詩作首次被譯成瑞典語發表。

8 月　應邀出席第 16 屆瑞典奈舍國際詩歌節，在瑞典南部旅行、朗誦。

7-10 月　與妻子老 G 合作再度翻譯布考斯基。

11 月　詩作首次被譯為韓國語發表。

12 月　詩作首次被譯成荷蘭語發表。應邀擔任《詩江湖年選》編委。應邀擔任西安電視臺《紀錄時空》節目主持人。

2003

4 月 瑞典「瑞中協會」出版《中國》一書（瑞典語），與北島、顧城一起入選。

6 月 詩集《伊沙短詩選》（中英文對照）由香港銀河出版社出版。

8 月 詩集《伊沙詩選》由青海人民出版社出版。該書參展了當年舉行的德國法蘭克福書展。

12 月 詩集《我的英雄》由河北教育出版社出版。

應邀擔任《中國詩歌選》副主編。

2004

1 月 楊曉民主編的《百年百首經典詩歌》由長江文藝出版社出版，〈餓死詩人〉入選。

4 月 在《南方都市報》評選的「第二屆華語傳媒大獎」獲年度詩人獎提名，在《青年時報》同時推出的另一個版本的 2003 年度「華語文學傳媒大獎」獲年度詩人獎。

3 月 應邀出席在昆明舉行的「中國昆明－北歐奈舍詩歌週」。

5 月 編著《現代詩經》由灕江出版社出版。

6 月 隨筆集《被迫過著花天酒地的生活》由人民文學出版社出版。

7 月 應邀出席在烏魯木齊舉行的第 9 屆亞洲詩人大會。

8 月 長詩〈唐〉由澳大利亞原鄉出版社出版。

9 月 獲首屆「明天‧額爾古納」中國詩歌雙年展「雙年詩人獎」，獲得兩百畝牧場的巨獎，轟動一時。

10 月 受邀美國塞蒙斯學院等 3 所大學舉辦的詩歌活動，因故未能成行。

12 月 由田原編選、竹內新翻譯的《中國新世代詩人》由日本東京詩學社出版，有兩首詩作入選。

2005

2 月 編著《被遺忘的詩歌經典》（上、下卷）由太白文藝出版社出版。

3 月 應邀擔任詩歌漢譯潤色的《倉央嘉措情歌及秘史》由青海人民出版社出版。

4 月　應邀出席北京印刷學院舉行的朗誦會。應邀赴天津南開大學朗誦。

5 月　小說集《誰痛誰知道》由寧夏人民出版社出版。接到日本地球社「環太平洋詩人節」的邀請，因故未能成行。

8 月　應邀出席《中國詩人》編輯部在遼寧舉辦的詩歌活動，順訪京津兩地。

9 月　隨筆集《無知者無恥》由朝華出版社出版並在北京舉行了首發式。

10 月　在西安高校首屆詩歌節上做開幕講座。

12 月　小說集《誰痛誰知道》在國家九部委聯合主辦的「知識工程——中華全民讀書書目推薦活動」中，入選「2005 年知識工程推薦書目」。

2006

4 月　長篇小說《狂歡》（中文簡體字版）由作家出版社出版。

5 月　應邀出席在武漢舉行的「或者－平行詩會」，並赴武漢大學朗誦。

6 月　長篇小說《狂歡》（中文繁體字版）由由雙笛國際事務有限公司出版部出版，在臺灣和美國發行。應邀出席在長沙舉行的「首屆麓山新世紀詩歌名家峰會」。

8 月　詩集《車過黃河》由美國紐約惠特曼出版社出版。應邀出席在寧夏舉行西部詩歌研討會。

9 月　應邀出席在河南欒川召開「首屆網路詩歌論壇峰會」。

11 月　詩集《靈與肉的項目》（希伯來語譯本）由以色列特拉維夫色彩出版社出版。應北師大之邀回母校出席「知名校友作家返校日」活動。

2007

2 月　大型電視專題節目《中國詩歌》第 2 輯 20 位詩人的電視專題在浙江電視臺教育科技頻道播出，其中有伊沙專題。

3 月　當選為樂趣園評選的「2006 年十大風雲詩人」。

4 月　為抗議《中國新詩年鑒》對「民間立場」的背離而退出編委會。

5 月　當選《羊城晚報》、《詩歌月刊》等多家媒體評選的「中國當代十大新銳詩人」，赴海南領獎。

6月　應邀出席第 38 屆荷蘭鹿特丹國際詩歌節，並順訪比利時。在詩歌節期間，其詩集《第 38 屆荷蘭鹿特丹國際詩歌節‧伊沙卷》以中英文對照及中荷文對照兩種版本由荷蘭鹿特丹國際詩歌節基金會出版；第 38 屆鹿特丹國際詩歌節受邀詩人詩集《詩人酒店》在荷蘭出版，伊沙有兩首詩作入選。譯者為荷蘭翻譯家馬蘇菲。荷蘭第一大報《鹿特丹新報》發表伊沙代表作〈結結巴巴〉的荷蘭語譯文，譯者為著名漢學家柯雷。回國後應邀出席京津兩地舉行的民間詩會，並頒發首屆「葵詩歌獎」。日本東京《地球》6 月號發表伊沙等 21 位中國詩人詩作，由漢學家佐佐木久春翻譯。

7月　長篇小說《中國往事》由磨鐵文化有限公司策劃、遠方出版社出版。應邀參加「著名作家采風團蜀道行」活動，重走古代蜀道，拜謁李白故里。

8月　應邀出席在雲南麗江、香格里拉舉行的第 10 屆亞洲詩人大會。

2008

1月　第 4 本散文隨筆集《晨鐘暮鼓》由山東文藝出版社出版，是其散文寫作最高成就的集中體現。《趕路》詩刊推出千元一詩收購行動，〈靈魂出竅〉入選；

3月　獲首屆光成詩歌獎。為紀念切‧格瓦拉，英國燃燒出版社推出《詩裏的切》的世界詩選（英語版），編選了 53 個國家 134 位詩人以格瓦拉為題材的詩作，伊沙等 4 位中國詩人入選，漢譯英譯者為澳大利亞翻譯家西敏。

4月　應邀做客中央電視臺，並在節目中朗誦其詩〈七十年代〉。順訪天津，在第 2 屆穆旦詩歌節〈葵〉朗誦會上朗誦作品。

　　　2007 年創作的巔峰大作〈靈魂出竅〉於有「中國《紐約客》」之稱的《作家》雜誌全文發表，引人注目。

7月　由《手稿》雜誌舉辦的「伊沙作品專場朗誦會」在西安最大的福寶閣茶樓舉行，伊沙自誦並自釋了〈車過黃河〉等創作 21 年的 21 首代表作。

10月　應邀出席北京師範大學與美國俄克拉荷馬大學在北京聯合舉辦的「世界文學與中國」國際學術研討會，在會上宣讀論文〈從全球化說開去：中國當代詩歌〉，並在朗誦會上朗誦詩作。出席侯馬詩集《他手記》首發式暨北面詩歌朗誦會。

11 月　應邀赴英國出席第 20 屆奧爾德堡國際詩歌節及英譯本詩集《餓死詩人》首發式。是這項英國歷史最悠久的詩歌節邀請的首位漢語詩人，英譯本詩集《餓死詩人》係由英國最權威的詩歌出版社布拉達克西書社出版，是繼楊煉之後第二位在該出版社出版詩集的漢語詩人。在詩歌節期間，英國詩歌基金會《詩報》出版，刊出伊沙詩作及伊沙專訪〈天才之言〉，並配有大幅照片。英國權威性的《現代譯詩》雜誌介紹伊沙並刊出其詩作多首。

12 月　第 4 部長篇小說《黃金在天上》由磨鐵文化機構策劃，花山文藝出版社出版。

　　　　獲第 2 屆新死亡年度詩歌獎暨免費出版個人詩集獎，最新詩集《靈魂出竅》由中國文聯出版社出版。是其出版的第 10 本中文詩集（另有 5 本外文譯本）。詩作〈車過黃河〉被新浪網評為「改革三十年十大流行詩歌」，被深圳《晶報》評為「三十年三十首」，詩作〈車過黃河〉、〈餓死詩人〉、〈結結巴巴〉同時入選 16 位知名評論家評出的「當代詩歌虛擬選本」（100 首），在入選的篇目上位列第二。

　　　　應邀出席《趕路》詩刊在廣東佛山舉行的「新世紀詩歌御鼎高峰論壇」。

2009

1 月　〈無題組詩〉（17 首）在《十月》發表。

2 月　長詩〈詩之堡〉在《上海文學》發表。

5 月　應邀出席在西安舉行的第 2 屆中國詩歌節。長詩〈藍燈〉（節選）在《人民文學》增刊發表。詩 4 首入選中華詩歌三千年精選集《詩韻華魂》（現當代卷）。應邀出席在山西晉城舉行的第 2 屆太行詩歌節。

6 月　突圍詩社、華語文學網站等 17 家詩歌民刊、論壇評選的「1999-2008 十大影響力詩人」（2009）。西安外國語大學中文學院舉辦「伊沙作品研討會」。

7 月　詩集《紋心》由《星星》詩歌理論半月刊編輯部編印出版。

8 月　應邀出席第 2 屆青海湖國際詩歌節。

10 月　應邀出席首屆中華世紀壇金秋詩歌節。

11 月　當選百家網站評選的「2009 中國年度詩人」之首。詩集《伊沙詩選：
　　　尿床》被列為「大陸先鋒詩叢」（第 2 輯）之一在臺灣唐山出版社
　　　出版。

12 月　應邀赴哈爾濱出席「天問‧中國新詩新年峰會」。長篇小說《迷亂》
　　　由磨鐵動漫傳媒有限公司和雲南人民出版社出版。

2010

1 月　獲【御鼎詩歌獎】21 世紀中國詩歌「十年成就獎」（2000-2009），
　　　《無題詩集》由《趕路》詩刊編輯部獎助出版。與秦巴子等西安詩
　　　人創辦「長安詩歌節」。荷蘭首席漢學家、雷頓大學教授柯雷赴南
　　　開大學開講座〈拒絕性的詩歌：伊沙詩作中的「音」與「意」〉。
　　　詩作入選以色列出版的《世界足球詩選》（希伯來語），是惟一入
　　　選的中國詩人。當選「2009 明星詩人」。應北京讀圖時代公司邀請
　　　主編大型詩集《被一代：中國詩歌十年檔案（2000-2010）》

4 月　荷中友好協會所辦的荷蘭語雜誌《CHINA NU》系，在封底刊出〈餓
　　　死詩人〉的荷蘭語譯文，譯者為 Annelous Sliggelbout（中文名：施
　　　露）女士。在西安接受專程來訪的英國青年漢學家殷海潔專訪。

6-7月　應《深圳特區報》之邀在南非世界盃舉行期間開設詩歌專欄，以每
　　　首詩 500 元人民幣創大陸最高詩歌稿費。

8 月　應邀赴湖南衡陽出席「2010 衡山詩會」，在會上做主題發言。

語言文學類　PG0690

中國現代詩論
──伊沙談詩

作　　者／伊　沙
責任編輯／黃姣潔
圖文排版／陳宛鈴
封面設計／陳佩蓉

發 行 人／宋政坤
法律顧問／毛國樑　律師
印製出版／秀威資訊科技股份有限公司
　　　　　114 台北市內湖區瑞光路 76 巷 65 號 1 樓
　　　　　電話：+886-2-2796-3638　傳真：+886-2-2796-1377
　　　　　http://www.showwe.com.tw
劃撥帳號／19563868　戶名：秀威資訊科技股份有限公司
　　　　　讀者服務信箱：service@showwe.com.tw
展售門市／國家書店（松江門市）
　　　　　104 台北市中山區松江路 209 號 1 樓
　　　　　電話：+886-2-2518-0207　傳真：+886-2-2518-0778
網路訂購／秀威網路書店：http://www.bodbooks.com.tw
　　　　　國家網路書店：http://www.govbooks.com.tw
圖書經銷／紅螞蟻圖書有限公司
　　　　　114 台北市內湖區舊宗路二段 121 巷 28、32 號 4 樓
　　　　　電話：+886-2-2795-3656　傳真：+886-2-2795-4100

2011 年 12 月 BOD 一版
定價：350 元
版權所有　翻印必究
本書如有缺頁、破損或裝訂錯誤，請寄回更換

國家圖書館出版品預行編目

中國現代詩論：伊沙談詩 / 伊沙著. -- 一版. -- 臺北市：
　秀威資訊科技, 2011.12
　　面；　公分. -- (語言文學類；PG0690)
　BOD 版
　ISBN 978-986-221-886-0(平裝)

　1. 新詩　2. 中國詩　3. 詩評

820.9108　　　　　　　　　　　　　　　　100024389

讀者回函卡

感謝您購買本書，為提升服務品質，請填妥以下資料，將讀者回函卡直接寄
回或傳真本公司，收到您的寶貴意見後，我們會收藏記錄及檢討，謝謝！
如您需要了解本公司最新出版書目、購書優惠或企劃活動，歡迎您上網查詢
或下載相關資料：http:// www.showwe.com.tw

您購買的書名：＿＿＿＿＿＿＿＿＿＿＿＿＿＿＿＿＿＿＿＿＿＿＿＿＿＿

出生日期：＿＿＿＿＿年＿＿＿＿＿月＿＿＿＿＿日

學歷：□高中 (含) 以下　　□大專　　□研究所 (含) 以上

職業：□製造業　□金融業　□資訊業　□軍警　□傳播業　□自由業

　　　□服務業　□公務員　□教職　　□學生　□家管　　□其它＿＿＿

購書地點：□網路書店　□實體書店　□書展　□郵購　□贈閱　□其他

您從何得知本書的消息？

　□網路書店　□實體書店　□網路搜尋　□電子報　□書訊　□雜誌

　□傳播媒體　□親友推薦　□網站推薦　□部落格　□其他＿＿＿＿＿

您對本書的評價：（請填代號　1.非常滿意　2.滿意　3.尚可　4.再改進）

　封面設計＿＿＿　版面編排＿＿＿　內容＿＿＿　文／譯筆＿＿＿　價格＿＿＿

讀完書後您覺得：

　□很有收穫　□有收穫　□收穫不多　□沒收穫

對我們的建議：＿＿＿＿＿＿＿＿＿＿＿＿＿＿＿＿＿＿＿＿＿＿＿＿

11466
台北市內湖區瑞光路 76 巷 65 號 1 樓
秀威資訊科技股份有限公司　　　收
BOD 數位出版事業部

....

（請沿線對折寄回，謝謝！）

姓　　名：＿＿＿＿＿＿＿＿＿　年齡：＿＿＿＿　性別：□女　□男

郵遞區號：□□□□□

地　　址：＿＿＿＿＿＿＿＿＿＿＿＿＿＿＿＿＿＿＿

聯絡電話：(日) ＿＿＿＿＿＿＿＿　(夜) ＿＿＿＿＿＿＿＿

E-mail：＿＿＿＿＿＿＿＿＿＿＿＿＿＿＿＿＿＿＿